Klerus, Pest und Jungfernkranz

Historische Geschichten

W0180762

edition oberkassel

Inhalt

HEIKE KLEIN

Die Gelegenheit des Niklas Helbling

Das Gewitter ließ ihn nicht zur Ruhe kommen. Noch in der Dämmerung hatte er sich eine mit Laub gefüllte Kuhle als Schlafplatz ausgesucht, doch jetzt saß er ganz nah am Stamm des mächtigen Baumes und hörte die Äste über sich im Wind zusammenschlagen. Regen, Blitz und Donner bedrohten ihn von allen Seiten. In seinem Bauch brannte heiß der Hunger. An Schlaf war nicht zu denken.

Niklas Helbling stand auf. Er war sich sicher, bis ins nächste Dorf konnte es nicht mehr weit sein. In völliger Dunkelheit hätte er es nie gewagt, loszugehen, zu groß war die Gefahr, ohne Licht den Weg zu verlassen und sich im stockfinsteren Wald zu verirren. Aber die nicht enden wollenden Blitze ließen ihn den Weg nicht verlieren.

Weidenbruch war ein großes und stattliches Dorf. Als solches besaß es ringsherum einen ordentlichen Zaun aus Holzgeflecht mit einem großen Tor in der Mitte, an welches er mitten in der Nacht als zerlumpter, nasser Pudel lieber nicht klopfen wollte. Doch er erinnerte sich: Es gab eine Stelle, an der ein Erdhügel ganz nah an den Zaun heranführte, so dass man mit ein wenig Geschick über den Zaun klettern konnte. Er hatte diese Schwachstelle durch Zufall entdeckt, als er vor einigen Jahren für kurze Zeit als Knecht beim Verwalter in Weidenbruch gearbeitet hatte. Solche Dinge merkte er sich.

Er wartete auf den nächsten Blitz und kämpfte sich durchs Dickicht, immer am Zaun entlang, bis er den Hügel wiederfand. Mit großer Anstrengung überwand er den glitschigen Zaun und stand wieder in Weidenbruch, was eigentlich keine gute Idee war. Eher könnte dieser Ausflug ziemlich böse für ihn enden. Doch der Hunger trieb ihn. Er hatte seit vorgestern nichts Richtiges gegessen. Seitdem der Meister, bei dem er als Lehrling angestellt war, ihn aus der Werkstatt getrieben hatte, weil dieser entdeckt hatte, dass Niklas und des Meisters Tochter mehr als Blicke miteinander getauscht hatten.

Vorsichtig schlich er die Häuserwände entlang. Er hatte große Sorge, dass dieses fürchterliche Gotteszürnen auch andere vom Schlafen abhielt. Deshalb versuchte er, im Dunkeln zu laufen und sich beim grellen Aufleuchten der Blitze an den Häuserwänden zu verstecken. Wenn sie ihn erwischten, würde es nicht gut für ihn aussehen.

Zielstrebig peilte er den größten Hof im Dorf an: das Anwesen des Verwalters. Er hoffte, dass der Stall immer noch mit demselben Schloss gesichert war, welches er schon vor Jahren geknackt hatte, bevor der Verwalter ihn vom Hof prügelte, weil er Niklas beim Stehlen in der Speisekammer erwischt hatte. Und in der Tat hielt das große, hölzerne Schloss seinen akribisch arbeitenden Fingern nicht lange Stand.

Endlich war er im Stall. Dort erhellten selbst die Blitze, die durch die kleinen Fenster zuckten, den Raum nur schwer. Trotzdem konnte er die in Reih und Glied angebundenen Pferde gut erkennen. Es waren viele Pferde, darunter auch edle Rösser. Er wunderte sich, woher diese prächtigen Tiere kamen. Vielleicht sollte er sich mal so ein Tier nehmen? Dann hätte er für eine lange Zeit sein Auskommen. Wer sollte ihn auf einem so schnellen Tier noch aufhalten können? Allerdings, er sollte vielleicht zunächst reiten lernen.

Er schlich den Gang weiter, bis er plötzlich gegen etwas auf dem Boden stieß und stolperte. Ein greller Blitz schoss durch den Raum. Dort lag jemand auf dem Boden! Ein heftiges Donnergrollen ließ die Pferde erzittern, doch der Mann auf dem Boden blieb regungslos liegen. War er tot?

Vorsichtig streckte Niklas die Hand nach dem Mann aus – aber der schien einfach nur sehr fest zu schlafen. Blitz und Donner, aber der Mann schlief den Schlaf des kleinen Kindes oder den des großen Säufers. Was für ein Wächter!

Am Ende des Stalls entdeckte Niklas noch zwei weitere Gestalten, die schnarchend in der Ecke lagen. Er schüttelte den Kopf und ging durch den Stall in die weiteren Räume bis zur Vorratskammer. Er seufzte, als er sich das erste Stück Käse in den Mund steckte. Kauend stopfte er seinen kleinen Beutel voll. Er verließ die Kammer, als er plötzlich Schritte hörte!

Panisch suchte er nach einem Versteck. In letzter Sekunde, er sah schon einen Lichtschein auf sich zukommen, drängte er sich in eine Mauernische. Er wurde kreidebleich, als sich die Gestalt mit der Kerze in der Hand mit einem Mal auf die Nische zudrehte. Im Stillen fing er zu beten an, noch ein Schritt und alles war zu spät. Doch wie durch ein Wunder hielt der Mann im letzten Moment inne und wandte sich dem Tischlein zu, das schräg gegenüber der Nische stand. Er stellte die Kerze auf dem Tisch ab, während Niklas ihn beobachtete. Das Gesicht des Mannes konnte er nicht sehen, weil er nur auf dessen Rücken blickte, aber er war von stattlicher Figur und an seiner Kleidung ließ sich erahnen, dass es ein Edelmann war. Niklas wunderte sich, was ein solcher Edelmann in Weidenbruch wollte.

Der Mann holte unter seinem Mantel einen Trinkbeutel hervor und legte ihn auf den Tisch. Es war ein besonders prächtiges Exemplar. So etwas Feines hatte Niklas noch nicht gesehen. Er war von purpurner Farbe und golden bestickt. Es schien ein Wappen zu sein, das dort so seidig schimmerte. Dann kramte der Mann noch etwas unter seinem Mantel hervor, doch Niklas konnte es zunächst nicht sehen. Stattdessen entdeckte er die lange Narbe, die auf der linken Hand des Mannes prangte, als dieser den Beutel öffnete. Dann konnte Niklas schließlich auch erkennen, was Narbenhand in der anderen Hand hielt. Es war ein kleines Fläschchen, dessen Inhalt er nun in den Beutel kippte. Er schloss den Beutel wieder, schüttelte ihn, und so plötzlich wie Narbenhand gekommen war, war er wieder verschwunden.

Niklas atmete befreit auf. Er schickte tausend Dankgebete gen Himmel und verließ Hof und Dorf so schnell er nur konnte.

Im Vergleich zu den Aufregungen der Nacht verlief der nächste Tag viel angenehmer. Die Neugier hatte ihn schon früh wieder ins Dorf getrieben. Er wollte unbedingt wissen, was es mit dem Edelmann und den prächtigen Pferden auf sich hatte. Schnell erfuhr er, dass der Ritter Konrad von Falkenberg gestern mit seinem Gefolge im Dorf angekommen war. Dieser Ritter hatte eine Hochzeit auf der Weyenburg besucht und machte nun auf dem langen Heimweg Station in Weidenbruch.

Des Ritters Anwesenheit rettete Niklas den Tag. Denn im allgemeinen Trubel fiel er jetzt nicht mehr auf. Die Knechte des Ritters dachten, er wäre aus dem Dorf, und die Leute aus dem Dorf nahmen an, dass er zur Gefolgschaft des Ritters gehörte. Es grämte ihn auch nicht zu hören, dass der Verwalter, mit dessen Knüppel er so intensiv Bekanntschaft geschlossen hatte, zwischenzeitlich gestorben war. Überhaupt schien sich sonst kein Dorfbewohner mehr an ihn zu erinnern, was ihn eigentlich auch nicht wunderte. Er war damals nur kurz hier gewesen und dazu noch ein halbes Bürschlein, dem nicht einmal Bartflaum wuchs.

Im Laufe des Tages hatte er auch Narbenhand wieder gesehen. Es war Rudolph von Falkenberg, Ritter Konrads Vetter.

Unruhig wurde es jedoch im Dorf, als es plötzlich hieß, Ritter Konrad sei erkrankt und man munkelte, es ginge ihm gar nicht gut. Wildeste Gerüchte kursierten im Dorf: Die einen sagten, dem Ritter gehe es sehr schlecht, er spucke Blut und man befürchte das Schlimmste; die anderen meinten, so schlecht gehe es ihm gar nicht, es sei wohl nicht mehr als eine heftige Magenverstimmung und schon bald vorbei.

Am Abend stand Niklas mit zwei Knechten des Ritters – einer der beiden, Sebastian Gerber, war der Mann, über den er in der Nacht gestolpert war – zusammen, als ein Aufseher auf sie zukam. „Hört mal, ihr Burschen, ich habe Arbeit für euch. Folgt mir."

Sie gingen mit ihm zur Hofanlage des Verwalters. Dort zeigte er ihnen, was zu tun war: Es galt Kisten nach draußen zu tragen, andere ins Haus hinein, verschiedenste Dinge waren zu rangieren. Die Arbeit war nicht schwer und ließ Luft für kleine Neckereien.

„Und, Meister Gerber?", begann Niklas „Habt Ihr letzte Nacht bei dem Gewitter auch so schlecht schlafen können?"

Sebastian kratzte sich nachdenklich am Kopf. „Welches Gewitter?"

„Was heißt hier, welches Gewitter?", mischte sich Johannes, der zweite Knecht, ein. „Das Gewitter, das mich letzte Nacht sämtliche Schutzheiligen und alle meine seligen Verwandten anrufen ließ!"

„Ich habe von einem Gewitter nichts mitbekommen", antwortete Sebastian.

„Wohl etwas zu tief ins Weinfass geschaut?" Niklas grinste.

„Ach was, etwas Wein beim Abendbrot. Den haben wir doch alle getrunken."

„Ich nicht", triumphierte Johannes.

„Ja, du bist ja heiliger als ein Mönch, der in Aske..."

Niklas hörte nicht mehr zu. Etwas anderes nahm seine ganze Aufmerksamkeit ein. Ein Mann schob gerade ein Stück des Vorhangs zur Seite, der den hinteren Teil des Raums abtrennte. Dort entdeckte Niklas den Ritter Konrad, auf einer Liege ruhend. Gerade griff dieser an seine Seite und holte einen Trinkbeutel hervor, den Beutel, den Niklas letzte Nacht in der Hand Rudolph von Falkenbergs gesehen hatte.

„Was für ein herrlicher Beutel", raunte Niklas.

„Der Beutel, ja", Johannes sah zum Ritter hinüber, „das ist ein Erbstück von des Ritters Vater. Ein einzigartiges Stück. Den hütet der Ritter wie seinen Augapfel."

In der folgenden Nacht fand Niklas keine Ruh. Sicherheitshalber hatte er sich in der Dämmerung wieder aus dem Dorf geschlichen und ein schönes Plätzchen zum Schlafen gesucht. Jetzt lag er mit vollem Magen in der lauen Sommernacht, auf einer weichen Wiese blickte er in den friedlich funkelnden Sternenhimmel und konnte nicht schlafen. Er wurde dieses Bild nicht mehr los: Rudolph von Falkenberg mit dem purpurnen Beutel in der Hand, wie er etwas hineinkippte. Dann war der Ritter urplötzlich schwer krank geworden. Davor eine Gewitternacht, welche die Toten aus ihren Gräbern hätte holen können, aber in der alle Weintrinker selig geschlafen hatten.

Es ließ Niklas keine Ruh. In seinem Kopf hörte er ständig das Gerede der Leute, die spekulierten, was aus Burg Falkenberg und ihren Besitztümern werden sollte, falls es zum Schlimmsten käme. Der Ritter hatte nur einen Sohn, der mit seinen Knien noch den Dreck auf dem Boden fegte. Gott weiß, ob der Knabe je das Mannesalter erreichte. Solange würde wohl Rudolph als nächster männlicher Verwandter das Regiment übernehmen.

Niklas hörte die Leute über Rudolph reden: Er sei ein starker Mann und sehr klug. In den Stimmen der Leute schwang großer Respekt mit oder war es schon Furcht?

Die ganze Nacht über spukten diese Gedanken in Niklas' Kopf herum. Am nächsten Morgen hatte er einen Entschluss gefasst. Er hatte einen Plan geschmiedet, bei dem er sowohl den Beistand des Herrn als auch den des Teufels benötigte. Lange hatte er überlegt, ob er zu Ritter Konrad gehen sollte. Doch die Angst war zu stark, dass Rudolph alles abstritt und er hinterher als Lügner dastand. So etwas konnte ihm das Leben kosten.

Wohl konnte er die ganze Sache auf sich beruhen lassen und alles vergessen, was er seit vorgestern Nacht erlebt hatte. Aber das war nicht seine Manier. Es war eine Gelegenheit für Niklas Helbling. Er war nur ein einfacher Bauernsohn mit acht Geschwistern, echte Gelegenheiten boten sich ihm selten.

Er betrat den Hof des Verwalters. Suchend sah er sich nach allen Seiten um. Er merkte, wie seine Hände zitterten, sein Herz pochte und in seinem Bauch sprangen die Grillen. Er hatte Angst. Doch plötzlich entdeckte er den, den er suchte, und ging auf ihn zu. „Herr?"

Rudolph von Falkenberg drehte sich zu ihm.

„Herr", Niklas verbeugte sich tief, „Herr, ich bitte Euch untertänigst, aber ich müsste in einer dringenden Angelegenheit mit Euch sprechen."

„So sprich."

Niklas blickte sich unbehaglich um. Die vielen Leute im Hof gefielen ihm gar nicht. „Es wäre vielleicht besser an einem Ort zu sprechen, wo es nicht so viele Augen und Ohren gibt."

Rudolph sah ihn durchdringend an und für einen Moment dachte Niklas, dass ihn der Edelmann gleich davonjagen wollte, doch dann sagte er nur: „Folge mir", und ging voraus.

Rudolph führte ihn in eine kleine Kammer und schloss die Tür hinter ihnen zu.

„Nun, ist es dir so recht?", fragte Rudolph im spöttischen Ton.

Niklas nickte zaghaft. Obwohl er sich gut überlegt hatte, was er sagen wollte, traute er sich kaum, den Anfang zu machen. Vielleicht war alles ein großer Fehler und vermutlich sein letzter.

„Was denn nun? Sprich endlich, du Narr!"

„Herr", Niklas nahm seinen ganzen Mut zusammen und versuchte die große Gestalt direkt vor ihm auszublenden, „vor zwei Nächten bei dem grausigen Gewitter konnte ich nicht schlafen und bin herumgeirrt.

Da war mir so, als ob ich Euch hier im Haus gesehen hätte. Ihr hattet des Ritters Trinkbeutel und fülltet dort etwas hinein aus einem Fläschchen."

Niklas schaute vorsichtig zu Rudolph, doch diesen schien seine Erzählung erst einmal sprachlos zu machen. Also redete er weiter, den Blick wieder gesenkt: „Am nächsten Tag dann, der Ritter Konrad wurde so urplötzlich krank, da macht man sich seine Gedanken." Niklas verstummte. Er spürte, dass Rudolph langsam aus seiner Schockstarre erwachte. Niklas konnte nicht aufhören, auf Rudolphs langes Schwert, das direkt neben dessen zuckender Hand hing, zu schauen.

„Was maßest du dir an? Wer bist du überhaupt?! Was erzählst du für Märchen, wirre Träume in der Nacht. Hast dich dem Wein hingegeben und ..."

„Oh Herr", unterbrach ihn Niklas, „wenn ich von Eurem Wein getrunken hätte, hätten mich nicht einmal die Posaunen des jüngsten Gericht wecken können!"

Rudolph sah ihn hasserfüllt an. Vielleicht hätte Niklas nicht so sprechen sollen, vielleicht war jetzt der Moment gekommen, so schnell wie möglich aus dieser Kammer zu fliehen?

„Herr", Niklas Stimme wurde wieder sanft, „versteht mich nicht falsch. Ich will Euch nicht schaden. Ihr seid so ein edler, weiser Mann. Mir steht doch nicht an, Euch zu werten. Nein, vielmehr will ich Euch dienen. Ich biete Euch meine Dienste an. Ihr werdet meine Talente sicher bald zu schätzen wissen."

Rudolph schwieg und starrte Niklas nur grimmig an. Es wurde totenstill im Zimmer. Doch plötzlich riss Rudolph die Tür auf und brüllte, dass es Niklas sämtliche Haare zusammenzog: „Rainald!"

Wenige Augenblicke später stand der Gerufene im Raum und wartete auf seine Order.

„Hier, dieser Bursche", Rudolph zeigte auf Niklas, der glaubte, sein letztes Stündlein habe geschlagen, „er steht ab jetzt in meinen Diensten. Kümmere dich um ihn und zeig ihm alles Nötige."

Niklas saß hoch im Baum auf einem breiten Ast. Er hatte sich aus dem Dorf geschlichen, um für einen Moment allein zu sein. Es war in den letzten Tagen viel passiert. Noch vor einer Woche war er der Lehrling des Meisters Weigel und jetzt stand er im Dienst des Rudolph von Falkenberg. Das konnte eine gute Ausgangsposition für ihn sein, wenn er es richtig anstellte. Dass er heute alles richtig gemacht hatte, zeigte ihm der Blick an sich herunter. Er hatte sich gewaschen und die Haare frisiert, Rainald hatte ihm die zerlumpten Kleider genommen und ihn neu eingekleidet. Er war ein neuer Mann und nicht übel anzusehen.

Plötzlich sah er unten eine Bewegung, jemand kam den Weg hinunter, eine Frau, in der er Ursula von Falkenberg erkannte, die Nichte des Ritters Konrad. Sie spazierte mit einem Buch in der Hand, doch als sie am Stamm des Baumes war, blieb sie stehen und setzte sich ins Gras. Sie schlug das Buch auf und begann leise daraus vorzulesen.

Niklas blieb verdutzt sitzen. Sollte er sich kenntlich machen? Aber das könnte zu einer unangenehmen Situation führen. Sehr unwahrscheinlich, dass sie ihn hier oben entdeckte. Er beschloss, still sitzen zu bleiben, und lehnte sich wieder an den Stamm, um dem Klang ihrer Stimme zu lauschen. Diese war sehr angenehm, bald hörte er weniger auf ihre Worte als mehr auf den sanften Klang, der ihn die Augen schließen und träumen ließ. Mit zwei schlecht geschlafenen Nächten im Nacken, war es ihm nicht zu verdenken, dass er schnell einnickte. Aufgeschreckt fuhr er wieder hoch, doch da war es zu spät: Er verlor das Gleichgewicht und fiel aus dem Baum.

Als er sich unter Fluchen und Stöhnen wieder aufgerappelt hatte, sah er in das amüsierte Gesicht Ursulas.

„Sagt mir, guter Mann, ich habe schon viel gesehen und auch gelesen, aber dass Männer aus Bäumen fallen, ist mir fremd. Und sagt mir, ist es hier Sitte, dass junge Männer Büsche in den Haaren tragen?" Sie griff beherzt in sein Haar und holte einen kleinen Zweig samt Grünzeug hervor.

Niklas errötete. „Ich ... edle Frau ... verzeiht ... ich ...", stammelte er vor sich hin.

„Nun, vielleicht fangen wir damit an, dass Ihr mir erstmal Euren Namen nennt?"

„Niklas, Niklas Helbling." Er verbeugte sich und versuchte seine Manieren wiederzufinden. Sie war sehr schön, das machte die Sache nicht unbedingt leichter. Nun war sie nicht die erste schöne Frau, die vor ihm stand, es gab auch schöne Bauerntöchter, aber die Anmut, mit der sie sich bewegte, ihre ganze Aufmachung; wenn er nur auf ihr seidig braunes Haar blickte, wie es prächtiger als alles Geschmeide ihre Schultern und ihren Rücken umspielte, da verschlug es ihm die Sprache.

„Nun, Herr Helbling, pflegt Ihr öfters aus Bäumen zu fallen?"

„Nein, verzeiht mir, ich saß schon dort, wie Ihr kamt, und wollte Euch nicht stören. Ich lauschte Eurer Stimme und der Klang war so lieblich, dass ich zu träumen anfing, einschlief und vom Baum fiel."

„Dann war mein Vortrag so spannend für Euch, dass
Ihr dabei gleich einschlieft?"

Niklas wurde wieder rot. „Nein, äh, so war's nicht."

Sie lachte. „Ist schon gut, Meister Helbling. Ich habe
verstanden. Seid Ihr hier aus Weidenbruch?"

„Nein, ich stehe im Dienste des Rudolph von Falkenberg."

„Oh." Ihr Gesicht verfinsterte sich. „Ich habe Euch
noch nie gesehen."

„Ich stehe erst seit kurzem in seinem Dienst."

„Ja dann, muss man Euch wohl gratulieren", sagte sie
spitz.

„Ihr seid nicht sehr angetan vom Herren Rudolph."

„Nun ist sein Knecht wohl nicht die rechte Stelle, um
sich zu beklagen. Ich sage nur, dass man sich wohl
überlegen sollte, welchem Herrn man dient."

„Bitte, edle Frau, ich bitte Euch, mir zu vertrauen.
Sagt mir, was Ihr damit meint."

Sie zuckte mit den Schultern. „Nichts Konkretes. Mein
Herz sagt mir nur, dass Rudolph nicht zu trauen ist.
Er ist meine Familie, aber er ist ein durchtriebener
Mensch. Er ist listig und unerbittlich für seine Ziele.
Wär ich ängstlich, ich würde mich vor ihm fürchten."

Niklas schwieg. Ursula schien nicht nur eine scharfe
Zunge zu haben, sondern auch einen scharfen Verstand.

„Und Euer Onkel, der Ritter Konrad?", fragte er.

„Mein Onkel, er mag seine Fehler haben, aber er ist
ein guter Christenmensch."

„Ist es mir erlaubt zu fragen, wie es dem Ritter geht?"

„Er ist noch schwach und hat Schmerzen, aber der
Herr scheint Erbarmen mit ihm zu haben. Wahrscheinlich werden wir morgen oder übermorgen
weiterreisen können." Sie seufzte. „Nun gut, es freut

mich, Eure Bekanntschaft gemacht zu haben, Niklas Helbling. Ich werde jetzt wieder ins Dorf zurückgehen."

Niklas verbeugte sich, während sie aufbrach. Nachdenklich sah er ihr hinterher.

Auch die folgende Nacht brachte nichts als grüblerisches Wachliegen. Obwohl er diesmal sogar im Haus mit vollem Bauch in einem richtigen Bett lag. Seine Gedanken quälten ihn, das Gespräch mit der schönen Ursula ließ ihn nicht los. Konnte er tatenlos dabei zusehen, wie der gewissenlose Rudolph den guten Christenmenschen Konrad umbrachte? Auch wenn er selbst den Dolch nicht führte, klebte das Verbrechen nicht auch an seinen Händen? Kam man für so etwas nicht in die Hölle?

Doch schlimmer als der Gedanke ans Fegefeuer, war die Angst, die ihn langsam und unaufhaltsam einnahm, Angst um sein eigenes Leben. Er war Mitwisser und Rudolph ein skrupelloser Mensch. Was sollte diesen daran hindern, sich auch seiner früher oder später zu entledigen?

Niklas hatte nicht gefrühstückt. Mit einem Giftmischer im Haus schmeckte ihm all das gute Essen nicht mehr. Wen würde es denn stören, wenn er plötzlich tot umfiele? Gestern hätte er die ganze Welt umarmen können, heute sah er hinter jeder Ecke Gevatter Tod. So konnte es nicht weitergehen. Denk nach, Niklas Helbling, wo ist deine Gelegenheit geblieben?

Er zermarterte sich den Kopf: Er brauchte Verbündete oder besser eine Verbündete.

Schnell fand er Ursula von Falkenberg. Mit allem Mut, den er finden konnte, erzählte er ihr die ganze Geschichte und von seinem Dilemma, dass er Rudolph allein nicht aufhalten könne. Niemand würde seinen Anschuldigungen glauben. Doch er hoffe inständig, dass wenigstens Ursula, zum Wohle ihres Onkels, die Wahrheit erkenne. Diese schwieg und wiegte ihren Kopf hin und her. „Bei jedem anderen meiner Familie würde ich dich sofort mit Schimpf und Schande aus dem Zimmer jagen, aber bei Rudolph ..."

Wieder Schweigen. Sie sah Niklas lange an und sagte schließlich: „Ich glaube dir. Aber du hast Recht, so einfach wird dir keiner glauben. Nicht, dass mein Onkel seinen Cousin zu sehr schätzt, aber er ist immer noch Familie. Wir müssen uns etwas ausdenken und vielleicht fällt mir dazu etwas ein."

Eine weitere Nacht lag Niklas wieder unruhig im Bett. Um ihn herum schnarchten die Knechte, doch er versuchte es erst gar nicht mit Schlafen. Er wusste, wenn ihr Plan aufging, würde er gleich ein Klopfen hören.

Den halben Tag hatten er und Ursula darüber nachgedacht, was sie tun konnten. Die beste Möglichkeit schien ihnen, Rudolph auf frischer Tat zu ertappen. Denn was gab es für einen schöneren Beweis, als wenn Ritter Konrad mit eigenen Augen sah, wie Rudolph versuchte, seinen Trinkbeutel zu stehlen. Aber wie sollten sie Rudolph dazu bringen, es heute Nacht wieder zu versuchen?

Ursula hatte die rettende Idee. Sie wusste, wovor es Rudolph graute und was ihn in Bedrängnis brachte. Es stand nämlich schon länger zur Debatte, dass der Ritter Konrad seinen Cousin an den Hof des Herzogs von Österreich schicken wollte. Rudolph war davon wenig begeistert. Offensichtlich sah er seine Zukunft mehr als Herr von Burg Falkenberg. Dazu spielte ihnen das Schicksal in die Hände: Da es Ritter Konrad wieder besser ging, sollte morgen der Abreisetag sein.

Also ging Niklas zu Rudolph mit der Behauptung, ein Gespräch zwischen Ursula und Ritter Konrad belauscht zu haben. Die beiden erzählten sich, dass es beschlossene Sache sei, dass Rudolph zum Herzog gehe. Sogar ein Bote sei schon nach Österreich losgeschickt worden. Gleich morgen wollte Konrad Rudolph den Befehl erteilen, direkt dorthin zu reisen, er sollte nicht mehr zur Burg Falkenberg heimkehren.

Rudolph war sichtlich geschockt ob dieser Neuigkeit. Niklas' Stunde war gekommen. Er war schon immer ein geschickter Redner, aber jetzt sollte er sein Meisterstück ablegen. Er musste Rudolph davon überzeugen, natürlich ohne den geringsten Verdacht zu erregen, dass heute Nacht seine letzte Chance auf Burg Falkenberg war. Wenn er jetzt nicht handelte, war alles verloren. Rudolph biss an. Er instruierte Niklas, den Schlaftrunk in den Wein zu kippen, damit alle, Ritter Konrad eingeschlossen, in der Nacht friedlich schlummerten. Ursula hingegen sorgte dafür, dass der Ritter nichts von dem präparierten Wein trank.

Niklas dachte an Ursula. Sie war so klug und mutig und ihrem Onkel treu ergeben. Sie wollte heute Nacht selbst dabei sein und Rudolph entlarven, wenn er den Beutel von Konrad stahl. Deshalb war es ausgemacht, dass sie sich in der Nähe von Konrads Zimmer versteckte und auf Rudolphs Kommen wartete.

Plötzlich hörte Niklas ein Klopfen. Das war das Zeichen, Rudolph von Falkenberg verlangte nach seinen Diensten. Er verließ den Schlafraum und entdeckte Rudolph im Gang, mit einer Kerze in der Hand. Er sagte nichts, sondern ging einfach los, und Niklas folgte ihm stumm.

In einer Kammer blieben sie stehen und Rudolph drückte Niklas verschiedene Tücher und Wollen in die Hand und noch eine große, dunkle Flasche. Niklas war völlig irritiert.

„Herr, ich verstehe nicht, holen wir jetzt nicht den Trinkbeutel von Ritter Konrad?"

„Schweig, du Narr. Das wird alles so nicht gehen. Heute Nacht werde ich es richtig machen. Ursula, die Schlange, die den Ritter gegen mich aufhetzt, wird ihren Preis zu zahlen haben. Ich habe sie heute Nacht hier herumschleichen sehen ..."

Niklas erschrak. Was hatte Rudolph mit Ursula gemacht?

„... ich habe die feine Dame wieder in ihr Schlafgemach geleitet und die Tür fest verschlossen, dass sie nicht erneut ihr Zimmer verlässt. Sie wird schon sehen, was sie davon hat, wenn sie nicht mehr aus dem Zimmer kommt. Brennen soll'n sie, brennen soll'n sie alle! Komm."

Niklas taumelte los. Was war aus ihrem Plan geworden? War Rudolph vom Teufel besessen?

Vor Konrads Schlafraum hielten sie an und Rudolph veranlasste Niklas, die Sachen, die er trug, auf den Boden zu legen.

„Nimm die Kerze und geh einen halben Schritt hinter mir. Jetzt werde ich endgültig dafür sorgen, dass Konrad mir nicht mehr im Wege steht."

Sie betraten das Zimmer und Niklas sah den Ritter friedlich im Bett schlafen. Daneben Rudolph, wie er auf das Bett zutrat, ein Kissen nahm und es Konrad mit brachialer Gewalt ins Gesicht drückte. Doch plötzlich bewegten sich Konrads Hände, sein ganzer

Körper bäumte sich auf. Rudolph schien irritiert zu sein, dass Konrad nicht so betäubt war, wie er gedacht hatte. Konrad schaffte es, sich unter dem Kissen hervorzukämpfen, er erblickte seinen Attentäter und rief völlig entgeistert: „Rudolph?!" Sofort nutzte der Konrads Bestürzung, indem er ihm einen Faustschlag versetzte und dann mit seinen Händen unerbittlich zudrückte.

All dem schaute Niklas hilflos zu. Völlig versteinert stand er neben dem Bett, mit der Kerze in der Hand. Um ihn herum lagen die schlafenden Wachen, keiner, der ihm jetzt zur Hilfe kommen konnte. Vor ihm Ritter Konrad, der um sein Leben kämpfte, und Rudolph von Falkenberg, ein stattlicher Mann, einen Kopf größer als er selber, dazu noch kriegserfahren und kampferprobt. Er könnte hier stehenbleiben und die Dinge geschehen lassen, sein Leben war nicht direkt in Gefahr. Und wenn diese Nacht vorbei war, irgendwann fände sich die Gelegenheit, bei der er so weit und so schnell er nur konnte vor Rudolph davonlaufen würde. Nur Ritter Konrad und die schöne Ursula würden nicht davonkommen.

Mit Schrecken sah Niklas, wie Konrads Hände, die noch nach Rudolph griffen, schwächer wurden, langsam sanken. Rudolph keuchte und schwitzte von der Anstrengung, mit der er Konrad die Luft abschnürte. Bald würde alles vorbei sein, Konrads Lebenslicht für immer erloschen. Niklas konnte das nicht zulassen. Plötzlich sträubte sich alles in ihm. Er stellte die Kerze ab und griff nach dem Hocker, der am Bett stand, und schlug ihn Rudolph über den Rücken. Der fiel kurz in sich zusammen, um sich einen Wimpernschlag später wutentbrannt nach dem Übeltäter umzudrehen.

„Was?! Du! Was willst du kleiner Tor von mir?" Er lachte und zog sein Schwert aus der Scheide.

Niklas wich einen Schritt zurück. Er blickte kurz zur Tür, wollte die Distanz abschätzen, ob es ihm gelänge, an Rudolph vorbei zu fliehen. Doch in der Tür stand Ursula mit weit aufgerissenen Augen.

Rudolph kam weiter auf ihn zu, Niklas wich zurück, bis die Wand seine Flucht stoppte. Rudolph hob das Schwert zum letzten Stoß, Niklas senkte den Kopf, als Rudolph unvermittelt stolperte, nach vorne kippte und die Balance verlor. An einem Regal an der Wand wollte er sich festhalten, doch seine Hand rutschte ab, der Ruck reichte aus, einen großen, schweren Krug auf dem Regal zum Fallen zu bringen. Und er fiel auf Rudolphs Kopf und zertrümmerte unter lautem Krachen seinen Schädel.

Niklas blieb wie erstarrt über dem toten Rudolph stehen und fasste sich an die Brust, die nicht von einem scharfen Schwert zerstückelt worden war. Er konnte es nicht fassen. Was war eben geschehen? Er blickte mit heruntergeklapptem Unterkiefer zum Bett herüber, wo Ursula bei Ritter Konrad stand. Welche Freude, der Ritter bewegte sich, er lebte! Niklas lächelte.

Konrad richtete sich langsam auf und versuchte aufzustehen. Er wirkte sehr durcheinander. „Ich verstehe nicht, Ursula, mein liebes Kind. Wer ist dieser junge Mann?"

„Das ist Niklas Helbling, Onkel. Er war Rudolphs Knecht, aber hat sich aus Treue zu Euch gegen Rudolph gestellt und hat hier mit ihm gekämpft. Äußerst tapfer und mutig, ohne Waffen hat er gekämpft und den großen Rudolph eigenhändig erschlagen."

„Oh", sagte Konrad und drehte sich zu Niklas, der nach Ursulas Worten verdattert an der Wand stand.

„Nun, Niklas Helbling, wenn Ihr mir so treue Dienste erwiesen habt, soll es Euch auch vergolten werden. Ich möchte Euch bitten, in meine Dienste zu treten, es soll Euer Schaden nicht sein."

„Ich danke Euch, mein Herr. Gerne will ich Euer Angebot annehmen." Niklas verbeugte sich.

Konrad ging nachdenklich zum Körper des toten Rudolphs hinüber, während Niklas auf Ursula zutrat.

„Edle Ursula, nun schmeicheln mir Eure Worte, aber habt Ihr nicht ein wenig übertrieben? War es nicht eher Gottes Werk, dass Rudolph zu Fall gebracht hat?"

„Alles ist wohl Gottes Werk und wir sein Werkzeug. Ihr hattet Eure Gelegenheit und habt sie gut zu nutzen gewusst."

„Aber eines müsst Ihr mir noch verraten. Wie seid Ihr aus Eurem Zimmer gekommen? Ich dachte, Rudolph hätte Euch eingesperrt."

„Was denn, Herr Helbling? Meint Ihr wirklich, Ihr seid der einzige auf der Welt, der ein Schloss ohne Schlüssel öffnen kann?"

Niklas lachte.

Die Rose von Rabenfels

Sie saß am Fenster, den Stickrahmen unbeachtet auf den Knien, eingesperrt zwischen den kalten Mauern von Burg Rabenfels. Ihr Blick glitt über die saftig grünen Wiesen, den dunklen Saum des Waldes und die sanften Hügel, ein Teppich aus gelb und grün, der sich unter dem endlosen Blau des Himmels erstreckte.

Sehnsucht keimte in ihr auf, Sehnsucht, durch Felder und Wälder zu streifen, auf die Pirsch zu gehen, mit stolzgeschwellter Brust der Mutter den erlegten Fasan zu überreichen. Von der Mutter lachend die schönste Feder ins Haar gesteckt zu bekommen und das Tier der Köchin zu übergeben. Kindheitserinnerungen, unbeschwert und frei, ewige Jahre her, ewige Tagesritte entfernt.

Wütend warf sie den Stickrahmen auf die Bank und zog die Wolldecke enger um die Schultern.

Sofort war Agnes mit einer weiteren Decke zur Stelle.

„Lass nur, Agnes. Tausend Decken können mich nicht wärmen. In diesen Gemäuern verschimmelt man. Selbst der Sommer hat es aufgegeben, diese trostlose Stätte zu besuchen!"

Unbeirrt legte Agnes die Decke um die Knie ihrer Herrin.

„Wenn die Kälte ins Herz gekrochen ist, muss das Herz neu entzündet werden, um wieder wärmen zu können."

„Wohl wahr, Agnes. Doch woran soll sich mein Herz entzünden? An einem alten Ritter, der mit Narben übersät, runzlig und faltig mit letzter Kraft zu mir ins Bett gekrochen kommt, um vergeblich einen Erben zeugen zu wollen?"

„Darüber wollte ich mit Euch sprechen." Agnes schaute prüfend zur Tür und fuhr mit gedämpfter Stimme fort: „Herrin, ich konnte keine weiteren Ziegenblasen auftreiben. Die misstrauischen Blicke der Bauern verheißen nichts Gutes. Bisher halten sie mich nur für eine komische Alte. Aber was, wenn erst das Gerücht umgeht, dass ich Schuld an Eurer Kinderlosigkeit bin? Dann werden sie mich Hexe nennen!"

Margret schauderte. Agnes war ihre einzige Vertraute, ihre Verbündete von jeher, sie hatte sie gesäugt und umsorgt, ihr Lieder gesungen, wenn sie Angst vor der Dunkelheit hatte, ihr Geschichten erzählt, wenn die Abende länger und die Tage kürzer wurden. Sie hatte sie eingeweiht in die Geheimnisse des Frauseins und dank ihres Wissens hatte Margret bisher verhindern können, ein Kind zu empfangen. Sie war noch nicht bereit, Mutter zu sein! Doch die Vorstellung, Agnes dadurch in Gefahr zu bringen, vielleicht sogar zu verlieren, entsetzte Margret zutiefst.

Agnes setzte sich neben sie und legte beruhigend die Hand auf ihren Arm.

„Ritter Adalbert hat ein gutes Herz, Herrin. Bedenkt doch, was ein Mann alles tut, um einen Erben sein Eigen nennen zu können. Bestimmt liest er Euch jeden Wunsch von den Lippen, wenn er nur sieht, dass sich seine Hoffnung unter Eurem Herzen wölbt."

Margret entzog ihrer Amme den Arm. Ihr Vorschlag war ungeheuerlich! Sie war noch nicht bereit und verfluchte ihren Vater, der sie als Kind die Süße der

Freiheit hatte schmecken lassen, um sie dann von heut auf morgen einem verwitweten Greis zur Frau zu geben. Verräter! Ihr Vater, ihre Mutter, sogar Hannes, mit dem sie etliche Lenze durch die Felder und Wälder gestreift war, alle hatten sie im Stich gelassen. Und jetzt Agnes! Verräter! Allesamt!

„Lass mich allein!", herrschte Margret Agnes an, zog wenig damenhaft die Knie unters Kinn und vergrub sich in ihrer Wolldecke. Sie hörte, wie Agnes die Tür leise hinter sich schloss und ließ den Tränen freien Lauf.

Am Abend blieb ihr Platz bei Tische leer und Ritter Adalbert wunderte sich. Agnes war eine Meisterin in diplomatischen Angelegenheiten. Auch dieses Mal fand sie die richtigen Worte, den Ritter zu besänftigen. Bei ihrer Herrin würde das länger dauern. Der Wildfang brauchte Zeit, um die Dinge zu durchdenken. Zudem hatten ihre sanftmütigen Eltern die junge Herrin erst vor kurzem auf ihre Rolle als Gattin und Burgherrin vorbereitet. Zu spät, wie Agnes fand. Sie betete inständig um Weisheit und Einsicht für Margret.

„Ach, Agnes, auf ein Wort", rief der Hausherr die Leibmagd seiner Frau zurück. „Es dürfte Euch nicht entgangen sein, dass es auf und um die Burg einige Bastarde gibt. An meinen Lenden liegt es also nicht. Erklärt mir, was mit Eurer Herrin nicht stimmt?"

Agnes wurde blass, fing sich aber schnell wieder. „Edler Herr, sie ist noch sehr jung. Gewährt ihr ein wenig Zeit. Ich bin mir sicher, mit Geduld und Respekt erlangt Ihr ihre Liebe und somit den ersehnten Erben."

Ritter Adalbert hob eine Augenbraue. „Sie verweigert sich mir nicht, aber ..."

„Edler Herr, junge Frauen möchten umworben werden, sie möchten schöne Worte hören, Komplimente, vielleicht auch kleine oder größere Aufmerksamkeiten, aber vor allem möchten sie geliebt werden um ihretwillen."

Agnes biss sich auf die Lippe. Was hatte sie getan? Wie konnte sie es wagen, dem edlen Herrn Ritter Ratschläge zu erteilen? Doch Ritter Adalbert überging ihre Taktlosigkeit, als habe er nichts bemerkt. Er nickte gedankenverloren und verließ den Saal.

Margret hatte am Fenster gesessen und geweint, bis der Hals rau war und der Rücken schmerzte. Gerade als sie in den Kissen ihres Bettes die fehlende Wärme suchen wollte, steckte Agnes den Kopf zur Tür herein. „Ich will kein Nachtmahl. Und entkleiden kann ich mich allein. Du wirst hier heute nicht mehr gebraucht."

Agnes zog sich zurück.

Margret löste wütend die Ösen, Schlaufen und Schleifen ihrer Kleider und schlüpfte in ihr Nachtgewand. Schnell legte sie die Haube ab und band den darunter steckenden Zopf auf, so dass ihr weizenblondes Haar in sanften Wellen über ihren Rücken floss. Sie kämmte Strähne für Strähne ehe sie sie erneut zu einem festen Zopf flocht. Dann schlüpfte sie unter die Bettdecke und vergrub sich tief in den Kissen. Ganz unten drunter hatte sie noch eine Ziegenblase versteckt, die sie jetzt zwischen ihren Schenkeln an den Ort ihrer Bestimmung platzierte, um einmal mehr zu verhindern, Mutter zu werden.

Gleich würde er klopfen, erst zaghaft, dann ungeduldig, um im nächsten Moment das Zimmer zu betreten, sich die Kleider vom Leib zu reißen und sich auf

sie zu stürzen. Dann würde er verrichten, wozu er gekommen war, bevor er sich ermattet auf den Rücken
drehte und im nächsten Moment laut schnarchte.

Margret seufzte und horchte ins Dunkel. Keine
Schritte auf den Stiegen, kein Klopfen, alles blieb still.
Sie wartete und lauschte und in ihr Warten und Lauschen schlich sich plötzlich Hannes' freches Grinsen.
Hannes, wie er gegrinst hatte, als er sie beim Fangen-
spielen erwischt hatte. Er hatte sie festgehalten, ganz
nah und ganz fest und sich dann mit ihr in die Wiese
fallen lassen. Als Kinder hatten sie das tausendmal
getan. Aber damals war es anders. Sie hatte nicht zu
atmen gewagt. Dann hatte er ihren Kopf in seine großen Hände genommen und sie geküsst. Wunderbar
weich, ganz sanft und sachte. Sie hatte die Augen geschlossen und sich fallen lassen in den Abgrund aus
Lust und Furcht, Begierde und Scham.

Ein forsches Klopfen und das Knarren der Tür
schreckten Margret aus dem Schlaf. Agnes betrat mit
einer Wasserkanne in der Hand und Leintücher über
dem Arm die Kammer.

„Guten Morgen, Herrin. Wohl geruht?", fragte sie und
goss Wasser in die bereitstehende Waschschüssel.
Margret blinzelte verschlafen. Der Platz im Bett neben ihr war unberührt.

„Er war nicht hier, Agnes", wunderte sie sich.

„Wenn Ihr Euren Gatten meint, er hat sich die Gästekammer herrichten lassen."

Margret schlug entsetzt die Hand vor den Mund. Der
Hausherr hatte in der Gästekammer genächtigt? Das
gab ein schönes Getuschel unter dem Gesinde.

Im Hof hallte das Getrappel der Pferdehufe wider. Ritter Adalbert gab den Stalljungen Anweisungen, reichte ihnen die Zügel seines Arabers, überquerte den Hof und betrat freudestrahlend die Burg.

„Madame", verbeugte er sich galant, „darf ich Euch einen Augenblick in den Hof entführen?"

Margret nickte verwundert und trat hinaus. Im Burgfried tänzelte eine Stute, ein prächtiges Tier. Margret war sofort bezaubert.

„Sie ist sehr temperamentvoll und bisher ist ihr niemand Herr geworden. Ich hatte sie für die Zucht ausgewählt, aber wenn sie sich nicht reiten lässt ...", erklärte Ritter Adalbert und freute sich über Margrets glänzende Augen.

„Ein wundervolles Tier", sagte sie und näherte sich langsam der Stute. „Ruhig, meine Liebe, ganz ruhig." Und die Stute beruhigte sich, schnaubte leise und ließ sich von Margret den Hals tätscheln. Margret lehnte ihren Kopf gegen den Hals des Pferdes, flüsterte sanfte Worte und wandte sich schließlich an ihren Gemahl.

„Darf ich sie reiten?"

Ritter Adalbert strahlte.

„Mit dem größten Vergnügen, Madame. Doch erfüllt mir den Wunsch, Euch zu begleiten."

„Mit dem größten Vergnügen, edler Herr", gab Margret lachend zurück.

Und zwischen den Eheleuten war das erste zärtliche Band geknüpft.

Jetzt saß sie wieder am Fenster, den Stickrahmen unbeachtet auf den Knien. Der Schnee hatte Feld und Wald mit jungfräulichem Weiß bedeckt, das im Sonnenlicht gleißend glitzerte. Es trieb Tränen in die Augen, aber Margret wandte den Blick nicht ab. Jeden Moment konnte er in Sichtweite sein, das wollte sie um keinen Preis versäumen!

Agnes legte eine weitere Decke um Margrets Schultern und lächelte. In kürzester Zeit hatte sich das Leben auf Burg Rabenfels völlig verwandelt. Aus dem störrischen Mädchen war eine liebevolle junge Frau geworden, die stolz ihre Üppigkeit präsentierte. Schließlich trug sie den sehnlich erwarteten Erben unter ihrem Herzen! Das zarte Pflänzchen gegenseitiger Zuneigung zwischen dem Ritter und seiner jungen Gemahlin war mittlerweile zu einer prächtigen Pflanze leidenschaftlicher Liebe erstarkt. Wie die ehemalige Amme vorhergesagt hatte, las Ritter Adalbert Margret jeden Wunsch von den Lippen ab. So hatten die beiden Frauen hinter der Burg einen kleinen Garten angelegt mit Rosen und Heilkräutern. Margret hatte den Gästetrakt erweitern und eine Kapelle anbauen lassen, Feste veranstaltet und Burg Rabenfels zu einem Ort gemacht, an dem sich Adel und Geistlichkeit gerne ein Stelldichein gaben.

Jetzt wartete Margret voller Ungeduld auf die Rückkehr des Ritters und den hohen Besuch, der ihn begleiten sollte. Die Vorbereitungen waren in vollem Gange und die Burg brummte wie ein Bienenstock. Schon seit Tagen wurde geschlachtet, gekocht, gebraten und gebacken, gewaschen und geschrubbt. Aus dem Dorf waren Mädchen gekommen, um in Küche und Haus zu helfen, und Burschen, die die Vorratskammern und den Weinkeller füllten, beim Schlachten halfen oder in den Stallungen die Tiere versorgten. Gestern hatten Spielleute hinter dem Burgfried ihr Lager aufgeschlagen und ihr Gelächter hallte über den Burghof bis zu Margrets Gemach.

Morgen würden weitere Gäste eintreffen: Graf Sieg-mund von Eichenhain mit Gattin Katherina und Sohn Ritter Linhart, Graf Wilhelm von Burg Schönau mit Gemahlin Gwendolyn, Ritter Theoderich von Burg Waldenau mit Tochter Isabella und natürlich Pater Bertram aus der Abtei Niederdonk mit seinem Novi-zen Bruder Martin. Alles, was im Umkreis von zwei Tagesritten Rang und Namen hat, würde vertreten sein. Und Margret hatte dafür Sorge zu tragen, dass es an nichts fehlte. Ihre Anweisungen an die Küche und das Gesinde waren freundlich, aber bestimmt. Sie konnte sich auf ihre Mägde und Knechte verlas-sen und war dankbar dafür, denn obwohl sie noch nicht rund und schwerfällig war, war sie doch schnell erschöpft und müde.

In der Ferne tauchte ein rotes Banner auf, dann konn-te sie die Gruppe der Reiter erkennen. Aus den Nüs-tern der Pferde dampfte es und ihre Hufe wirbelten den Schnee auf.

„Da sind sie", rief Margret aufgeregt und lief in den Burg–saal. Sie ordnete die Platten, Krüge und Leuch-ter auf den Tischen neu, scheuchte das Gesinde durchs Haus, trieb die Mägde zur Eile an und verlang-te im selben Atemzug mehr Sorgfalt. Als Hufgetrap-pel den Burghof erfüllte, rief sich Margret zur Ruhe. Sie war Burgherrin von Rabenfels! So trat sie in den Burghof hinaus und begrüßte seine Hoheit, den Her-zog, mit einem formvollendeten Hofknicks.

Die Spielleute hatten ihre Lieder während des Mahls zum Besten gegeben und verließen nun auf einen Wink des Herzogs den Saal. Der Herzog lehnte satt und zufrieden auf seinem Platz. Jetzt erhob er den

Becher und prostete dem Burgherrn zu: „Auf Euer Heim und Euer Weib. Ihr wisst wirklich, Eure Gäste zu bewirten."

„Die Freundlichkeit Eurer Hoheit ist zu gütig. Es ist uns eine Ehre, Euer Hoheit in unserem Heim willkommen heißen zu dürfen."

Ritter Adalbert erhob sich, ebenso die anwesenden Ritter, die Leibgarde des Herzogs. „Lang lebe Herzog Heinrich."

„Lang lebe Herzog Heinrich.", schallte es im Chor zurück.

„Wir sind untröstlich, dass die Gemahlin Eurer Hoheit nicht zugegen ist", ergriff Margret das Wort.

„Ja, zu töricht von ihr, in der Kutsche zu reisen. Sie hätte den Schlitten wählen sollen. Aber morgen wird sie zu uns stoßen und Euer Gatte wird ihr Geleit geben, nicht wahr, Adalbert?"

„Es ist mir eine große Ehre, Eure Hoheit."

Früh am Morgen brach Adalbert mit einigen Männern auf, um der Herzogin entgegenzureiten.

Herzog Heinrich hatte inzwischen die Räumlichkeiten von Burg Rabenfels inspiziert, sogar die Kapelle, wo er auf Margret und Agnes traf und kurz verweilte.

Agnes wunderte sich, eilte dem Herzog doch der Ruf voraus, alles andere als gottesfürchtig zu sein.

„Ach, du da, sei so nett, lass mir in der Küche eine kleine Stärkung bereiten und bring sie in meine Kammer", forderte der Herzog die Leibmagd auf.

Agnes zögerte, doch Margret lächelte ihr aufmunternd zu. Was blieb anderes übrig? Dem Wunsch des Herzogs hatte man unverzüglich Folge zu leisten. Selbst, wenn es sich nicht gehörte, ihn mit der Herrin allein zu lassen.

„Nun, meine Liebe, zeigt mir die prächtigen Pferde, für die diese Burg berühmt ist. Ein kleiner Ritt wäre genau nach meinem Geschmack."

„Da muss ich Eure Hoheit leider enttäuschen. Mein Gemahl hat mir das Reiten untersagt, bis unser Kind das Licht der Welt erblickt hat. Aber zeigen kann ich Euch die Tiere wohl."

Sie verließen die Kapelle durch die Sakristei, überquerten den leicht verschneiten Burghof und erreichten die Stallungen.

„Lauft, ihr Burschen, in der Küche gibt es Freibier", rief der Herzog gut gelaunt und die Stallburschen waren froh, das Weite suchen zu dürfen. Margret war bezaubert von der Freundlichkeit und Güte des Herzogs.

„Ihr müsst die Röcke raffen, Margareta", forderte er jetzt, stakste durch das Stroh und setzte sich auf eine Futterkiste. Margret war mit dem Raffen ihrer Röcke beschäftigt und erstarrte, als sie aufsah. Der Herzog hatte seinen Umhang gehoben und entblößte sein Gemächt. Aufgerichtet und fordernd stand es vor Margret und der Herzog amüsierte sich über ihren Schreck.

„Ich sagte doch, ein kleiner Ritt wäre genau nach meinem Geschmack. Auf!"

Margret setzte langsam einen Fuß vor den anderen. Sie betete inständig, dass die Stallburschen zurückkämen oder Agnes den Stall betrat. Vergebens. Der Herzog packte zu, sobald sie in Reichweite war, zerrte an ihren Unterröcken, zog sich Margret auf den Schoß, drang in sie ein und grunzte zufrieden, während er ihre Brüste knetete, ihre Bluse aufriss und seinen Kopf in ihrem Busen vergrub. Er stieß und zerrte, rückte sie zurecht, drückte und stieß, sabberte und hechelte und ergoss sich in ihr. Dann tätschelte er ihr die Wange, schob sie von sich und richtete seine Kleider.

„Ein Herzog erkennt das beste Pferd auf den ersten Blick", grinste er und verschwand.

Margret blieb zurück. Verstört, verletzt und verzweifelt. Sie sank ins Stroh und vergrub sich in ihren Röcken. Die Tränen tropften auf ihre Arme, die sie um Kopf und Knie geschlungen hatte, durchfeuchteten ihre Röcke, doch sie reinigten nicht. Der Ort ihres Kummers schien ihr angemessen. Der Stall war der Ort für das beste Pferd – und für den letzten Dreck!

Pater Bertram drückte dem Novizen die Zügel seines Maultiers in die Hand.

„Versorge bitte das Tier, bevor du in die Küche gehst und dich verkösten lässt. Wir sehen uns dann zur Vesper in der Kapelle."

„Sofort, Pater Bertram", entgegnete der Novize und verbeugte sich tief und ehrerbietig vor dem Älteren. Dann wandte er sich den Stallungen zu. Er wunderte sich, dass keiner der Stallburschen zu sehen war.

„Na, alter Knabe", tätschelte er dem Maultier seines Dienstherrn den Hals, „dann wollen wir mal sehen, wo wir einen Platz für dich finden und vor allem etwas zu fressen." Als er den Stall betrat, kauerte vor der Futterkiste eine merkwürdige Gestalt, den Kopf in den Armen vergraben, die Arme auf den Knien. Das feine Kleid passte weder an diesen Ort, noch zu ihrer Haltung. Unter ihrer Haube lugte eine vorwitzige weizenblonde Locke hervor. Dem Novizen stockte der Atem. Er kannte diese Frau, kannte diese Locken! Was tat die Burgherrin hier im Stall und dazu in dieser misslichen Lage? Was sollte er tun? Konnte er ihr helfen?

Er warf sich die Kapuze seines Gewands über, zog sie tief ins Gesicht und ging einen Schritt näher.

„Verzeiht, wenn ich Euch anspreche, Madame", sagte er leise.

Margret hob den Kopf, für einen Augenblick glaubte sie, auf der elterlichen Burg zu sein und eine vertraute Stimme zu hören. Doch durch den Schleier ihrer Tränen erkannte sie den Stall. Wie lange mochte sie hier gehockt haben?

„Kann ich Euch behilflich sein?"

Margret drehte sich um und schaute den Novizen an. „Ich meinte, Eure Stimme zu kennen", sagte sie bedauernd.

„Ich bin Bruder Martin", antwortete der Novize sichtlich verlegen und half ihr hoch. Sie hier wie ein Häuflein Elend zu sehen, brach ihm das Herz.

„Seid Ihr mit Pater Bertram von Niederdonk gekommen?"

„So ist es, Madame."

„Ich sollte Euch herzlich willkommen heißen auf Burg Rabenfels, stattdessen ..."

Sie ließ den Satz in der Luft hängen. Ihre Situation war unmöglich. Wo war Agnes? Warum suchte sie nicht wenigstens nach ihr? Sie musste raus, raus aus diesem Stall, aus den Kleidern, aus ihrer Haut, aus ihrem Jammer. Sie musste jetzt Herrin von Rabenfels sein, die Gäste empfangen und ihre Rolle spielen.

„Hier seid Ihr, Herrin", rief Agnes erleichtert. „Dem Himmel sei Dank."

Der Novize verbeugte sich stumm und führte das Maultier tiefer in den Stall hinein.

Margret ließ sich von Agnes entkleiden, neu einkleiden und die Haare richten, dann begrüßte sie die Gäste im Burgsaal. Sie war blasser und stiller als üblich, aber das blieb den Gästen verborgen. Endlich erreichte auch der Schlitten der Herzogin die Burg. Doch kaum hatte die Herzogin sich auf ihre Kammer zurückgezogen, um sich von der Reise einen Augenblick zu erholen, forderte der Herzog die Ritter zu einer kleinen Jagd auf.

Ritter Adalbert war erschöpft, er war nicht mehr der Jüngste. Er suchte Margrets Nähe, gab ihr einen Kuss auf die Hand und sah sie besorgt an. Ihr verändertes Wesen war ihm nicht entgangen.

„Verzeiht mir", flüsterte er ihr zu, „die Pflicht ruft, der Herzog will jagen. Wir sind bald zurück."

Margret nickte und versuchte, zu lächeln. Im Burghof erschallten die Hörner, die Hunde bellten und die Jagdgesellschaft setzte sich in Bewegung. Zurück blieben die Frauen und Pater Bertram, dessen Segenswünsche ungehört verhallten. Margret konnte keinen klaren Gedanken fassen, sie hatte die letzten Worte des Herzogs gehört. „Ihr müsst unbedingt die Feiertage mit Eurem Weib auf Schloss Waldesruh verbringen. Ich will Euch in meiner Nähe haben."

Angst breitete sich in Margret aus, kroch ihr durch den Leib ins Herz.

Pater Bertram reichte ihr den Arm.

„Alles in Ordnung, mein Kind?"

„Entschuldigt, Hochwürden. Ein kleiner Anflug von Schwäche. Es geht schon wieder."

Margret sammelte all ihre Kraft, erkundigte sich dann bei Isabella, die gerade aus Florenz zurückgekehrt war, nach der neusten Mode, fragte Gräfin Gwendolyn nach der Stickarbeit für das Kloster Werth, für die sie allen Ortes gelobt wurde und entlockte Gräfin Katherina den neuesten Klatsch. Dabei hoffte sie inständig, dass ihre Unaufmerksamkeit nicht offenbar wurde.

Das Erschallen der Jagdhörner riss die kleine Gesellschaft aus ihrer Welt. Erstaunt sahen sich die Frauen an. Diese Signale kannten sie nicht. Die Herzogin erschien aufgeregt im Burgsaal.

„Ich hab es kommen sehen. Ich hab es gewusst. Irgendetwas Schreckliches musste heute ja noch passieren!"

„Was hat das zu bedeuten?", fragte Margret ratlos.

„Was das zu bedeuten hat?", herrschte sie die Herzogin an, „Das kann ich dir sagen, mein liebes Kind. Unheil bedeutet das! Lasst uns beten, dass seine Hoheit nicht zu Schaden gekommen ist."

Pater Bertram murmelte lateinische Floskeln und zog sich in die Kapelle zurück, während die Jagdgesellschaft den Burghof erreichte. Margret brauchte einige Augenblicke, bis sie die Szenerie erfasste. Der Araberhengst trabte ohne seinen Herrn in den Hof. Dann erkannte sie, dass das Tier eine Trage zog. Gott im Himmel, hatte dieser Tag nicht schon genug Schmerz beschert? Agnes stand neben Margret, versuchte ihr die Sicht zu nehmen, sie wegzudrehen.

„Es war ein Unfall", tönte der Herzog. „Er lief mir genau in den Schuss. Genau vor den Sechzehnender. Ein Jammer."

Die Ritter ließen die Köpfe hängen, zogen ihre Mützen vor Margret und betraten schweigend den Burgsaal. Margret rührte sich nicht. Sie starrte auf die Trage, auf den geliebten Menschen, der blutüberströmt mit schreckgeweiteten Augen dalag, den Pfeil des Herzogs noch in der Brust. Dann gaben ihre Kräfte nach.

Als Margret wieder zu sich kam, lag sie in ihrem Bett. Agnes hielt ihr die Hand und wischte mit einem kühlen Tuch über ihre Stirn.

„Oh, Agnes", flüsterte Margret, „ich hatte einen fürchterlichen Traum." Ihr Kopf dröhnte, der Rücken schmerzte und der Bauch war hart. Agnes senkte den Blick, schloss die Augen und schluchzte. Margret setzte sich in den Kissen auf. Also doch kein Traum, kein Erwachen und alles war wieder wie zuvor. Erschöpft sank sie zurück in die Kissen.

„Wie viel Schmerz erträgt ein Herz?", flüsterte sie. „Warum hört es nicht einfach auf zu schlagen?"

Die Antwort erhielt sie sofort. Das Kind unter ihrem Herzen bewegte sich. Dieses kleine Herz wollte leben, wollte das Licht dieser feindlichen Welt erblicken. Margret legte schützend die Hände auf ihren Bauch.

„Für dich, mein Kind. Für dich und deinen Vater, Ritter Adalbert von Rabenfels. Für euch schlägt mein Herz. Auch wenn ich nicht weiß, wie die schmerzende Wunde jemals heilen soll!"

Agnes schniefte, tätschelte ihre Hand. „Pater Bertram und Bruder Martin haben Euren Gemahl hergerichtet und in der Kapelle aufgebahrt. Sie warten auf uns."

„Agnes", Margret griff fester ihre Hand, „hilf mir, ich schaff das nicht ohne dich."

„Ich bin bei Euch, Herrin", versprach die ehemalige Amme und streichelte Margret über die Wange.

„Der Herzog hält gerade mit seinen Rittern die Totenwache."

Margrets Magen verkrampfte sich, der Bauch wurde wieder hart und das Ungeborene strampelte.

„Der Herzog", sagte sie heiser. „Er verhöhnt und verspottet uns, stößt uns ins Verderben, gerade wie es ihm passt. Auch wenn mein Herz aller Gefühle beraubt ist, so hat es sich doch jedes Wort eingeprägt, das es hörte." Margret setzte sich auf. „Agnes, er bejammert nicht den Tod meines Gemahls, er jammert, dass er den Hirsch nicht bekommen hat!"

„Herrin", rief Agnes erschrocken. „Bedenkt, was Ihr sagt."

„Das tue ich, Agnes, weiß Gott, das tue ich. Er hat mich genommen, im Stall. Und dann weggeworfen. Aber er ist unersättlich. Er wird es wieder tun, wieder und wieder und wieder. Und die Herzogin weiß es. Sie hasst mich. Ritter Adalbert stand dem Herzog wahrhaftig im Weg. Deshalb musste er sein Leben lassen." Agnes wurde leichenblass.

„Herrin, wenn das stimmt, ist auch Euer Kind in Gefahr."

Margret erstarrte. Agnes hatte Recht. Was sollte sie tun?

„Wir werden in die Kapelle gehen. Dann werde ich darum bitten, allein von meinem Gemahl Abschied nehmen zu dürfen. Niemand wird mir den Wunsch abschlagen. Und dann werden wir beten, dass es einen barmherzigen Gott gibt, der den Witwen und Waisen hilft."

Am Arm ihrer Leibmagd erschien die Burgherrin in der Kapelle, das Gesicht mit einem schwarzen Schleier aus feinster Brüsseler Spitze verhüllt. Sie kniete vor dem Toten nieder und verharrte dort reglos, während Agnes Pater Bertram von Margrets Wunsch in Kenntnis setzte. Pater Bertram wandte sich an die übrigen Beter in der Kapelle. „Lassen wir der jungen Witwe einen Moment, um in Stille von ihrem Gemahl Abschied nehmen zu können."

Wie erwartet wandten sich alle zur Tür.

„Pater Bertram", flüsterte Margret. „Bitte bleibt." Er nickte ihr kurz zu und schloss hinter dem Herzog und seinen Rittern die Tür. Margret erhob sich und ging auf den Priester zu.

„Pater Bertram, hat Gott ein Herz für die Witwen und Waisen?"

„Aber ja, meine Tochter, so steht es in der Heiligen Schrift, in ..."

„Hat auch die Kirche ein Herz für Witwen und Waisen?"

„Die Kirche bemüht sich, in all ihrem Tun den Wegen unseres Herrn Jesus Christus zu folgen."

„Und Ihr, Hochwürden? Habt auch Ihr ein Herz für Witwen und Waisen?"

Pater Bertram wurde nervös.

„Mein liebes Kind, wer hat denn kein Herz für Witwen und Waisen?"

Margret ergriff die Hände des Geistlichen und sank vor ihm auf die Knie.

„Pater Bertram, Hochwürden, ich flehe Euch an, gewährt mir Schutz in den Mauern Eures Klosters, mir und dem Kind unter meinem Herzen. Bitte."

„Um Gottes Willen, Teuerste, erhebt Euch. Was treibt Euch zu solchen Gedanken?"

Margret berichtete, was sich zugetragen hatte, verschonte den Geistlichen jedoch mit Einzelheiten. Pater Bertram war entsetzt. Er lief vor dem Altar auf und ab, blieb kurz stehen, lief erneut hin und her. Seine Gedanken galoppierten davon. Sie nahmen seine Träume und Hoffnungen mit, einmal Abt des Klosters Niederdonk zu werden oder einem anderen Kloster vorzustehen. Aber sein Herz brannte für die Gerechtigkeit und für die junge Witwe, die im Gebet vor ihrem toten Gemahl ausharrte.

Aus der Tür der Sakristei trat Bruder Martin. Er ging auf den Pater zu und redete leise auf ihn ein. Der Pater staunte, schüttelte den Kopf, nickte dann heftig, schließlich umarmte er den jüngeren und klopfte ihm auf die Schulter. Dann ging Bruder Martin zu Agnes. Auch mit ihr redete er leise und Agnes schlug vor Erstaunen die Hand vor den Mund. Dann verließ er lautlos die Kapelle.

Die Kunde vom Tode Ritter Adalberts verbreitete sich in Windeseile. Am nächsten Morgen war das ganze Dorf versammelt, um ihm das letzte Geleit zu geben. Der Herzog wunderte sich und die Herzogin sparte nicht mit abfälligen Bemerkungen. Pater Bertram sprach die Gebete und den Segen, dann versammelte sich die Trauergemeinde im Burgsaal. Herzog Heinrich und seine Gemahlin hatten die Ehrenplätze eingenommen und Margret beobachtete das Treiben um sie herum, als ginge es sie nichts an. ‚Hätte ich bei den Vorbereitungen auf den Gedanken kommen können, dass dieses Fest die Beerdigung meines Gemahls sein würde?', fragte sie sich.

Sobald der Herzog seinen Teller wegschob, entschuldigte sich Margret und zog sich zurück. Sie verließ die Burg und ging in den Garten, in dem ihr Gemahl nun seine letzte Ruhestätte gefunden hatte. Agnes war nur ein paar Schritte hinter ihr. Die Männer aus dem Dorf hatten ganze Arbeit geleistet, das Grab auszuheben. Die Erde war gefroren und weigerte sich hartnäckig. Doch schließlich war es mit vereinten Kräften gelungen. Jetzt war Margret allein. Im Sommer würden über seinem Grab die Rosen blühen. Es würde ihm gefallen.

„Auch wenn ich Euch hier in dieser kalten Erde zurücklassen muss, so wisst, dass Ihr immer einen Platz in meinem Herzen habt. Ich verspreche Euch, mit ganzer Kraft für Euer Kind zu sorgen. Und ich bitte Euch, um Eure Fürsprache bei der Heiligsten Jungfrau, der Mutter der Schmerzen. Vergebt mir meine Widerspenstigkeit und vergebt mir, dass ich mich erneut in Träume verliere, in denen immer wieder ein Gesicht auftaucht, das nicht das Eure ist. Es verwirrt mich mehr, als Ihr Euch denken könnt."

Ihre Stimme versagte und die Tränen liefen über ihre heißen Wangen ohne sie zu kühlen. Inzwischen war Agnes hinter sie getreten.

„Herrin, es ist Zeit."

Margret nickte und folgte der Leibmagd zurück in den Burghof. Dort sammelten die Spielleute gerade ihre Habseligkeiten zusammen und brachen die Zelte ab. Nur ein einziges stand noch.

„Ihr seid spät dran", raunte eine Frauenstimme aus dem Inneren. „Ich habe Euch Kleider bereitgelegt. Sobald Ihr fertig seid, brechen wir auf." Die Frau verließ das Zelt und half den anderen beim Packen.

„Agnes, ich habe Angst", gestand Margret. Agnes lächelte ihr aufmunternd zu. „Keine Sorge, meine Tochter, alles wird gut."

„Ja, Mutter. Herrje, hoffentlich verplappere ich mich nicht."

„Die Sorge habe ich auch. So, Maria, und nun los. Pater Bertram überlässt dir sein Maultier."

Margret lachte über ihr Possenspiel. „Na, das passt ja. Die Flucht der Heiligen Familie nach Ägypten. Aber einen Josef haben wir nicht."

Agnes lächelte wissend.

Vor dem Zelt wartete Bruder Martin mit dem Maultier und half Margret hinauf. Dann setzte sich die bunte Schar in Bewegung. Sie kamen gut voran. Der Schnee war nicht sehr hoch und seit Tagen war kein neuer gefallen. Die Köchin hatte ihnen reichlich Proviant mitgegeben und gegen Abend schlugen sie auf einer kleinen Lichtung ihr Nachtlager auf.

Margret saß mit Agnes am Feuer, als Bruder Martin sich zu ihnen gesellte.

„Maria, ich habe mit Pater Bertram gesprochen. Er stellt mich frei, damit ich mich um Euch und Euer Kind kümmere."

„Er stellt Euch frei?"

„Kinder", fuhr Agnes auf, „so, wie ihr redet, fallt ihr überall auf. Das kann ich mir nicht anhören." Sie erhob sich und ließ die beiden allein.

Margret schaute Bruder Martin verdutzt an.

„Mir schwirrt der Kopf."

„Das kann ich verstehen. Mir geht es ebenso. Seit ich Euch, ach, seit ich dich im Stall gesehen habe, lege ich mir Worte zurecht, verwerfe sie wieder, sinniere erneut."

„Ich verstehe nicht."

„Fangen wir vorne an. Ich habe das Kloster nicht gewählt. Die Burg meines Vaters wurde geschleift und mein Unterhalt war fort. Was blieb mir übrig, als die gütige Einladung Pater Bertrams anzunehmen? Zudem war ich gerade der Liebe meines Lebens beraubt worden."

„Der Liebe Eures Lebens?"

„Margareta von Mergelsheim", sagte er und beobachtete sie aus den Augenwinkeln, dann streifte er die Kapuze ab und Margret schrie vor Erstaunen: „Hannes!"

„Mein Name ist Josef. Ich kümmere mich um dich und das Kind", sagte er und fügte nach einer kurzen Pause hinzu: „Wenn du das willst."

Statt einer Antwort schlang sie ihre Arme um seinen Hals und küsste ihn.

„Gottes Wege sind unergründlich."

ANNELIESE CLERES

Der Hexenprozess von Brindelsheim

Mara zitterte, als sie hörte, dass der Inquisitor in Brindelsheim angekommen war. Diesmal galt sein Besuch mit Sicherheit ihr. Dabei versuchte sie immer nur, anderen Menschen als Heilerin zu helfen. Besser als der Bader, der nichts anderes konnte, als Zähne zu reißen und schwärende Wunden auszubrennen, kannte sie sich mit Heilkräutern aus. Immerhin war sie die einzige Heilerin im weiten Umkreis.

Dank ihres verstorbenen Großonkels, einem Mönch, der vom fernen Köln zurück in die Heimat gekehrt war, konnte sie sogar lesen und schreiben. Kaum ein Adeliger, weder Mann noch Frau, beherrschte diese Fertigkeit. Nur die Geistlichen und die Verwalter der Güter hatten die Schreibkunst erlernt. Allein das machte Mara in den Augen der Obrigkeit verdächtig. Hinzu kam, dass sie unverheiratet war, obwohl sie bereits 24 Lenze zählte und viele Erfolge in der Behandlung von Kranken vorweisen konnte.

Sie lebte in einem kleinen Haus, das ihr die Großmutter vermacht hatte. Es lag außerhalb des Ortes in der Nähe des Waldrandes. Dort hielt sie einen Esel, einen Hund, zwei Katzen, eine Ziege und fünf Hühner.

Viele Menschen ließen sich von ihr beraten. Frauen, deren Kinderwunsch unerfüllt blieb, wie auch jene, die die Mühen einer Schwangerschaft nicht wieder auf sich nehmen wollten.

Mara versorgte Wunden und schiente gebrochene Glieder. Sie renkte Knochen ein, kümmerte sich um Erkrankungen der Atemwege und des Magens, stach Furunkel auf und behandelte Frauenleiden. Kurz, sie leistete Beistand, wo immer sie konnte, sei es bei Menschen oder bei Tieren. Weil die Kinder, denen sie auf die Welt zu kommen half, meistens überlebten, anders als bei dem Medicus, der in der benachbarten Stadt praktizierte, kamen die Frauen gerne zu ihr.

Sie achtete auf Sauberkeit und war sehr sorgfältig bei der Zubereitung von Salben, Tränken und Tinkturen. Immer wieder musste sie bei ihren Medizinen gegen das Vorurteil ihrer Kranken kämpfen, die in dem Glauben lebten, viel helfe auch viel.

Ihre Erfolge und ihr Wissen waren sowohl dem Arzt als auch dem Bader ein Dorn im Auge. Wie oft hatten die beiden sie bereits beschuldigt, mit den dunklen Mächten im Bunde zu stehen.

Mara seufzte. Eusebius von Dierstein, der Großinquisitor, war für seine Strenge und Unbarmherzigkeit bekannt. Sie hatte gerade ihr Tagwerk beendet, ihre Tiere versorgt und ein kleines Talglicht angezündet, als es an ihrer Tür klopfte.

„Mara, mach auf, ich bin es.", ertönte die Stimme ihrer Cousine Johanna.

Mara öffnete. „Ist etwas geschehen, dass du so spät noch zu mir kommst?"

„Der Großinquisitor ist im Dorf."

„Ich weiß es schon."

„Stefan, mein Bräutigam, hat heute im Wirtshaus gehört, wie der Büttel erzählte, dass du morgen vorgeladen werden sollst. Du musst fliehen! Eusebius von Dierstein ist berüchtigt dafür, dass ihm noch keiner entkommen ist, den er zur Strecke bringen wollte."

„Ich soll mein Haus und meine Tiere ihrem Schicksal überlassen? Das kann ich nicht."

„Dann werden sie dir als Hexe den Prozess machen."

„Ich habe nichts Unrechtes getan."

„Du weißt zu viel und du hast zu große Erfolge beim Heilen von Krankheiten. Andere sind schon für weniger auf dem Scheiterhaufen verbrannt worden."

„Aber ich kann hier nicht weg. Ich werde gebraucht. Die Grete erwartet fast stündlich ihre Niederkunft und dann muss ich ihr beistehen." Mara seufzte.

„Du solltest zu deiner Namenspatronin, der Muttergottes, beten", riet Johanna.

„Ich brauche wohl mehr als ein Gebet. Was mir fehlt, ist ein Wunder. Nur wenn der Herr Jesus persönlich erscheint, lässt der Inquisitor Gnade walten."

Nachdenklich schaute Johanna ihre Cousine an. „Die Heilige Jungfrau dürfte wohl reichen."

„Na, die wird wohl kaum zu meiner Rettung erscheinen."

Der Großinquisitor wurde am nächsten Tage seinem Ruf gerecht und nahm Mara gehörig in die Zange. Alles, was sie je getan und gesagt hatte, versuchte er mithilfe von Zeugenaussagen gegen sie zu verwenden.

Ihre schwarzen Katzen – Teufelsboten. Die Heilerfolge - mit Hilfe des Bösen errungen. Die Fälle, in denen sie nicht helfen konnte – Flüche. Ihre Heiltränke – Zaubertränke. Ihre Tröstungen – Verwünschungen. Ihr Fehlen bei der Messe, wenn sie einer Gebärenden half – Todsünde. Ihre Ehelosigkeit – Teufelsbuhlschaft.

Maras anfängliche Zuversicht, ihre Unschuld zu beweisen, sank mit jedem Zeugen. Die Miene des Inquisitors blieb zuerst undurchdringlich. Doch jeden neuen Vorwurf gegen die junge Frau quittierte er mit einem hämischen Grinsen.

„Mir scheint, die Jungfer ist eine Hexe", sagte Eusebius von Dierstein schließlich. Dem ortsansässigen Pfarrer, der mit Maras Großonkel befreundet gewesen war, ging dies gegen den Strich.

„Mara ist ein gottesfürchtiges Mädchen. Alles andere sind gemeine Verleumdungen. Jeder der Zeugen hätte einen persönlichen Vorteil, wenn sie als Hexe verurteilt würde", wandte er zornig ein.

„Schweigt, Herr Pfarrer, davon versteht Ihr nichts! Ich wurde von seiner Heiligkeit, dem Papst, beauftragt, solch Gottlose zu erkennen und der gerechten Bestrafung zuzuführen. Und ich allein bin befugt, ein Urteil zu fällen."

„Ihr allein?", erkundigte sich der Pfarrer ironisch. „Wenn das unser Herrgott wüsste!"

Von Diersteins Gesicht lief rot an. „Ihr wagt es, mich zu verunglimpfen?", fragte er drohend.

„Nein. Ich bezweifle nicht Eure Machtbefugnisse, Herr Inquisitor. Euer Amt soll sicherstellen, dass keine Irrlehren gepredigt werden und dass niemand Böses im Namen Gottes verbreitet."

Von Dierstein lächelte. „Und Christus hat gesagt, was ihr aber auf Erden bindet, das soll auch im Himmel gebunden sein. Doch ihr habt recht, Herr Pfarrer. Die letzte Instanz ist unser Herr und er wird die Seinen schon erkennen. Deswegen soll heute die Wasserprobe stattfinden."

Mara erschrak. Man würde sie in den Teich werfen und immer wieder untertauchen. Wenn sie an der Wasseroberfläche schwamm, war sie schuldig. Ging sie unter, wäre sie zwar tot, aber gleichzeitig ihre Unschuld bewiesen.

„Bringt die Angeklagte zum Wasser", rief von Dierstein, während er seinem Diener winkte, ihm sein Pferd zu bringen.

Der Büttel fesselte Mara die Hände und zog sie an einem Seil hinter sich her zum nahe gelegenen Weiher. Hoch zu Ross folgte der Großinquisitor mit seinem Gefolge und den Dorfbewohnern der unglücklichen jungen Frau. Vom Marktplatz, auf dem der öffentliche Prozess stattgefunden hatte, führte der Weg vorbei an den einfachen kleinen Häusern, der Kirche und dem Friedhof zum Dorf hinaus.

Als sie an eine kleine Kapelle kamen, die der Besitzer des nahegelegenen Gutes hatte errichten lassen, drehte sich Mara zu von Dierstein um.

„Herr Inquisitor, darf ich hier ein kurzes Gebet zu meiner Namenspatronin, der Gottesmutter, sprechen?", fragte sie.

Wenn die Bitte den päpstlichen Beauftragten überraschte, so ließ er es sich nicht anmerken. Er nickte zustimmend, wies aber den Büttel an: „Lass die Kapellentür offenstehen, damit die Beschuldigte nicht versucht, von hier zu entfliehen."

Mara betrat die von einigen Kerzen beleuchtete Kapelle und kniete vor der lebensgroßen Marienstatue nieder. „Heilige Muttergottes, hilf mir!", bat sie verzweifelt.

„Da betest du vergeblich.", höhnte der Inquisitor. „Die Madonna hilft keiner Hexe."

Die Kleidung der Statue bewegte sich sanft, als wehe ein leichter Wind durch den kleinen Raum. Dann hob das Kalksteinbild den Kopf und schaute dem Großinquisitor direkt in die Augen. „Wehe den Lügnern und den ungerechten Richtern!" Maria verließ ihr Podest, ging zu der betenden Mara und reichte dem Mädchen die weiße Rose, die die Statue in der Hand gehalten hatte.

„Sei ohne Sorge, meine Tochter. Zu mir ruft niemand vergeblich. Jede Frau, die mich in ihrer Not um Hilfe bittet, kann meiner Fürsprache sicher sein."

„Ein Wunder.", murmelten die Menschen, die sich vor der Kapelle zusammendrängten und demütig bekreuzigten.

Dann wandte sich die Himmelskönigin an die staunende Menge. „Was ihr dem Geringsten getan habt, so sagte mein Sohn, das habt ihr mir getan! Beichtet eure Sünden und hütet euch alle davor, den ersten Stein zu werfen. Was verfolgt ihr diese Frau? Sie steht unter meinem Schutz!"

Ein Lichtblitz flammte in der Hand der Maria auf und blendete den Großinquisitor. Dann schlug die Kapellentür mit einem lauten Knall zu.

„Öffnet die Tür!", brüllte von Dierstein nach einer Schrecksekunde.

Der Büttel rüttelte an der Klinke. Erst als er sich mit aller Kraft gegen die Tür warf, schwang diese auf. Die Kapelle war leer. Die Marienstatue stand wie eh und je an ihrem angestammten Platz, nur die Steinrose fehlte in ihrer Hand.

„Wo ist die Angeklagte?", fragte der Inquisitor verwundert.

Der Büttel schaute sich voller Unbehagen um. „Die ist weg. Obwohl die Tür geschlossen war."

„Das kann nicht sein!", rief von Dierstein. „Sie muss sich irgendwo versteckt haben. Sucht sie!"

„Hier bin ich." Die Menge der Schaulustigen teilte sich und machte Mara Platz, die langsam mit der Rose in der Hand herankam.

„Wie bist Du aus der Kapelle herausgekommen?", fragte von Dierstein.

„Nachdem die Gottesmutter mir ihre Rose reichte, sah ich ein helles Licht und dann stand ich hier draußen auf der Straße."

Der Büttel kam aus der Kapelle. „Da drinnen ist niemand und einen anderen Ausgang gibt es auch nicht", erklärte er, nachdem er mit seinem Gehilfen das kleine Gebäude durchsucht hatte.

Mara schritt durch die Gasse, die die Dorfbewohner gebildet hatten und trat vor den Großinquisitor. Von Dierstein sah sie nachdenklich an. Sie ging an ihm vorbei zur Marienstatue. Dort kniete sie nieder. „Danke, Heilige Mutter, du bist die Fürsprecherin der Armen, die Mutter der Barmherzigkeit. Beschütze mich auch weiterhin. Amen."

„Die Heilige Maria ist von ihrem Podest gestiegen, um dich zu retten. Ihr Blick funkelte wie das Flammenschwert des Erzengels Michael, als sie mich ansah. Doch auf dir ruhten ihre Augen mütterlich. Ich habe, seitdem ich mein Amt ausübe, immer nur über Menschen geurteilt", sagte der Großinquisitor leise. „Ich werde dem Papst persönlich von diesem Wunder berichten. Viele Menschen werden künftig zu diesem Ort wallfahren."

Dann sank von Dierstein auf die Knie. Die Dorfbewohner folgten seinem Vorbild. Leise und andächtig wie nie zuvor in seinem Leben betete der päpstliche Würdenträger: „Gegrüßet seist du, Himmelskönigin, Mutter der Barmherzigkeit ..."

Am Abend trafen sich Stefan und Johanna bei deren Taufpaten, dem Dorfpfarrer, zum Eheunterricht.

„Wie gut, dass du frühzeitig vom Kommen des Großinquisitors erfahren hast", sagte Johanna zu Stefan.

„Zum Glück hat mein Großvater damals diese Kapelle gebaut. Ich zähle zu den wenigen, die wissen, dass das Fenster hinter der Marienstatue zu öffnen ist", antwortete er.

Der Pfarrer lächelte. „Und als Mara vor dem Prozess bei mir beichtete, riet ich ihr, darum zu bitten, dass sie in der Kapelle beten dürfe. Außerdem hatte ich bereits das neue Gewand, mit dem die Marienstatue bekleidet werden sollte."

„Doch der ganze Plan wäre fehlgeschlagen, wenn meine Mutter nicht als junges Mädchen Modell für die Statue gesessen hätte."

„Du siehst genau so aus, wie deine Mutter in ihrer Jugend.", stellte der Pfarrer schmunzelnd fest.

HENDRIK BLOME

Hortus Deliciarum

Seit wie vielen Stunden sie jetzt wieder in der Kutsche saßen, die, seitdem sie Colmar verlassen hatten, rumpelnd jedes Loch des Weges durchfuhr, konnte Pauline nicht sagen. Durch das Ruckeln halb in Trance, blickte sie verträumt aus der geöffneten Fensterklappe auf die vorüberziehenden Bäume. Draußen wurde es langsam dunkel und sie wollten heute noch das Dörfchen Barr erreichen, um dort zu übernachten.

Es war eng auf der Sitzbank ihrer Seite, aber dadurch hatte sie auch das Gefühl der Wärme. Neben ihr saß Euphemia, die feste schlief. Pauline schaute zu der ihr gegenüber sitzenden Francesca, die ihren Kopf auf der Schulter von Benedicta liegen hatte. Er rutschte durch das Rütteln und Schütteln immer wieder ab.

„Dauert es noch lange?", fragte Francesca.

„Das weiß nur die heilige Maria", antwortete Pauline, „Wir haben es bald geschafft und können dem Herrgott dafür danken."

Sie waren seit fünf Tagen unterwegs. Als sie das Gebiet der Abtei St. Gallen verließen, war sich Pauline bewusst, dass es eine gefahrenvolle Reise in fremde Herzogtümer und Grafschaften werden würde. Aber diese moderne geschlossene Kutsche mit Dach und mit zwei Pferden, die ihnen der Fürst Bischof von St. Gallen zur Verfügung gestellt hatte, war äußerst luxuriös. Francesca hatte ihnen über ihre Reise von Meran nach St. Gallen durch die hohen Berge berichtet. Mit einer offenen Kutsche waren sie gefahren und immer wieder hatte es geregnet und trotz der großen Tücher über ihren Köpfen und Körpern, waren sie regelmäßig durchnässt worden. Sie hatten es jetzt gut, wirklich angenehm. Sicher konnten sie sich auch fühlen, schließlich hatte ihnen der Bischof neben dem Kutscher Johann einen bewaffneten Ritter als Schutz mitgegeben.

„Frage doch mal Johann, wie lange es noch dauert." Francesca wurde ungeduldig.

Pauline drehte sich herum und öffnete hinter sich in der hölzernen Wand die kleine Klappe zum Kutscher: „Lieber Johann, wie lange dauert es noch?"

Der Kutscher wollte gerade antworten, als er vor sich einen Baumstamm auf dem Weg liegen sah. Er rief stattdessen laut „Brrrrr!", und zog die Zügel an.

In diesem Moment kam von der Seite des dunklen Waldes wildes Geschrei und mehrere Männer in Harnischen, mit Schwertern und Lanzen bewaffnet, stürmten auf die Kutsche zu. Pauline rutschte zurück und blickte ängstlich durch die Seiten- klappe. Sie sah finstere Gestalten, die den Kutscher vom Bock zerrten und ihn zu Boden warfen. Ein lautes Stoßgebet kam über ihre Lippen, als sie sah, wie dem Kutscher mit einem Schwerthieb der Hals geöffnet wurde. Alle Mädchen in der Kutsche waren mit einem Mal hellwach. Man hörte Kampfgeräusche auch von der anderen Seite der Kutsche. Benedicta und Euphemia begannen zu beten und riefen die heilige Maria um Beistand. Pauline war vor Entsetzen sprachlos und zwängte ihren Kopf durch die Klappe, um mehr sehen zu können.

Plötzlich wurde die Tür aufgerissen und ein bärtiger, finster blickender Mann mit einem eisernen Helm auf dem Kopf schaute in die Kutsche.

„Seid ruhig, dann werdet ihr nicht sterben", schrie er die Mädchen an, „und du da hinten, mach die Klappe zu und setz dich wieder."

Pauline zog erschrocken die Klappe zu und rief: „Was wollen Sie von uns, wir haben kein Gold und keine Juwelen. Wir sind Novizinnen und auf dem Weg zum Kloster."

„Das weiß ich." Das Gesicht des Bärtigen verzog sich zu einem Grinsen, das ihn noch fürchterlicher aussehen ließ, „Bleibt brav sitzen, dann passiert euch nichts." Er schlug die Tür zu und verriegelte sie von außen.

In der Kutsche war es jetzt stockdunkel. Pauline versuchte sich zu erinnern, wo die Kerze war. Aber selbst wenn sie es gewusst hätte, nur der Kutscher hatte Schwefelhölzer und der arme Mann lag draußen tot am Boden. Die Kutsche bewegte sich. Pauline konnte ermessen, dass sie auf dem Weg wendete.

Genoveva schluchzte: „Werden wir jetzt alle sterben?"

„Das ist noch das Beste, was uns passieren könnte", antwortete Pauline mit einer leisen Vorahnung.

„Pauline, was sagst du da! Jesus, Maria, steht uns bei."

Pauline war sich schlagartig bewusst geworden, was dieses Geschehnis für sie bedeutete. Sie hatte genügend Reise-berichte in den Skripten des St. Galler Stifts gelesen. Sie wusste, dass Kutschen überfallen, die Frauen geraubt, gedemütigt und versklavt werden. Angst, dass ihnen so etwas widerfahren könnte, hatte sie während dieser Reise nie gehabt. Schließlich galt das Rheintal als zivilisiert.

Die Kutsche rumpelte laut und die Mädchen auf den Bänken wurden hin und her geschleudert. Bis sich der Klang der hölzernen Räder plötzlich änderte, als würden sie über eine Brücke fahren,. Die Kutsche kam zum Stehen und die Tür wurde geöffnet.

Der Bärtige stand vor der Öffnung, mit einem langen Hanfseil in der Hand. „Eine nach der anderen kommt jetzt heraus", brüllte er in die Kutsche.

Pauline kletterte über Benedicta und stieg als erste aus. Der Bärtige schlang ihr, ehe sie sich's versah, das Seil um den Hals und knotete es fest. Dann zog er Benedicta heraus und band auch ihr das Seil um. Pauline sah sich um. Sie waren im Innenhof einer steinernen Burg. Hinter der Kutsche sah sie ein paar vermummte Männer stehen. Es war dunkel, nur eine Fackel an einer der Wände brannte und erhellte wenig die roten Sandsteinquadern.

„Wer sind Sie? Was wollen Sie von uns?", schrie Pauline.

Der Bärtige drehte sich ruckartig um und schlug ihr mit dem Handrücken ins Gesicht. „Sei ruhig!", war alles, was er sagte, um danach den anderen Mädchen das Seil um den Hals zu binden.

Nachdem er die vier Mädchen aneinander festgebunden hatte, nahm er den Anfang des Seiles in die Hand und zog alle hinter sich her. Er führte sie zu einer steinernen Treppe, die an der Burgmauer entlang zu einer schweren eichenen Tür führte. Gezogen von dem Seil stolperten die Mädchen die Treppe hinauf. Der Bärtige öffnete die dunkle Tür und sie gelangten in einen großen Innenraum. Es waren keine Möbel in dem Raum - nur die steinernen Wände, unterbrochen von winzigen offenen Fenstern, waren vollgehangen mit eisernen Waffen und zwischen ihnen brannten dicke Kerzen.

Der Bärtige ging zu einer weiteren Tür und klopfte an. Die Tür öffnete sich und heraus trat ein großer rotblonder Mann. Pauline musterte den Hünen mit dem zerfurchten und vernarbten Gesicht, das zudem von einem kurzgeschorenen Bart bedeckt wurde. Er trug ein mit Metallplättchen bewehrtes ledernes Hemdkleid und eine lange lederne Hose, die vorne, wo die Männer ihr Geschlecht haben, von einer riesigen, gewölbten Lederklappe bedeckt war. Pauline durchlief ein Schauer der Angst.

„Na, das sind ja anmutige Jungfern, die du mir gebracht hast, Adalbert." Der Rotblonde blickte zu dem Bärtigen. „Hat euch auch niemand gesehen?"

„Nein, mein Graf, niemand hat uns gesehen."

Der Mann ging auf Francesca zu, griff ihr unter das Kinn und hob ihren Kopf: „Welch ein Liebreiz. Wie heißt du, meine Kleine?"

Francesca schluchzte nur. An ihrer Statt antwortete Pauline: „Wer sind Sie? Was wollen Sie von uns? Wir stehen unter dem Schutz des Fürstbischofs von Sankt Gallen."

Der Mann lachte lauthals: „Der Fürstbischof? Sankt Gallen? Den kenne ich nicht. Der ist weit weg. Aber du, du bist wohl die Sprecherin von euch?"

„Ich bin die Älteste. Lassen Sie uns sofort wieder frei. Wer sind Sie?"

„Ich bin Graf Ruthard von Vermandois, habe das Sagen hier auf der Burg Andlau der Mächtigen. Graf Ruthard wirst du mich fürhin nennen und ich habe vor niemandem Angst, auch nicht vor deinem Bischof."

Er wandte sich wieder zu Francesca und strich ihr mit der Hand über das Gesicht. „Wirklich anmutig", murmelte er, legte seine Hand auf ihre Brust und griff kraftvoll zu, sodass Francesca einen schrillen Schrei ausstieß.

Pauline zögerte keinen Moment und schrie entsetzt: „Lassen Sie uns frei. Fassen Sie sie nicht an."

„Du bist sehr mutig", wandte sich der Mann an Pauline, „wie heißt du?"

„Ich bin Pauline de Bliesgau und mein Vater wird Sie bestrafen, wenn Sie uns nicht sofort wieder frei lassen."

„Ach, Pauline de Bliesgau, welch klangvoller Name. Auch wenn ich nicht weiß, wo Bliesgau ist, aber es ist sicher weit weg - und jetzt gehört ihr mir. Nenn mir die Namen der anderen."

Pauline wurde kleinlaut, als sie begriff, was der Mann damit meinte, dass sie jetzt ihm gehörten. „Das ist, ... das ist Francesca-Finetta de Montignac, die Tochter des Grafen von Meran, Euphemia de Courtenay und das ist Genoveva von Greifenstein, die jüngste Tochter des Fürstbischofs von Sankt Gallen. Ihr Vater ist der mächtigste Mann im Süden, mit vielen Soldaten."

„Oh, die Tochter vom Fürstbischof, welch ein Geschenk. Habe ja schon immer gesagt, die Bischöfe können's auch, nicht wahr, Adalbert?"

Der Bärtige zog sein Gesicht wieder zu einem abscheulichen Grinsen.

„Lieber Adalbert", strahlte der Graf den Bärtigen an, „das hast du sehr gut gemacht, ich werde dich reichlich belohnen. Wir werden diese edlen hochwohlgeborenen Mädchen sehr gut verkaufen können. Sie sind von hohem Stande und werden uns viele Goldstücke bringen. Wirklich, ich kann es gar nicht glauben, sie sind von so edlem Geblüt. Aber bevor ich sie verkaufe, werden sie mir noch viel Freude bereiten."

Der Graf lachte, griff sich die kleine Francesca und presste seinen Mund auf den ihren.

„Los, Adalbert, bring sie hoch in mein Zimmer und dann verschwindest du. Gib deinen Männern Wein und zu essen, heute ist ein Festtag. Ich werde mir meine edlen Jungfrauen erst einmal ansehen. Dieses Vergnügen hatte ich schon lange nicht mehr vor meinem Schwert. Ich kann es kaum erwarten." Der Graf griff sich in den Schritt und knetete den ledernen Wulst.

Bevor Pauline etwas sagen konnte, zerrte der Bärtige an dem Seil und zog die Mädchen hinter sich her. Er führte sie zu einer Holztreppe hinauf und durch eine Öffnung in der Holzdecke kamen sie in den Raum darüber. Pauline betrachtete den schmalen Tisch in der Mitte und die davor stehenden Holzbänke. In der Ecke war ein offener Kamin, in dem ein loderndes Feuer brannte. Es war angenehm warm in dem Raum, obwohl die winzig kleinen Fenster offen waren.

Der Graf, der ihnen nach oben gefolgt war, meinte zu dem

Bärtigen: „Ist gut so, mein Burgvogt, du kannst gehen."

„Welch Anmut", rief er dann begeistert und ging um die Mädchen herum. Er tätschelte ihre Pobacken und steckte seine speckigen Hände zwischen ihre Beine. Pauline zuckte zusammen, als sie seine Hand von hinten spürte.

„Das dürfen Sie nicht tun", sagte sie mutig, „Wir haben alle das Gelübde der Keuschheit abgelegt. Das ist Frevel an der heiligen Kirche Santa Catholica."

„Sei ruhig", schrie der Graf sie an und ging weiter zu Francesca. Er betatschte deren Busen. „So wunderschöne kleine Äpfelchen. Du bist wohl die Jüngste hier, antworte!"

Aus Francescas Mund kam nur ein gehauchtes: „Ja."

Pauline wusste, was die Männer mit den Frauen machen wollten. Trotzdem nahm sie all ihren Mut zusammen und schrie verzweifelt: „Tun Sie ihr nichts an, sie ist der Heiligen Jungfrau Maria versprochen. Gott der Vater wird sie bestrafen, lassen Sie uns sofort frei."

Der Graf ließ von Francesca ab und tobte wutentbrannt: „Hier, sieh die Peitsche. Ich werde euch lehren, den Mund zu halten und dass du hier nur mehr antwortest, wenn du gefragt wirst. Sonst werde ich dir die Zunge herausschneiden." Blitzschnell zielte die Peitsche auf Paulines Schultern. Pauline begann zu schluchzen.

„Seht nur. So wird es euch allen ergehen", sprach der Graf zu den Mädchen und warf die Peitsche hinter sich. Er löste das Seil um Francescas Hals und zog sie an einer Hand hinter sich her durch eine weitere kleine Tür in eine dunkle Nebenkammer.

Pauline und die Mädchen rückten eng zusammen und begannen zu beten. Sie hörten die entsetzlichen Schreie von Francesca und den Schlag, der sie verstummen ließ. Pauline begann einen Psalm aus dem Johannisevangelium zu beten, als plötzlich ein gellender Schrei von Francesca zu hören war. Pauline konnte sich jetzt gut vorstellen, was sich in der Kammer abspielte. Sie hatte nicht gezählt, wie oft sie ihren Psalm wieder von vorne angefangen hatte, als es ruhig wurde und nur noch ein leises Schluchzen von Francesca zu hören war.

Der Graf trat seelenruhig aus der Tür. Hinter sich zog er Francesca an der Hand in einem zerrissenen Kleid und schob sie zu den Mädchen.

„Ah, welch eine Wohltat", frohlockte er, „jetzt habe ich Hunger und Durst. Burgvogt", rief er laut, „bringt Wein und Essen. Und ihr, ihr bekommt jetzt auch zu essen. Wir werden uns stärken und ich werde mir überlegen, wen ich von euch als Nächste haben will."

Eng aneinander gerückt und umschlungen, saßen die Mädchen in der Ecke auf einem Lammfell und schauten angsterfüllt zum Tisch, an dem der Graf saß, sein Essen hinunterschlang und Unmengen Wein trank. Rülpsend stand er auf und kam mit Wollust in seinen Augen auf die Mädchen zu. Nicht nur Pauline erahnte, was jetzt kommen würde. Die anderen Mädchen fingen wieder zu weinen an.

Der Graf deutete auf eines der Mädchen. „Du, wie heißt du?"

Es war Euphemia, die kleinste, die laut zu schreien anfing. Der Graf bückte sich, löste ihr das Seil vom Hals, zog sie hoch und presste sie an sich. Er ergriff ihr Kinn und küsste sie auf den Mund, um ihr Schreien zu ersticken. Dann bog er ihr die Arme auf den Rücken und schob sie durch die Tür zum Nebenraum.

Die Stille machte Pauline noch mehr Angst. Was würde jetzt kommen? Würde der Graf die Nächste von ihnen holen? Es blieb verwunderlich ruhig. War der Graf wohl eingeschlafen? Auf dem Tisch büßte eine Kerze nach der anderen von ihrer Länge ein.

Geraume Zeit lag Pauline bereits wach, als die Sonne einen Keil hellen Lichtes durch eines der kleinen Fensteröffnungen warf. Sie dachte an die arme Euphemia, die immer noch in der Kammer verweilen musste und überlegte, wie lange der Graf wohl schlafen würde. Er musste gestern Abend unglaublich viel Wein getrunken haben.

Liebevoll hatte sich Pauline um Francesca gekümmert und sie so lange in ihren Armen gehalten und getröstet, bis auch sie schließlich ermattet eingeschlafen war.

War es schon Mittag, fragte sie sich, als der Graf rülpsend und furzend aus der Kammer trat, sich vor die Mädchen stellte und an seinem Hintern und am Kinn kratzte.

Er ging zu der Luke im Boden, öffnete sie und brüllte die Treppe hinunter: „Adalbert, bring mir Wein und zu essen."

Der Burgvogt hastete die Treppe herauf, brachte das Verlangte und stellte es auf den Tisch. Er blickte auf die Mädchen: „Mein Graf, sollten wir nicht besser mit den Mädchen schnell aufbrechen und sie zu einem sicheren Ort bringen? Ich habe alles vorbereitet, wir haben ja jetzt eine zweite Kutsche."

„Wer will es wagen, sich mit uns anzulegen? Hast du nicht gesagt, es hat euch niemand gesehen?"

„Ja, aber man weiß nie. Vielleicht werden die Mädchen erwartet."

„Hm. Vielleicht hast du Recht. Ich werde mich jetzt erst stärken. Bereite alles vor. Vor Sonnenuntergang brechen wir auf - nach Burg Fleckenstein."

„Aber dann müssen wir an Straßburg vorbei. Sollten wir nicht besser über die Berge ins Herzogtum Burgund? Da sind wir absolut sicher."

„Du hast wohl Angst vor dem Bischof von Straßburg? Sei unbesorgt, der wird sich nicht trauen, sich mit meiner Mutter anzulegen. Und jetzt verschwinde."

Der Burgvogt verschwand durch die Luke die Treppe hinunter. Pauline starrte auf den Grafen, als der am Tisch saß und kübelweise Wein in sich hineinschüttete. Was für ein schreckliches Schicksal wird sie erwarten?

Dann vernahm Pauline ein Rumoren. Es kam durch die Bodenluke. Es schwoll zu tumultartigen Geräuschen an. Die Luke wurde mit einem Knall aufgestoßen und ein behelmter Geselle mit gezogenem Schwert stürmte in den Raum. Immer mehr bewaffnete Männer kamen hinter ihm die Treppe herauf und liefen an den Mädchen vorbei zum Tisch, wo ein lautes Handgemenge anfing. Schließlich stieg ein edel gekleideter Mann die Treppe herauf. Er trug eine bodenlange weiße Kutte, die auf dem Rücken ein großes längliches schwarzes Kreuz zeigte. Er schaute in die Mitte des Raumes zu dem Gewühle aus Männerkörpern, aus dem nur noch ein schwaches Gestöhn erklang, ging dann zu den Mädchen und schnitt mit einem Messer das Seil um deren Hälse durch.

„Ich bin Graf Riebeau, Dom-Kanoniker und Majordomus des Fürstbischofs von Straßburg. Wir sind hier, euch zu befreien."

Die Mädchen konnten dieses Geschehen gar nicht richtig erfassen und fielen sich dann erschöpft in die Arme.

Aus der Mitte des Tumultes traten zwei der Bewaffneten und zogen den mit Seilen gefesselten, blutverschmierten Grafen hinter sich her. Der Majordomus stellte sich breitbeinig vor ihn: „Ruthard von Vermandois, im Namen Heinrich des Sechsten von Gerolseck, des Fürstbischofs zu Straßburg, belege ich, Graf Riebeau, kraft der mir als Majordomus gegebenen Gewalt, euch mit dem ewiglichen Bann aus diesem Bistum und ihr werdet für vogelfrei erklärt. Das Lehen und die Burg Andlau fallen fürderhin in den Besitz des Klosters Sankta Odilie. Mit euren verabscheuenswürdigen Taten habt ihr euch des Lehens unwürdig erwiesen", sprach der Mann und wandte sich, ohne eine Antwort abzuwarten, an seine Söldner: „Bringt ihn fort zur Grenze und gebt ihm einen Tritt."

Dankbar nahmen die Mädchen das frische Quellwasser an, das ihnen gebracht wurde, säuberten sich, ordneten ihre Kleider und wurden in den Burghof zur Kutsche geführt.

Die Kutsche, mit der sie die unheilvolle Burg verließen, wurde immer langsamer, bis sie schließlich anhielt und der Dom-Kanoniker die Mädchen hieß, auszusteigen.

„Der Weg wird jetzt zu steil. Die Pferde schaffen es nicht. Ihr müsst mit mir der Kutsche folgen."

Eine Zeitlang gingen sie schweigend nebeneinander, bis Pauline den Kanoniker ansprach: „Wir sind Ihnen ja so dankbar. Wie haben Sie uns so schnell finden können?"

„Der Ritter von eurer Kutsche hat euch wundersam gerettet", erzählte dann Graf Riebeau, „Er hat sich schwer verletzt bis ins Dorf Barr schleppen können und ein Reiter ist zu uns nach Obernai gekommen. Ich lagerte dort gerade mit einem Reiterkontingent. Wir wussten sofort, dass es Männer von diesem Ruthard von Vermandois waren, diesem Unhold. Er hat sich in letzter Zeit zu einem nicht gerade ehrwürdigen Ritter entwickelt und schon mehrmals Händler überfallen lassen. Er ist der missratene Sohn von Kunigunde von Vermandois. Seiner Mutter sind wir aber zu Dank verpflichtet, da sie uns 100 gepanzerte Reiter für das Straßburger Kontingent des Reichsheeres stellt. Daher lassen wir ihn auch am Leben, aber nach hierher darf er nie mehr zurückkommen. Von jetzt an seid ihr in Sicherheit, denn das Kloster steht unter dem Schutz des Fürstbischofs."

Pauline sah den Dom-Kanoniker dankbar an. „Geht es dem Ritter gut?"

„Es geht ihm einigermaßen gut. Er wird es überstehen."

„Ich werde für ihn beten", sprach Pauline in sich gewandt.

Rechts und links des Weges waren jetzt niedrige und hohe Mauern zu sehen, die sich endlos hinzogen. Mauern aus großen mit Moos bewachsenen Quadersteinen.

„Sind das die Mauern des Klosters?" wollte Pauline wissen.

„Nein, wir brauchen noch fast eine Stunde. Die Mauern sind ein geheimnisvolles altes Rätsel. Es ist die Heidenmauer und sie ist fast 10000 Schritt lang. Der Name wurde ihr von Papst Leo IX gegeben, weil sie vor unserer christlichen Ära gebaut worden ist. Von wem, dass wissen wir nicht. Das Kloster ist am Ende auf diesen Mauern erbaut worden, hoch oben auf dem Gipfel. Da drüben ist der sagenumwobene Feenplatz. Die Heiden sagten, dass man dort die geheimnisvollen Energien des Ortes wahrnehmen kann."

Einige Nonnen kamen ihnen fröhlich winkend entgegen und brachten ihnen in kleinen Krügen frisches Quellwasser zu trinken. Sie begleiteten die Gruppe, halfen mit, die Kutsche zu schieben und stützten die Mädchen.

Als sie den Torbogen des Klosters erreichten, wurden sie von einem Dutzend weiterer Nonnen erwartet und freudig begrüßt. Eine große schlanke Frau, bekleidet mit dem schwarz-weißen Habit, der Tunika mit Skapulier und Kukulle und den großen weißen hutähnlichen Schleiern auf dem Kopf, trat aus der Mitte. Sie sah streng aus, sprach aber mit einer warmen Stimme.

„Seid willkommen im Kloster Sankta Odilie. Ich bin Johanna von Rohlheim, die Äbtissin. Wir wollen alle Gott danken für eure wundersame Errettung von dem Bösen." Die Äbtissin faltete ihre Hände und sprach ein kurzes Gebet.

Bis auf Pauline konnten die Mädchen kaum ruhig stehen, zu sehr waren sie erschöpft. Die Äbtissin erkannte dies sogleich: „Meine lieben Novizinnen, ich sehe, ihr seid sehr geschwächt. Kommt mit uns ins Refectorium, dort bekommt ihr etwas zu essen. Wir haben eine kräftige Suppe mit Hühnerfleisch für euch zubereitet. Und danach könnt ihr sofort ins Dormitorium. Wir haben eine Schlafstatt für euch vorbereitet. Wir haben extra das Feuer im Kamin angezündet, das euch wohltuende Wärme spenden wird. Die nächsten Tage werdet ihr, Postanten gleich, von euren Pflichten hier als Novizinnen entbunden und müsst nicht an den Regularien teilnehmen. Der Schlaf wird euch wieder Stärkung geben. Wandert morgen durch unsere Gärten und erholt euch."

Pauline schlief lange und gut. Mit den anderen Mädchen bekam sie am nächsten Vormittag ein kleines Frühstück. Das alles gab ihnen Kraft, die schrecklichen Ereignisse zu vergessen. Sie wanderten durch die Gärten und genossen den sagenhaften Ausblick auf das Rheintal von dem Felsen mit der Kloster-Kapelle.

Nach dem Mittagessen im Refektorium verlangte Pauline nach einem scharfen Messer und begann, den Rocksaum ihres Kleides aufzutrennen. Sie entnahm der Öffnung 6 Goldstücke und einen versiegelten Brief. Dann tat sie das gleiche an den Röcken der anderen Novizinnen und ging zur Äbtissin.

„Ehrwürdige Mutter. Hier übergebe ich euch 24 Goldstücke von unseren Vätern und einen Brief der Oberin des Sankt Galler Stifts."

„Oh welch Überraschung!" Die Äbtissin wurde ganz aufgeregt. „24 Goldstücke, so viel! Davon kann unser Kloster ja mehr als ein Jahr leben! Welch wundersame Fügung. Habt Dank. Haben es euch die Bösen nicht stehlen können?"

„Nein. Sie hatten es nicht bemerkt."

Da die anderen Novizinnen sich wieder zum Schlafsaal begeben wollten, nahm die Äbtissin Pauline an der Hand: „Komm mit mir, ich werde dir unser Kloster zeigen."

„Es ist wunderschön gelegen", schwärmte Pauline, als sie mit der Äbtissin draußen den schmalen Weg am Felsenrand entlang ging. „So hoch ist dieser Berg, unglaublich und diese Aussicht!"

„Ja, wir sind stolz auf unser Kloster. Der Odilienberg ist ein uralter heiliger Berg, der schon in germanischer Zeit bedeutende Kultstätten hatte. Dort unten ist Obernai", die Äbtissin deutete auf ein weit entferntes Dorf. „Obernai ist der Geburtsort der heiligen Odilia, sie ist die Schutzpatronin von Elsass. Odilia war die Tochter des Herzogs des Elsass, Alderich, sie wurde blind geboren und daraufhin von ihrem Vater verstoßen. Sie lebte versteckt in einem Kloster und wurde bei ihrer Taufe wieder sehend. Nachdem sie zurück auf die Burg der Familie geholt worden war, wollte ihr Vater sie mit einem jungen Prinzen ver- mählen. Odilie jedoch flüchtete. Der Legende nach öffneten sich die Felsen hier auf wundersame Weise und boten ihr somit Schutz. Der Herzog gab nach und errichtete an der Stelle die Abtei Hohenburg, deren erste Äbtissin Odilie wurde. Fortan nannte man die- sen Berg den Odilienberg."

Die Äbtissin ging weiter, Paulines Hand nicht loslas- send. Sie zeigte ihr den Kapitelsaal, wo sie die ge- meinsamen Gebete abhielten. Anschließend führte sie Pauline durch den Kreuzgang zur Kapelle.

„Äbtissin Relindis, eine Vorgängerin von mir, errich- tete diese Kreuzkapelle", erklärte sie stolz und sie be- gaben sich in das Innere, um zu beten. Anschließend zeigte sie ihr die weiteren Gebäude, ein kleines Kran- kenhaus, das sogenannte Infirmarium und die Biblio- thek nebst Scriptorium, dem Schreib- und Lesesaal.

„Pauline, das zentrale Anliegen unseres Benedikti- nerinnen-Klosters ist die cura animae, die Sorge um die Seele, aber auch die cura corporis, die Sorge um den Körper. Der Heilige Benedikt hat festgelegt, dass die wichtigste Pflicht aller Mönche und Nonnen die- jenige sei, allen Kranken zu helfen. Wir befolgen hier strikt Benedikts Anweisung, Mitbrüder und Schwes- tern zum Heilen auszubilden. Deshalb haben wir auch diesen großartigen Kräutergarten. Wir haben in der Bibliothek eine Abschrift des „Macer foridus", ein universales Werk der Kräuterheilkunde, dass vom Mönch Odo de Meung verfasst wurde. Wir ha- ben Abschriften der medizinischen Werke „Physica" und „Causae et curae" der Hildegard von Bingen. Das wichtigste Buch, das wir hier haben, ist das „Hortus Deliciarum". Dies hat unsere frühere Äbtissin Herrad von Landsberg geschrieben. Es beinhaltet das gesamte Wissen unserer Zeit. Es ist unsere große Aufgabe dieses Buch zu studieren und in unserem Scriptorium zu kopieren, damit wir es an andere Orden weitergeben können."

„Oh ja! Daran möchte ich gerne mitarbeiten", kam es aus tiefer Überzeugung von Pauline.

„Das wirst du können", versprach die Äbtissin, „Du scheinst recht belesen und gebildet zu sein. Das ist sehr erfreulich. Ich finde dich außerordentlich nützlich und liebreizend. Komm jetzt mit mir zu meinem Äbtissinnen Trakt. Ich möchte mich mit dir unterhalten."

Die Äbtissin war sehr glücklich über eine so aufmerksame Schülerin. „Wir kennen vier Arten von Nonnen. Die erste Art sind die Koinobiten: Sie leben in einer klösterlichen Gemeinschaft und dienen der Äbtissin. Die zweite Art sind die Anachoreten, die Einsiedlerinnen. Die dritte Art sind die Sarabaiten, eine ganz widerliche Art von Nonnen. Gesetz ist ihnen, was ihnen behagt und wonach sie verlangen. Die vierte Art der Nonnen sind die sogenannten Gyrovagen. Ihr Leben lang ziehen sie umher und lassen sich für drei oder vier Tage in Klöstern beherbergen. Immer unterwegs, sind sie Sklavinnen der Launen ihres Eigenwillens und der Gelüste ihres Gaumens und körperlichen Verlangens. Lassen wir sie also beiseite und gehen wir mit Gottes Hilfe daran, der stärksten Art, den Koinobiten, eine Ordnung zu geben."

Als die Äbtissin in ihrem Trakt eine Tür öffnete und Pauline hindurchschob, stieß diese einen Schrei des Entzückens aus.

„Das ist ja wunderschön, ein solch großes Fenster, mit Glas, zum Durchschauen."

„Ja, dies ist das Geschenk eines früheren Bischofs. Du musst wissen, die jeweiligen Bischöfe von Straßburg sind Präses unseres Ordens und unser Abtvater. Wenn du hindurch schaust, kannst du bis zur Stadt Straßburg sehen. Das Fenster besteht aus 120 Gläsern, die in Blei gefasst sind, es ist ein Meisterwerk."

„Oh, ja, es ist wundervoll. Diese Aussicht!" Pauline blickte sich in dem Zimmer um. Neben dem Fenster stand ein Tisch zum Schreiben und Lesen. Auf ihm lagen eine Menge Bücher und Papierrollen. In der Ecke war ein noch größerer Tisch mit ein paar Stühlen und gegenüber stand ein Alkoven. Es war ein richtiges Bett mit Leinentüchern und sogar Kissen.

„Das ist sehr schön hier." Pauline betrachtete ehrfürchtig das luxuriöse Bett.

„Ja, das stimmt. Dein Ziel ist es ja, auch einmal Äbtissin zu werden, dann wirst du auch so ein Zimmer haben. In eurem Dormitorium habt ihr natürlich einfachere Betten, aber ihr bekommt wie alle anderen eure Leinensäcke mit Gänsedaunen gefüllt. Und der Raum ist im Winter immer beheizt. Da schläft es sich wunderbar."

Die Äbtissin stellte sich vor Pauline, ergriff ihre beiden Hände und fragte mit ernster Stimme: „Du kennst die „Oboedientia secundum regulam Sancti Patris Nostri Benedicti", das Gehorsams-Gelübte nach der Regel unseres Heiligen Vaters Benedikt?"

„Ja, ich habe es gelesen und darauf mein Gelübde angelegt."

„Dann weißt du, dass du durch dieses Gelübde nicht nur versprichst, offen zu sein für Gott und deine Mitschwestern in der Klostergemeinschaft, sondern dass du auch absoluten Gehorsam gegenüber deiner Äbtissin zu leisten hast."

„Ich werde Ihnen gegenüber meinen immerwährenden Gehorsam versprechen."

„Das ist gut von dir zu hören. Der erste Schritt zur
Demut ist Gehorsam ohne zu zögern. Es ist das erste Postulat des Heiligen Benedictus, das sagt, dass es
für dich nach einem Befehl der Oberin kein Zögern
geben darf, sondern du hast den Auftrag sofort zu erfüllen, als käme er von Gott."

„Ich verspreche, alle Ihre Befehle sofort und ohne zu
zögern auszuführen."

„Wir leben hier streng nach den Regeln des Benedictus, die auch das Vorgehen bei Verfehlungen vor-
schreiben. Es kommt vor, dass eine Schwester trot-
zig oder ungehorsam oder hochmütig ist oder dass
sie murrt und in einer Sache gegen die Heilige Regel
und die Weisungen ihrer Vorgesetzten handelt. Wenn
sie sich so als Verächterin erweist, wird sie nach der
Weisung unseres Herrn einmal und ein zweites Mal
im Geheimen von mir ermahnt. Wenn sie es aber
nicht versteht, erhält sie eine körperliche Strafe. Und
weiter lautet es in unseren Regeln über die Strafe
bei Mangel an Einsicht, so soll die Uneinsichtige für
Verfehlungen mit strengem Fasten oder mit kräftigen Rutenschlägen bestraft werden. Sie soll dadurch
geheilt werden. Wirst du diese Regeln hier anerken-
nen?"

„Ich verspreche, dass ich diese Regeln anerkenne."

„Die anderen Novizinnen haben mir erzählt, dass du
von diesem bösen Ruthard so schlimm geschlagen
worden bist. Lass mich deine Schulter sehen, ob du
Verletzungen davongetragen hast."

Pauline zog ihr Kleid beiseite.

„Oh, das sind ganz schlimme Striemen und an einer Stelle ist die Haut geplatzt. Du musst schlimme Schmerzen gehabt haben?"

„Ja, es war sehr schlimm. Es tat fürchterlich weh, aber durch das Beten habe ich die Schmerzen nicht mehr so gespürt."

Die Äbtissin stand auf, ging zu einem Regal und holte eine kleine Dose. „Dies ist Fenchelsalbe, sie wird helfen, dass es ganz schnell verheilt. Wir machen sie hier selbst, mit unserem Rosenöl."

Als die Äbtissin die kühlende Salbe auf ihre Schulter strich, empfand Pauline dies als äußerst wohltuend. Sie drehte Pauline herum und setzte sich vor ihr auf das Bett. „Und dieser schreckliche Graf hat dich wirklich nicht entehrt?"

„Nein, das Scheusal hat sich Francesca genommen. Es war so fürchterlich. Benedicta, Euphemia und ich wurden durch die Soldaten des Bischofs gerettet", dabei schossen Pauline die Tränen aus den Augen.

Lange streichelte die Äbtissin Paulines Arme: „Setzen wir uns an den Tisch, dort liegt im Korb ein frisches Brot. Iss etwas und trink von dem Wein. Wir haben nicht immer genügend Quellwasser, weil unser Brunnen hier oben auf dem Berg so schlecht ist. Der Wein wird dir gut tun und hilft zu vergessen."

Nachdem Pauline gegessen und getrunken hatte, ergriff die Äbtissin ihre Hand und streichelte zärtlich auf und ab: „Graf Riebeau hat mir gestern Abend, bevor er wieder losritt, gesagt, dass er dem Fürst Bischof von Straßburg eine Depesche geschickt hat und dass dieser übernächste Woche an Misericordias Domini, dem heiligen Sonntag, nach der Messe zu uns kommen soll. Der Bischof ist derjenige, der seine schützende Hand über uns hält."

„Er scheint ein sehr guter Mensch zu sein", antwortete Pauline.

„Gewiss, der Bischof ist ein sehr guter Mensch und
sehr edel. Aber er ist auch ein Mann, ein großer, starker Mann und wenn es zum Schutze des Landes ist,
ist er sehr kriegerisch. Er steht schroff gegen die
Stauffer und hat schon zweimal mit seinen Truppen
erfolgreich das Elsass gegen den Zugriff der Feinde
verteidigt. Er ist ein enger Freund des Königs von
Frankreich. Wir sind ihm immer sehr dankbar und
machen ihm seine Aufenthalte so angenehm wie
möglich."

Nachdenklich sprach die Äbtissin weiter: „Aus Frankreich kommt aber neues Unheil. Der Fürstbischof ist
in Sorge. Dort hat sich eine Gruppierung gebildet, die
sich die Waldenser nennt. Sie haben das Gedanken-
gut der Katharer, der Ketzer im Kopf und sie predigen
Armut und lehnen die Seelenmessen, die Ablässe, die
Beichte und sogar den Bischof ab. Sie stürmen die
Kirchen und Klöster. Bisher haben uns die Bischöfe
immer unterstützt und beigestanden. Aber wie sollen wir ohne Geld und weltlichen Schutz mit unserem
Kloster unsere Aufgabe erfüllen? Wir brauchen die
Unterstützung und Zuwendungen des Fürstbischofs."
Pauline sah die Äbtissin an: „Wenn Sie Hilfe brau-
chen, ich werde alles tun, was Sie verlangen. Unsere
Väter können vielleicht nochmals helfen."

„Weißt du, mein Engel", sprach die Äbtissin weiter,
„die Männer sind oft so schrecklich brutal und eigen-
nützig. Aber du hast es ja mit eigenen Augen bei diesem Schrecklichen erleben müssen."

„Ich habe es nicht gesehen, wir haben nur die Schreie
gehört, als er Francesca vergewaltigte. Aber das

Scheusal hat sich uns oft genug gezeigt und uns sein wahres und schreckliches Gesicht gezeigt."

„Oh, wie entsetzlich. Schlimm, es sind schlimme Zeiten. Die Männer rauben sich einfach die Frauen und wollen immer Jungfrauen. Selbst die, wie man glauben könnte, mit hoher Bildung und von hohem Stande, wie dieser Graf Ruthard und auch die Gyrovagen-Mönche. - Liebste Pauline, es ist nicht so schlimm, dass Francesca, ihre Unschuld verloren hat. Gewiss, wie es geschehen ist, ist es schrecklich und entsetzlich. Aber es ist nur die weltliche, die körperliche Jungfernschaft - es ist nicht die geistliche Jungfräulichkeit, die ihr dem Herrn versprochen habt. Das Gute ist, jetzt ist sie nicht mehr so sehr das Objekt der Begierden der Kerle. So lange die wissen, dass eine Novizin noch Jungfrau ist, werden sie versuchen sie zu rauben und zu entehren."

„Oh weh. Das ist ja entsetzlich, was Ihr sagt."

„Hab keine Angst, meine liebste Pauline, du bist mir in den Stunden schon sehr ans Herz gewachsen. Ich würde dich gerne bitten, es sogar erbeten, dass du deine weltliche Jungfernschaft aufgibst und dann in Ruhe und unbelästigt deinen Studien nachgehen kannst."

„Wie sollte das geschehen?", hauchte Pauline verwundert.

„Es gibt großartige Männer. Sehr edel, mit Anstand und Stil und von sehr hohem Stand, die dir für dieses Geschenk immer ihre Dankbarkeit zeigen werden und dabei sehr zärtlich und rücksichtsvoll sind."

„Ihr meint, ich soll mich einem Mann hingeben?" Pauline war erstaunt.

„Nicht einem Mann. Dem Mann! Dem Mann, der deiner würdig ist und unter dessen Schutz du dann stehst."

„Ich verstehe euch. Aber welcher Mann sollte es sein?"

„Schenke deine Jungfernschaft dem Fürstbischof."

Nachtwache

Torwache! Öffne er die Pforte! Wird's bald!"
„Wer bittet um Einlass mitten in der Nacht?"
Der Wächter, ein Hüne von einem Kerl, musste sich bücken, um durch die schmale Öffnung im Burgtor zu treten. Seine Lampe war vom Ruß geschwärzt und bot dem flackernden Licht kaum einen Durchlass.

„Melde den Ritter zu Brüggen, der deinen Herrn, den Grafen zu Sayn zu sprechen wünscht! Beeile er sich, mich dürstet! Gebe er der Küche Bescheid, dass man mir ein Mahl bereite! Die Reise war lang und beschwerlich! Wird's bald!" Die durchdringende Stimme des Ritters war so dunkel wie die Nacht und zerriss die Stille. Die stattliche Figur, die im Widerschein der blanken Rüstung zu erkennen war, beeindruckte den Wächter ebenso wenig wie der befehlende Ton und das riesige Schlachtross, dessen Nüstern den Höllendampf der Unterwelt auszuspeien schienen.

„Da könnte ein Jeder kommen und sagen, er sei ein Ritter. Das Tor ist zu, und das bleibt es bis zum Morgen! Ich habe meine Befehle! Kommt bei Sonnenaufgang wieder!"

„Du wagst es, Wicht, mich abzuweisen? Ruf mir den Hauptmann, dass ich ihm Weisung erteile, dich in Ketten zu legen! Doch zuvor, öffne er das Tor!" Um seiner Forderung Nachdruck zu verleihen, stellte sich der Ritter in die Steigbügel und legte die Hand ans Schwert.

„Den Hauptmann sucht Ihr? Dann müsst Ihr weiter nach Jerusalem! Alle sind auf dem Weg dorthin. Auf Geheiß des Papstes. Es gilt das Grab des Herrn Jesus Christus ..." Weiter kam der Wächter nicht.

„Ich weiß, ich weiß!", der Ritter hob ungeduldig die Hand, worauf sein Harnisch knirschte. „Und der Graf? Ist auch er auf dem Weg ins Morgenland? Oder zieht er es vor, der Jagd in den heimischen Wäldern zu frönen?"

Jetzt war es der Wächter, der einen Schritt nach vorne tat und die Waffe zog.

„Wollt Ihr meinen Herrn beleidigen? Was geht es Euch an? Wollt Ihr mich aushorchen? Zurück zu Euch! Wer sagt mir, dass Ihr die Wahrheit sprecht? Schon mancher hat als Ritter sich gegeben, und war am Ende doch ein Schuft!"

Mühevoll stieg der Ritter aus dem Sattel. Das Alter und die Reise hatten ihn ermüdet. Er fluchte, als sein Ross auswich und ihn beinahe an die Mauer quetschte. Der Wächter trat vor und nahm das Pferd am Zaumzeug.

Mit einem Stöhnen baute sich der Ritter vor dem Wächter auf und räusperte sich. Er überragte diesen fast um Haupteslänge, doch der wich keinen Handbreit.

„Ist dieses edle Pferd etwa das Ross eines Bettlers, dieses Wams das eines Vagabunden und das Schwert eines Tagediebs würdig? Hast du keine Augen im Kopf? Sofort, gib er den Weg frei!"

Der Wächter ließ die Zügel los, wich jedoch nicht von der Stelle.

„Mit Verlaub, es ist dunkel und die Lampe altersschwach. Euer Ross ist edel, das sehe ich selbst bei

Nacht. Doch kann ich weder Euer Wams noch Euer Gesicht erkennen!"

„Ein schwachsinniger Blinder als Wächter! Was für eine treffliche Wahl! Hat euer Graf nichts anderes zu bieten? Machst du nun Platz?"

„Nein! Nur über meine Leiche!"

„Das kannst du haben, Bursche! Aus dem Weg!" Der Ritter zog das Schwert halb aus der Scheide. Der Wächter tat es ihm gleich und rief mit fester Stimme: „Ich scheue den Kampf nicht! Eine Blessur werdet Ihr Euch allemal einfangen, doch wird's dabei nicht bleiben! Falls Ihr siegt, seid Ihr genauso weit wie jetzt! Hinter mir die zweite Tür ist verriegelt, und das wird sie bleiben, denn nur ich weiß, wo der Schlüssel ist! Gebt Euch keine Mühe, am Leibe trage ich ihn nicht. Ihr seht, ich bin gewappnet! Niemals werdet Ihr hineinkommen, selbst wenn Ihr mich tötet!"

Der Ritter stieß sein Schwert zurück in die Scheide; er stemmte die Fäuste in die Hüfte.

„Mir scheint, an Schläue fehlt es dir nicht, genauso wenig wie am Mut. Wie steht's mit dem Verstand? Lass uns verhandeln! Wir werden einen Weg finden. Es soll dein Schaden nicht sein, wenn du für eine Weile deinen Befehl vergisst und mich einlässt!"

„Was? Verrat? Ihr denkt, dass ich meinen Herrn verrate? Ein Wort noch, und ich haue Euch in Stücke!"

Der Wächter zückte sein Schwert und ging in Position.

„So manche Treue wurde nicht belohnt!", sagte der Ritter grimmig.

„Des Grafen Gerechtigkeit ist mir allemal Lohn genug."

„Nicht viele gibt's von deiner Sorte. Nun steck dein Schwert wieder weg, bevor du dich damit verletzt"

„Zum Beweis!", rief der Wächter, machte einen Schritt und trennte mit einem Hieb die Gürtelschnalle des Ritters vom Wams, ohne den Stoff zu beschädigen. Gürtel mit Schwert fielen klirrend zu Boden. „Beim nächsten Hieb geht's etwas tiefer."

„Halt ein! Bist du des Wahnsinns?" Der Ritter wich einen Schritt zurück. „Beinahe hättest du mich verletzt."

„Hätte ich das gewollt, wär´s aus mit Euch! Hinfort, ehe ich mich vergesse."

„Was, wenn ich deines Herren Vetter wär! Es ist nicht Recht, Verwandte abzuweisen!"

„Verwandtschaft dieser Art ist meines Herrn nicht würdig. Wenn ich fehle, wird es mir mein Herr verzeihen. Es fehlt ihm vielleicht an Kämpfern und Reichtum; Gerechtigkeit jedoch hat er genug!" Noch immer hielt der Wächter sein Schwert am ausgestreckten Arm vor der Brust.

„Wohl gesprochen, Bartel", rief der Ritter und bückte sich nach seinem Schwert.

„Ihr kennt meinen Namen? Woher? Ich kenne keinen Ritter zu Brüggen und ein solcher kennt mich nicht! Wer also seid Ihr?"

Der Ritter drehte sich zu seinem Pferd und machte sich an der Satteltasche zu schaffen. Währenddessen kam der Wächter mit der Laterne näher an ihn heran. Doch das Licht war spärlich, und bald würde die Kerze endgültig erlöschen.

„Erkennst du das?", fragte der Ritter und hob einen Gegenstand an der ausgestreckten Faust in die Höhe. Der Wächter kam näher und brachte die Leuchte direkt vor die Hand des Ritters.

„Mein Gott! Der Schlüssel für die zweite Tür; mit dem Wappen des Grafen zu Sayn! Wer seid Ihr, dass Ihr ihn besitzt? Es gibt nur zwei davon, und meiner ist an seinem Platz. Den anderen hat der Graf im Gewahrsam. Bei Gott, was habt Ihr getan, diesen Schlüssel zu erlangen? Zurück, ich werde Euch auf der Stelle ...“ Der Wächter hob das Schwert zum Hieb.

„Gemach, ruhig Blut, Bartel! Heb deine Lampe und leuchte mir ins Gesicht! Erkennst du mich denn nicht?“

Bartel tat, wie ihm geheißen und erschrak. Er wich zurück und ließ das Schwert sinken. Seine Stimme überschlug sich.

„Heilige Maria Mutter Gottes! Herr Graf, Ihr seid es! Ich bitte gnädigst um Verzeihung! Ich muss ein Narr gewesen sein, dass ich Euch nicht, ja nicht einmal Eure Stimme erkannte!“

Voller Demut sank Bartel auf die Knie und bot seinem Herrn das Schwert dar. Der aber nahm seinen Wächter am Arm und zerrte ihn auf die Beine.

„Wer bist du, dass du die Knie beugen musst? Nicht vor mir oder einem anderen. Steh auf! Schau mir in die Augen! Was du getan, ist aller Ehren wert! Treue bis zum Tod, da musst du dich nicht beugen!“

Bartel erhob sich und als er seinem Herrn in die Augen sah, veränderte sich etwas in ihm. Die Ergebenheit wich aus seinem Gesicht, fast feindselig schaute er den Grafen an.

„Ihr wolltet mich auf die Probe stellen, Herr?“

„Ich wollte es nicht, aber ja, ich tat es! Ich bin beeindruckt und berührt! So viel Mut und treue Ergebenheit, ich ...“

Bartel hob die Hand; er wich einen Schritt zurück. Sämtliche Demut wich aus seiner Stimme.

„Herr Graf, wenn Ihr mich auf die Probe stelltet, so nur, weil Ihr zuvor an mir gezweifelt! Ihr habt mir misstraut! So kann ich nicht länger Euer Wächter sein! Das ist gegen die Ehre! Ich gehe! Auf der Stelle! Den Sold könnt Ihr mir schuldig bleiben, ich will ihn nicht!"

Bartel wollte sich abwenden, als der Graf ihn an der Schulter herumriss.

„Bleib, du Narr! Es war nicht meine Absicht, dich zu beleidigen! Ich kam nicht ohne Grund. An Mut sowie an Kampfeslust mag es dir nicht fehlen, doch von der Liebe scheinst du unberührt!"

„Wie soll ich an die Liebe denken, wenn es an Weibern mangelt? Alle sind weg, außer den Alten und den Siechen."

„So, alle? Mir scheint, du hast keine Augen im Kopf, du Tölpel!"

„Ihr sprecht in Rätseln, Herr!"

„So will ich dir auf die Sprünge helfen! Hör zu, du Einfaltspinsel! Wer kommt des Morgens stets ans Tor, wenn deine Wache endet und wünscht dir einen guten Tag?"

„Ich ..."

„Und wer wünscht dir des Abends eine friedvolle Nachtwache?"

„Eure Tochter, Herr Graf, aber ich verstehe nicht?"

„Natürlich verstehst du nicht, Einfallspinsel! Warum wohl kommt sie, dich zu sehen? Um frische Luft zu schnappen? Da ist's im Garten schöner!"

„Ich weiß nicht, Herr Graf."

„Dummkopf! Warum wohl hat sie mich geschickt, dich einer letzten Probe zu unterziehen?"

„Ihr meint ..."

„Ihr meint, ich weiß nicht, ich verstehe nicht! Gütiger Gott, gib ihm die Erleuchtung! Fällt dir sonst nichts ein, Bartel? Mir scheint, die Diplomatie ist nicht deine

Stärke!" Der Graf wandte sich ab und schüttelte den Kopf. Verwirrt folgte ihm der Wächter und hob hilflos die Arme. Die Laterne schwankte; Schatten tanzten über die Burgmauer.

„Im Traum wage ich nicht daran zu denken! Herr Graf, Eure Tochter, Euer einzig Kind! Ihr könnt doch nicht ... ich meine, ich kann doch nicht ... sie kann doch nicht ..."

„Hat dich jetzt der Mut verlassen?"

„Keineswegs! Es ist nur ..."

Jetzt trat der Graf ganz nahe an den Wächter und legte ihm eine Hand auf die Schulter.

„Soll ich vielleicht meinem Neffen, diesem Schwachkopf, meine Nachfolge überlassen? Was ist, wenn ich tot umfalle? Da ist kein Erbe, der es verdient hätte, diese Burg regieren zu dürfen!"

„Euer Bruder Georg ..."

„Er ist bei Genua im Meer ertrunken. Vor vielen Tagen schon, die Nachricht kam gestern. Es soll noch ein Geheimnis bleiben, der armen Witwe wegen, die im Sterben liegt. Das Fieber hat sie heimgesucht."

„Welch ein Unglück! Aber Herr Graf ich kann doch nicht um Eurer Tochter Hand werben! Ich bin ein einfacher Soldat, wie könnte ich da ein Burgherr sein?"

„Nur ein Soldat? Das wird sich ändern! Bin auch ich nicht ein Soldat? Es fehlt dir nicht an Mut, und du weißt dich mit dem Wort zu wehren. Manieren werde ich dir schon beibringen! Um meine Tochter brauchst du nicht zu werben! Elsbeth hat dich ausgewählt, ist das so schwer zu begreifen? Ist sie denn gar so hässlich, dass du sie nicht willst!"

„Nein, natürlich nicht, aber ..."

„So sei es denn! Ich gehe jetzt! Öffne das Tor! Ach, ehe ich es vergesse! Wenn deine Wache beendet ist, nimmst du ein Bad! Es wird ein Mahl für dich bereitet sein von Elsbeths eigner Hand. Sie wird dich erwarten. Komm also nicht zu spät! Es ziemt sich nicht, ein liebendes Weib warten zu lassen!"

„Herr Graf, das kann doch nicht ..." Bartel wusste nicht mehr ein noch aus. Er schwankte zwischen Glück und Verzweiflung und noch war offen, wer diesen Kampf gewinnen würde.

„Schweig! Übrigens: Die Gürtelschnalle zieh ich dir vom Sold ab! Ein trefflicher Schlag!"

„Sehr wohl, Herr."

„Sei wachsam! Am Ende übersiehst du noch den König, wenn er kommt!"

„Der König kommt?"

„Nein! Das war nur so dahergesagt. Die Liebe macht nicht nur blind, sie raubt, scheint's, auch den Verstand!"

Der Graf lachte schallend, als er aufs Pferd stieg.

„Nun mach endlich das Tor auf! Oder will mein zukünftiger Eidam mich hier erfrieren lassen?"

Bartel fand vor Aufregung zunächst den Schlüssel nicht, der unter einer Steinplatte im Wachraum versteckt lag. Als der Graf durch das Tor geritten war, nahm Bartel seinen Helm ab und schlug den Kopf gegen die Wand. Der Schmerz war stechend, da wusste Bartel, dass er nicht geträumt hatte.

Als der Morgen graute, öffnete der Wachmann das Tor, löschte seine Lampe und schloss die Wachstube ab. Um diese Zeit ein Bad zu nehmen, war leicht dahergesagt. Das Badehaus öffnete erst am späten Nachmittag, demzufolge blieb nur der Fluss draußen vor der Stadt.

Bartel ging in seine Kammer, nahm ein sauberes Wams aus der Truhe sowie ein Tuch und den Bimsstein vom Brett über der Schlafstelle. Dann machte er sich auf den Weg zum Fluss. Kaum dass er das Stadttor durchschritten hatte, sah er sie am Wegesrand stehen. Elsbeth sah ihm entgegen, als habe sie auf ihn gewartet. Ihr Anblick raubte Bartel den Atem und die Kraft weiterzugehen. Wie angewurzelt blieb er stehen. Jetzt, da er wusste, dass sie sich für ihn interessierte, etwas für ihn empfand und ihn einbeziehen wollte in eine Welt, die ihm fremd war, über alle Standesgrenzen hinweg, nahm er sie zum ersten Mal bewusst wahr. Er traute sich nicht, ihr direkt in die Augen zu schauen, aber trotzdem betrachtete er sie genau. Sie war schön; nicht vollkommen, aber schön. Unter dem blauen Kopfschleier wallten rotblonde Locken hervor. Auch ihr Kleid war von blauer Farbe, mit einem goldenen Gürtel gerafft, am Halse von einer Fibel aus Bernstein gehalten. Die Füße steckten in ledernen Sandalen, die nicht zum Rest der Kleidung passten.

„Guten Morgen, Bartel! Hattest du eine gute Nachtwache?"

Bartel zuckte zusammen, als sei er aus einem Traum erwacht. Ihre Stimme war tiefer, als es ihre Erscheinung vermuten ließ. Bartel blieb nichts anderes übrig, als ihr ins Gesicht zu schauen. Sie war jung und doch eine erwachsene Frau. Ihre Augen waren von einem durchdringenden Grün, ihre vollen Lippen Und die ausgeprägten Nasenflügel gaben ihrem Gesicht einen Anschein von Härte; die raue Stimme passte dazu.

„Ja, doch! Aber ...", stotterte Bartel verlegen. Er wusste nicht, wie er das Gespräch fortführen sollte. „Ein schöner Morgen ..." Bartel nahm nun allen Mut zusammen. „Man könnte glauben, Ihr hättet auf mich gewartet!"

„Wer sagt, dass dem nicht so ist?"

„Nun ... Niemand!"

„Ja, dann wird es wohl so sein!" Elsbeth kam einen Schritt näher. „Ach Bartel, sei doch nicht so steif! Ich beiße doch nicht!"

„Herrin, ich weiß das Schwert zu führen und beherrsche die Kunst des Kämpfens, jedoch im Umgang mit den Weibern tue ich mich schwer!"

„Weibern?"

„Verzeiht! Ich meinte mit den Frauen im Allgemeinen!"

„Wie kommt's? Bist du nicht geübt? Ist denn niemand an deiner Seite? Und lass das mit der Herrin! Ich bin Elsbeth, aber das weißt du ja sicher!"

„Danke Fräulein Elsbeth! Zuviel der Ehre!" Bartel wusste nicht, wie er es anpacken sollte. Was, wenn der Graf ihn geneckt hatte? Aber nein, der Graf war ein edler Mann, der machte solche Späße nicht.

„Bartel, du bist mir noch eine Antwort schuldig!"

„Ich weiß!"

„Nun?"

„Nein, niemand ist an meiner Seite. Wie denn auch? Des Nachts stehe ich vor dem Tore, und wenn der Tag die Leute in die Sonne ruft, bin ich es, der das Bett hütet. Welches W... , welche Frau würde das wohl mit mir teilen wollen?"

„Dann wird es Zeit, dass du die Nacht zum Tage machst und des Nachts das Bett anstatt das Tor hütest! Es gäbe eine Möglichkeit!"

„Das hat der Graf heute Nacht auch ..."

„Was? Mein Vater? Heute Nacht? Er hat mit dir gesprochen?"

„Ja! Am Tor hat er mich besucht und meine Wachsamkeit auf die Probe gestellt. Da hat er mir alles erzählt!"

„Was erzählt? So sprich doch Bartel!"

„Naja, dass Ihr ..., ich meine ..., er hat gesagt, Ihr hättet vielleicht ... also er meinte, Ihr wolltet mich ..."

„Er hat dir erzählt, dass mein Herz nach dir ruft, Bartel? Hat er das?"

„Ja, Elsbeth! So hat er es mir gesagt; ich kann es immer noch nicht glauben! Ist das wirklich wahr?"

„Ich gestehe es! Bartel, ich liebe dich! Aber dass mein Vater es dir erzählt, das habe ich nicht gewollt!"

„Hast du ihn denn nicht geschickt?"

„Wo denkst du hin? Nie und nimmer! Das ist alleine aus seinem Kopf erwachsen! Der Dickkopf! Nichts davon hat er mir erzählt. Ich wusste nicht einmal, dass er etwas von meiner Zuneigung bemerkt hatte."

„Ein guter Vater fühlt, wenn seine Tochter leidet!"

„Das ist wohl wahr!"

„Jetzt standen sie beide da und wussten nicht, wie ihnen geschah. Verlegen schwiegen sie sich an.

„Willst du überhaupt meine Liebe erwidern?" Elsbeth fand als erste die Sprache wieder.

„Wie kann ich es wissen, da ich dich nicht kenne?", antwortete Bartel, dessen Mut allmählich zurückkehrte. „Doch will ich es mit Freude versuchen. Ich bin sicher, es gelingt, wenn du mir dabei hilfst!"

„Helfen? Wobei? Mich zu lieben?"

„Nur Gott und mein Herz können mich das lehren! Das ist es nicht, was ich meinte. Ich bin des Schreibens nicht kundig und auch das Lesen beherrsche ich nicht. Die feinen Sitten sind mir fremd. Außer dem, was ich am Leibe trage, gehört mir nur noch dieses Wams. Wie sollte ich mich also schicklich kleiden?"

„Dich dies zu lehren wird nicht schwierig sein, so du denn gewillt bist, es zu tun. Aber sag, wohin des Wegs mit dem Wams, dem Tuch und dem Bimsstein unter dem Arm?"

„Der Graf hat mir befohlen, ein Bad zu nehmen, eh ich das Mahl mit dir teile! Im Fluss ..."

„Das Mahl?"

„Bei Gott, so ist auch das dir nicht bekannt! Dein Vater sagte, mir werde ein Mahl bereitet, von deiner Hand! Nach meiner Wache!"

„Mein Vater hat, so scheint's, an alles gedacht, um uns zusammenzubringen! Jedoch, ich hab noch nie ein Mahl bereitet. Für wen sollte ich das tun? Das ist die Arbeit des Gesindes!"

Elsbeths Miene verfinsterte sich, und Bartel hatte den Eindruck, dass sie recht verzweifelt war. Er wollte ihr Mut machen, wusste aber nicht, wie er es anstellen sollte. Nach einigen Augenblicken des Schweigens fiel ihm die Lösung ein.

„Wie es scheint, hast auch du noch etwas zu lernen, Elsbeth. Ein Mahl bereiten kann ich wohl, jedoch mir fehlt es an den Zutaten. Ich wüsste einen Rat: Ich lehre dich, ein Mahl zu bereiten, wenn du nur in die Vorratskammer schaust. Vielleicht kann ich uns einen Weizenbrei aufkochen, darin geriebene Nüsse, und wenn zum Schluss ein Stückchen Speck mit einem Kanten Brot zu finden wär, das wär ein Mahl nach meinem Geschmack!"

„Weizenbrei mit Nüssen? Speck? Ei, Bartel, das wär ein gar karges Mahl. Bist du nicht hungrig nach der langen Nacht?"

„Hungrig bin ich wohl! Das soll ein karges Mahl sein? Für mich ist es ein Festessen!"

„Bestimmt ist in der Kammer noch ein Braten oder ein Stück vom Kapaun! Und Käse und Schinken! Ich werde alles besorgen lassen!"

„Lieber wäre es mir, wenn wir uns ein paar Eier mit Speck richten würden! Ich werde dir zeigen, worauf man zu achten hat! Dazu ein kräftiges Bier!"

„So lass uns gehen, Bartel! Du sollst nicht länger hungrig sein! Musst auch nicht im kalten Flusse baden. Ich lasse dir einen Zuber mit heißem Wasser richten, das wird dir gut-tun!"

„Au fein, das wäre wie im Paradies."

„Ich seh's erst jetzt! Du blutest an der Stirn; du bist verletzt! Wer hat dir diese Scharte beigebracht?"

„Oh, das ist nicht der Rede wert! Ein kleines Missgeschick, nur eine Unaufmerksamkeit!"

„Ich werde dir eine Salbe auflegen!"

„Deine Fürsorge macht mich verlegen, Elsbeth. Ich bin Soldat; Blut gehört zum Handwerk!"

„So doch nicht dein eigenes, Bartel. Jetzt komm, genug der Worte!"

Elsbeth nahm Bartel bei der Hand und führte ihn zurück durch das Tor zur Burg. Das ungleiche Paar erregte die Aufmerksamkeit der Burgbewohner, die so früh am Morgen bereits ihrer Arbeit nachgingen.

Als sie das Burgtor durchschritten hatten, trat eine Gestalt aus dem Schatten der Mauer. Niemand hatte den Mann beachtet. Er war in Lumpen gehüllt, sein Rücken gebeugt; in der Hand hielt er einen Wanderstab. Das Gesicht war verdeckt durch eine Kapuze, doch die darunter verborgenen klugen Augen folgten dem neuen Paar aufmerksam.

„Manchmal muss man dem Schicksal eben ein bisschen unter die Arme greifen!", murmelte der Bettler in seinen Bart, der fein gestutzt, so gar nicht zum restlichen Erscheinungsbild passte.

GABRIELE DATENET

Sünde und Vergebung

Herrin, bitte nicht! Wenn Euch hier jemand sieht!"
Hildegund war außer sich vor Angst, als Sophie
am Ufer des Flusses ihre Kleider ablegte und in das
Wasser stieg. „Herrin, bitte ..."

„Ach, Hildegund", erwiderte Sophie lachend, „wer soll
uns denn hier schon sehen? Komm auch lieber hinein, es ist herrlich!" Doch die Leibmagd traute sich
nicht. Angespannt stand sie da, lauschte nach fremden Geräuschen und sah immer wieder ängstlich zu
ihrer Herrin hinüber, die es sichtlich genoss, wie ein
Fisch im Wasser hin und her zu schwimmen. In Hil-
degunds blassem Gesicht stand plötzlich Panik. „Herrin, was ist das?", rief sie.

Sophie sah erschrocken auf; schnell schwamm sie
ans Ufer. Deutlich konnten sie jetzt Pferdegetrappel
und Schreie wahrnehmen. „Hildegund, schnell meine
Kleider!", rief Sophie und sah in Richtung Stadt hinüber, über der jetzt eine graue Rauchfahne in den früh-
morgendlichen Himmel stieg. So schnell sie konnten,
rannten sie los, voller Sorge um ihre Familien und
Freunde. Sophie war vor allem um ihre Mutter besorgt.

Seitdem der neue Bischof Einzug gehalten hatte, kam
es immer häufiger zu Übergriffen auf ihre Mutter,
deren Wissen und Eigenständigkeit ihm ein Dorn
im Auge war. Sophies Mutter, die nach dem plötzlichen Verschwinden ihres Vaters vor einem Jahr nicht
nur die kleine Apotheke weiterführte und den Men-

schen mit ihrer Kenntnis der Kräuter- und Heilkunde eine große Hilfe war, lehrte auch vielen Kindern das Schreiben.

Sophie erschrak, als Hildegund plötzlich nach ihr griff. „Pst, leise!", flüsterte diese und zog Sophie schnell hinter eine Hecke.

Mehrere Reiter galoppierten augenblicks vorbei, johlend, als kämen sie geradewegs von einem Gelage. Sophies Herz klopfte bis in den Hals hinein, als zwei Männer plötzlich anhielten und von ihren Pferden stiegen, ihre Hosen öffneten und direkt auf sie zugingen. Tief ins Gras geduckt und aneinandergeklammert wagten die beiden Frauen kaum zu atmen.

Urinierend standen die Männer nebeneinander, im Gesicht Spuren vom regelmäßigen Weinkonsum. „Ein verdammt zähes Weib diese Margarethe Eisenstein", grummelte der eine. „Ich hätte ihr lieber zeigen sollen, was ein richtiger Mann ist, anstatt auf sie einzureden. Ein Ritt zwischen ihren Lenden hätte sie ganz gewiss umgestimmt." Er schüttelte bedauernd das Haupt. „Der Bischof wird uns den Kopf abreißen, dass wir nicht mehr erreicht haben, als eine Schneise der Verwüstung."

Der andere gab ein heiseres Lachen von sich. „Ach, Ambrosius, vielleicht sollten wir jetzt einfach zurückreiten und es ihr so richtig besorgen. Und dann schnappen wir uns die Tochter und stecken sie zu ihrem Vater in den Kerker!"

Ambrosius schüttelte nachdenklich den Kopf. „Ich weiß nicht, Lambertus, alles nur wegen dieser Ländereien. Das ist nicht Recht ..."

Lambertus lachte. „Was ist schon Recht? War es vielleicht Recht, die Häuser in der Stadt anzuzünden und die Menschen zu ängstigen, nur weil ihre Kinder bei diesem Weib lesen lernen? War es Recht, dem Krämer Eisenstein aufzulauern und die Schiffsleute zu bestechen, damit sie den Mund halten?"

Er hielt inne und warf Ambrosius einen ernsten Blick zu. „Und dass Weiber anfangen, Einfluss zu nehmen, das kann überhaupt nicht Recht sein! Gräme dich nicht, Ambrosius, der Bischof wird dir die Beichte abnehmen und dich deiner Sünden freisprechen, so dass du am Ende deiner Tage direkt in den Himmel fährst."

Ambrosius band seine Hose zu und fuhr sich müde durchs Haar. „Vielleicht sollte man sie einfach als Hexe anklagen und ihr den Mord an ihrem Mann in die Schuhe schieben. Der Bischof will sie loswerden und das Land nördlich der Stadt zu seinem Eigen machen, dazu ist ihm jedes Mittel Recht. Warum also nicht auch dieses?"

Lambertus klopfte ihm auf die Schulter. „Ach, Ambrosius, wir reiten jetzt zurück in die Stadt und nehmen uns dieses Weib noch einmal vor. Ich lasse dir den Vortritt, was hältst du davon? Und hinterher lade ich dich ins Wirtshaus ein."

Ambrosius nickte. Wenn er jetzt an Margarethe dachte, an ihr feines ebenmäßiges Gesicht, an die hellblonden Locken, an die Rundung ihrer Hüfte und an die Üppigkeit ihres Busens, schoss ihm direkt die Wärme in die Lenden. Ein Lächeln huschte über sein Gesicht. Was gab es Schöneres, als eine Frau unter sich zu spüren und ihren Duft zu atmen. Die Unterredung mit dem Bischof konnte auch bis morgen warten.

Sophie und Hildegund sahen den davonreitenden Männern fassungslos nach. Sie konnten kaum glauben, was sie gehört hatten. Beunruhigt sahen sie sich an, schweigend, unfähig, auch nur ein einziges Wort zu sagen. Sophie wusste nicht, ob sie lachen oder weinen sollte. Ihr Vater lebte! Er war gar nicht tot! Er saß in einem Kerker, irgendwo an einem unbekannten Ort! Der Bischof hatte ihn aus dem Weg räumen lassen, nur weil man an seine Habe wollte! Sophie konnte es nicht fassen.

Man hatte einfach den Weg über ihre Mutter gewählt. Frauen war es nicht gestattet, das Geschäft ihres verstorbenen Gemahls weiterzuführen. Sie mussten es nach einem Jahr verkaufen oder es an einen ihrer erwachsenen Söhne abtreten.

Margarethe Eisenstein, nur mit zwei Töchtern gesegnet, hatte sich bisher geweigert. Die Apotheke war ihre Existenz, genauso wie das Land mit den edlen Weinreben, das an das des Bischofs angrenzte. Es sicherte das Einkommen der Familie. Ihr Vater hatte es mit harter Arbeit als Apotheker und Winzer und mit dem Handel edler Substanzen zu einem kleinen Vermögen geschafft. Sophie schüttelte ungläubig den Kopf. Der Bischof wollte ihnen alles nehmen. Warum? Das durfte auf keinen Fall geschehen!

„Mutter!", flüsterte Sophie erschrocken, als ihr einfiel, was die beiden Abgesandten des Bischofs vorhatten. „Hildegund, komm' schnell, wir müssen uns beeilen!" Sie rannten los. Querfeldein über Wiesen und Äcker, bis sie die Stadt erreichten, die ihr Zuhause war. Erschrocken sahen sie in verweinte und vom Schock verzerrte Gesichter. Sie sahen schreiende Menschen bei verzweifelten Versuchen, ihre brennenden Häuser zu löschen und ihr Eigentum zu retten. Sie sahen tote Menschen auf der Straße liegen, die versucht hatten, sich gegen den Überfall zu wehren. Sie sahen den Schmied Blasius Feuerbach weinend mit dem Rücken an eine steinerne Wand gelehnt, in seinen Armen sein kleiner Sohn Lukas, wie schlafend, doch Sophie und Hildegund wussten sofort, dass er tot war. Umgebracht von einer Horde Wilder, die Spaß daran hatten, für ein paar Gulden zu quälen und zu morden. Sophie kämpfte mit den Tränen und betete leise vor sich hin. Der kleine Lukas war so stolz gewesen, bei ihrer Mutter lesen zu lernen. Er konnte fast schon das ganze Alphabet. Warum tat dieser Bischof den Menschen so etwas Schreckliches an? Im Namen der Kirche? Nein! Gott liebte die Menschen, er verabscheute Gewalt. Liebe Deinen Nächsten wie Dich selbst …

Sophie schluckte die aufkommenden Tränen herunter und rannte durch die engen Gassen. Hildegund sagte kein einziges Wort, doch rannen ihr unaufhörlich Tränen über die Wangen. Von weitem schon sah Sophie den niedergetretenen Zaun vor dem weißen Backsteinhaus.

„Mutter!", rief sie. Hoffentlich kam sie nicht zu spät. Sie hörte das Lachen der Männer, das Wimmern ihrer Mutter … Sie sah Margarethe mit gespreizten Beinen und hochgeschlagenen Röcken auf dem Boden liegend. Auf ihr der Mann, der sich Ambrosius nannte, keuchend und seiner Lust freien Lauf las-send. Sophie wurde übel, doch die Wut nahm sie gefangen und überwog die Angst. Sie ergriff den Feuerhaken und schlug auf den Mann ein, der ihrer Mutter so etwas Schreckliches antat.

Hände rissen sie plötzlich hart zu Boden. „He, wen haben wir denn da? Jungfer Sophie …" Das finstere Lachen verursachte ihr eine Gänsehaut. „Mein Freund hat einen harten Schädel, da musst du schon fester zuschlagen."

Sophie sah, dass Ambrosius trotz des Schlages einfach weitermachte. „Du kommst mir gerade recht", flüsterte Lambertus heiser, drehte sie auf den Rücken und hielt ihre Arme auf den Boden gepresst.

„Nehmt sofort Eure schmutzigen Finger von mir!", rief Sophie und versuchte sich zu befreien.

„Du bist ja eine richtige Wildkatze", lachte Lambertus und fuhr mit der Zunge über die zarte Wölbung ihrer Brüste. Sie spürte seine Männlichkeit und versuchte, sich ihm zu entziehen. „Komm her", stöhnte er. „Ich zeige dir, was ein richtiger Mann ist." Er öffnete seine Hose, schlug ihre Röcke hoch und drückte ihre Schenkel auseinander.

Sophie schrie und wehrte sich verzweifelt, sie fühlte seine Hände zwischen ihren Beinen, sein keuchender Atem schlug ihr ins Gesicht. „Komm schon, kleine Wildkatze, hab dich nicht so." Er spreizte ihre Schenkel und presste seinen Unterleib fest auf den ihren. Plötzlich sackte Lambertus über ihr zusammen, sein Kopf fiel schwer auf ihre Schulter. Entsetzt sah Sophie in seine aufgerissenen Augen, die ins Leere zu blicken schienen.

„Herrin", hörte sie Hildegund besorgt sagen. „Herrin, alles wird gut." Sie sah Hildegund mit einem großen Stein in der Hand im Raum stehen. Sophie stieß Lambertus angewidert von sich und stand auf. Sie nahm der sichtbar geschockten Leib-magd den Stein ab, warf ihn zu der Leiche auf den Boden und nahm Hildegund in den Arm.

„Danke, Hildegund, du hast nicht nur mein Leben, sondern auch meine Ehre gerettet. Das werde ich dir niemals vergessen." Sie legte eine Decke über den Toten und sah zu ihrer Mutter hinüber, die mit angezogenen Knien auf dem Boden kauerte und vor sich hinstarrte.

„Mutter ...", flüsterte Sophie und schlang die Arme um den zarten Körper. „Mutter, es ist vorbei. Alles wird gut." Sie half ihrer Mutter hoch und warf einen fragenden Blick auf Hildegund.

„Herrin, der Mann ist getürmt, als ich seinen Freund er-schlagen habe", sagte die Magd stockend. Sophie nickte und legte eine Decke um die Schultern ihrer Mutter. In ihr wuchs eine unbändige Wut über die vielen Ungerechtigkeiten des Lebens und auf die beiden Männer.

„Hildegund, bitte lass uns diesen Mann hier rausschaffen!", sagte sie. Die Magd nickte und verließ das Haus. Sophie blinzelte die aufsteigenden Tränen weg. Ihr Vater lebte! Sie würde ihn finden und nach Hause holen. Sie würde diesem neuen Bischof die Stirn bieten und dafür sorgen, dass sie wieder glücklich sein konnten. Sophie betete zu Gott und bat ihn flehentlich um Beistand. Mit ihm an ihrer Seite würde sie es schaffen.

Nachdem sich Sophie in der Stadt umgehört und von den Wächtern erfahren hatte, dass ein Mann eilig die Stadtmauern hinter sich gelassen hatte, fasste sie den Entschluss, gleich in der Frühe aufzubrechen. Ihre Leibmagd versuchte sie von diesem Unterfangen abzubringen, doch Sophie blieb hart. „Nein, Hildegund, ich lass mich von nichts und niemandem aufhalten!", sagte sie eindringlich. Hildegund sah sie entsetzt an. „Aber Eure Mutter wird vor Kummer verrückt werden, wenn Ihr fort seid."

„Ich werde Mutter einen Brief hinterlassen und einen Boten zu meiner Schwester schicken. Mechthild wird kommen und sich um sie kümmern."

Sophie stand mit ihrem Bündel mitten im Raum und sah Hildegund erwartungsvoll an. „Hast du sie mitgebracht?" Hildegund nickte und reichte ihr mit zittrigen Fingern die Kleidung, die eigentlich ihrem Bruder gehörte. „Aber wenn jemand merkt, dass Ihr gar kein Mann seid?", jammerte sie. „Das wird schon niemand merken, Hildegund." Sophie zog die Kleidung an und steckte ihre blonden Locken unter das Barett. „Ist das Pferd gesattelt?" Die Leibmagd nickte. „Ja, Herrin." „Ach, Hildegund, nun weine doch nicht", sagte Sophie leise. „Ich muss es einfach tun!" Sie umarmte die Magd, die ihr seit der gemeinsamen Kindheit zur Freundin geworden war. „Danke für alles", flüsterte sie. „Pass gut auf Mutter auf und auch auf dich."

Margarete Eisenstein ließ den Brief sinken und sah Hildegund erschrocken an. „Oh, mein Gott", flüsterte sie. „Hannes lebt! Er lebt ..." Eine Träne lief ihr über die Wange und tropfte aufs Papier. „Und Sophie ... Hoffentlich geschieht ihr nichts!"

„Ich habe alles versucht, um sie davon abzuhalten, Herrin", versuchte sich Hildegund zu rechtfertigen. „Aber wenn sie sich etwas in den Kopf gesetzt hat ..." Margarethe nickte. „Ja, so ist sie, unsere Sophie." Ein Lächeln huschte über ihr Gesicht. „Sophie wollte schon immer als kleines Kind ein guter Ritter werden, Menschen vor dem Bösen retten - wenn es einer schafft, meinen Gemahl zu befreien, dann sie." Sie fuhr sich müde über die geröteten Augen und stand auf. „Und nun lass uns sehen, dass endlich wieder Normalität in unser Leben tritt."

Hildegund bewunderte Sophies Mutter, die sich ihrer vor vielen Jahren selbstlos angenommen hatte. Sie hatte ihr und ihrem Bruder ein gutes Zuhause gegeben und sie später in ihre Dienste genommen, damit sie auf eigenen Füßen stehen konnten. Margarethe war so stark, sie ließ sich nicht unterkriegen, egal was passierte. Sophie war genauso. Hildegund zweifelte jetzt keinen Augenblick mehr daran, dass Sophie es schaffen würde.

Sophie ritt, bis sie endlich die Küstenstadt erreichte. Ihrem Gefühl zufolge hatte Ambrosius diesen Ort bewusst gewählt, weil gerade hier Leute von Rang und Namen aufeinandertrafen, die ihm von Nutzen sein konnten bei seinem Plan, unerkannt zu entkommen. Sophie nahm sich eine Kammer in einer Herberge, ließ ihr Pferd versorgen und schlenderte über den Markt, Ausschau haltend nach dem Gesicht, das sie nie-mals mehr vergessen würde: Das Gesicht eines Mörders.

Ihr Herz stockte, als sie es tatsächlich an einem der Stände erblickte. Unauffällig folgte sie dem Mann, bis er in einer Gasse einbog und kurz darauf hinter der Tür einer Schänke verschwand. Sophie verließ für einen kurzen Augenblick der Mut, ehe sie durch die schwere Holztür in die Wirtschaft trat.
Ambrosius saß an einem der hinteren Tische, vor sich einen Krug Wein und unterhielt sich mit einem Mann, der in Sophies Augen nicht finsterer hätte aussehen können. Ein Auge war von Blindheit getrübt und eine lange Narbe zog sich quer über sein markantes Gesicht. Sophie schüttelte es bei seinem Anblick. Sie

verweilte einen Moment auf der Stelle und setzte sich schließlich mit dem Rücken zu den Männern an den Nachbartisch. Sie ließ sich vom Wirt einen mit Wasser verdünnten Wein und ein gutes Stück Braten bringen und lauschte aufmerksam der Unterhaltung. Der Halbblinde schien zu der Besatzung eines im Hafen liegenden Handelsschiffes zu gehören und bot Ambrosius an, ihn mit nach Russland zu nehmen. Nachdem sie sich über den Preis einig waren, schlugen sie ein und bestellten einen großen Krug des besten Weines.

Sophie erschrak, als sich plötzlich eine Hand auf ihre Schulter legte. „Gott zum Gruße, jung Gesell", rief der Halbblinde, „Warum setzt Ihr Euch nicht zu uns und leistet uns Gesellschaft?" Sophie zog ihren Hut tiefer ins Gesicht und drehte sich zu ihnen um. „Es ehrt mich sehr, Euer Gast zu sein", sagte sie mit fester Stimme, „doch leider rinnt mir die Zeit davon. Vielleicht ein anderes Mal." Doch Pankratz, wie er sich nannte, ließ sich nicht abwimmeln. „Einen Becher, junger Freund, werdet Ihr doch wohl nicht abschlagen. Wirt, bring mehr Wein, den besten, den du hast!" Sophies Herz klopfte ihr bis zum Hals. Sie zwang sich zur Ruhe. War es nicht ein Wink des Schicksals, hier zusammen mit Ambrosius zu sitzen? Deshalb war sie doch hier! Damit er sie endlich zu ihrem Vater führen konnte!

Sie las die geschnitzten Buchstaben auf der Wandtafel über ihr: „Gott schütze uns vor Sturm und Wind und Gläsern, die voll Tinte sind!" Sophie schluckte die aufsteigenden Tränen hinunter. „Lieber Gott, schütze mich vor diesen Männern und lass mich meinen Vater lebend finden", betete sie lautlos. Dann sah sie Pankratz in die Augen, warf einen Blick auf Ambrosius und hielt ihm den Becher hin, damit er ihn auffüllen konnte.

Während Sophie nur an ihrem Wein nippte, langten die beiden Männer eifrig zu. Redselig erzählten sie von all den Abenteuern, die sie erlebt hatten und machten sich gegenseitig zu Helden. Sophie versuchte, das Gespräch auf sich zu lenken und gab an, in einer Geheimmission des Bischofs unterwegs zu sein.

Ambrosius sah sie mit glasigen Augen an. „Wie ist Euer Name?", fragte er. „Kann es sein, dass wir uns schon einmal begegnet sind?"

Sophie trank ihm zu und schüttelte den Kopf. „Ganz sicher nicht", sagte sie. „Mein Name ist Hannes." Auf Ambrosius Gesicht legte sich ein ernster Ausdruck.

„Hannes ... Ich kannte mal einen Hannes, aber das ist schon lange her."

„He, wir wollen jetzt nicht Trübsal blasen!", rief Pankratz und schenkte ihm Wein nach.

„Was war mit ihm?", hakte Sophie nach, wohlwissend, dass er über ihren Vater sprach. „Ist er tot?" Ihr Herz schlug wild in ihrer Brust und Schweißtropfen rannen ihren Rücken hinab.

Ambrosius winkte genervt ab. „Ach, alte Geschichten sind das! Nichts von Bedeutung!"

Pankratz lachte: „Du machst mich neugierig, mein Freund." Ambrosius fuhr sich müde über die Augen, als könnte er die Erinnerung daran fortwischen. „Aha, mir dämmert's", kicherte Pankratz und klopfte ihm freundschaftlich auf die Schulter. „Weibsbilder! Und deshalb willst du so schnell wie möglich verschwinden. Na, was hast du angestellt? Hast du deinen Nebenbuhler umgebracht?"

„Nein, bei Gott!", rief Ambrosius und trank in einem Zug seinen Becher leer. Er wischte sich über die Lippen. „Sagen wir mal, ich habe ihn aus dem Weg geräumt." Sophie sah ihn erschrocken an. War ihr Vater mittlerweile doch gestorben? In einem dunklen Kerker einsam dahingerafft ohne den Beistand eines Priesters?

Pankratz sah ihren Blick und füllte ihren Becher. „Das Leben ist hart", sagte er grinsend. „Trink, mein Freund und schau nicht so entsetzt." Er sah Ambrosius an. „Sag, warst Du nicht auch im Auftrag des Bischofs unterwegs, wie unser junger Freund hier?"

Ambrosius fuhr sich über die Lippen. „Ach, hör mir bloß auf mit diesem Bischof", winkte er ab. „Ich habe ihm einen Gefallen getan, doch er hat sein Wort gebrochen."

„Ein Bischof, der sein Wort bricht?" Ambrosius nickte. „Hannes war mein Freund", erzählte er wie zu sich selbst. Der Gedanke an die Geschehnisse schien ihn mit einem Schlag zu ernüchtern. „Margarethe war mir versprochen, mir allein! Aber sie wollte mich nicht, hat sich geweigert mich zu hei-raten. Sie wollte nur Hannes. Ihre Eltern haben schließlich nachgegeben."

Sophie und Pankratz sahen ihn schweigend an. Wo eben noch gelacht und ausschweifend erzählt wurde, hatte sich eine bedrückende Stille ausgebreitet. „Und was war mit dem Bischof?", hakte Pankratz nach. Ambrosius räusperte sich. „Der Bischof hat mir den Vorschlag gemacht, Hannes verschwinden zu lassen und mich dann nach einem Jahr mit Margarethe zu verheiraten. Ich wollte es gütlich tun, doch hat er mir Barbaren an die Seite gestellt, die im Ort Angst und Schrecken verbreitet und alles niedergemetzelt haben, was sich dort bewegte. Ich habe Margarethe aufgesucht, doch in ihren Augen stand nur Verachtung."

„Und dann?"

„Ich war plötzlich so voller Hass auf den Bischof, dem es nur um sein Wohlbehagen ging, und auch auf Margarethe. Ich wollte sie leiden sehen. Ich weiß jetzt, dass ich einen großen Fehler begangen habe."

„Du kannst ihn wieder gutmachen", wagte Sophie zu sagen. Sie benutzte bewusst das Du.

„Und wie?"

„Lass deinen Freund frei, geh zur Beichte und vertrau auf Gottes Gerechtigkeit!"

Pankratz sah Sophie anerkennend an. „Ich glaube, unser junger Freund hier hat Recht", sagte er. „Genauso sollest du es tun. Und dann lässt du alles hinter dir und kommst mit mir nach Sankt Petersburg." Er lachte. „Wirt, bring uns noch einen Krug Wein! Es gibt was zu feiern!"

Als plötzlich mit einem lauten Krachen die Tür aufflog, zuckte Sophie vor Schreck zusammen. Sie sah in die grimmigen Gesichter einer Horde Männer, die sofort an ihren Tisch kamen. „He, Ambrosius, du alter Hurenbock", rief der eine mit rauem Lachen, „wir haben uns schon gewundert, wo du abgeblieben bist." Er sah sich in der Schankstube um. „Wo ist Lambertus? Hat er sich etwa aus dem Staub gemacht?" Ohne wirklich eine Antwort zu erwarten, setzte er sich zu ihnen an den Tisch und bestellte beim Wirt einen großen Krug Wein für alle. Die anderen Männer zogen sich Hocker heran und setzten sich dazu.

Sophie war sich sicher, dass es dieselben Männer waren, die in der Stadt einen Haufen Scherben hinterlassen hatten. Ihr wurde übel, als sie eingepfercht zwischen den übelriechenden verschwitzten Leibern sitzen musste. Sie konnte es nicht lange aushalten und stand angewidert auf. Ein Mann, der sich Blasius nannte, hielt sie am Arm zurück. „Wo willst Du hin, Jüngling", rief er. „Bleib, wir wollen jetzt feiern!"

„Es ist spät, ich muss gehen", sagte sie bestimmt und versuchte sich ihm zu entziehen. Dabei stolperte sie über Ambrosius Bein, fiel rücklings über ihren Hocker und schlug lang zu Boden. Die Gespräche bei Tisch erstarben plötzlich und alle Augen waren auf sie gerichtet, auf ihr blondes Haar, das nun in Locken über ihre Schultern fiel.

„Ein Weib!" Pankratz lachte schallend auf. „Wer hätte das gedacht, dass sich ein schmaler Jüngling in ein so keckes Weib verwandeln würde." Während die anderen in sein Lachen mit einfielen, sah Ambrosius sie entgeistert an. „Wer bist du? Und weshalb dieses Theater?", zischte er verärgert.

Sophie wollte gerade aufstehen, als plötzlich kräftige Arme nach ihr griffen und sie hochhoben. Sie kreischte auf, als sie die Gesichter der unzivilisierten Wilden dicht vor sich sah, die sich grinsend über sie beugten. „So ein prachtvolles Weibsbild lass ich mir gefallen!", rief der eine und grapschte frech nach ihrer Brust. Sophie versuchte sich verzweifelt zu befreien. Als der Mann sie auf seinen Schoß setzte und seinen Mund auf den ihren presste, biss sie ihn barsch in die Lippe, zog blitzschnell ihr Messer unter der Jacke hervor und hielt es ihm an den Hals.

„Nimm deine dreckigen Finger von mir, du Bestie, oder du fährst zur Hölle!", rief sie. Als er erschrocken seinen Griff lockerte, entwand sie sich seinen Armen und sprang auf die Füße. Mit dem Messer in der Hand stand sie da, bereit jeden, der sich ihr näherte, niederzustechen. Ambrosius sagte: „So beruhige dich doch! Wir tun dir doch nichts."

Sophie sah ihn böse an. „Das musst du gerade sagen, ausgerechnet du! Du bist es doch, dem wir das ganze Unheil zu verdanken haben!" Ambrosius sah sie irritiert an. „Ich verstehe nicht? Was meinst du damit?" „Du hast meiner Mutter Gewalt angetan, Ambrosius! Menschen mussten ihr Leben lassen, nur weil du mit dem Bischof einen Pakt geschlossen hast!" Ihre Augen füllten sich mit Tränen. „Wo ist mein Vater, Ambrosius? Wenn du dein Tun wirklich bereust, dann lass meinen Vater frei!" Tränen liefen jetzt über ihr Gesicht. Ambrosius sah sie erstaunt an und kombinierte.

„Dein Vater ist Hannes Eisenstein?"

Sophie nickte. „Ja! Und ich bin Sophie Eisenstein. Wo ist er, Ambrosius? Ist er tot? Verreckt in einem dunklen Verlies?"

Plötzlich wurde sie von hinten gepackt. Vor Schreck ließ sie das Messer fallen, Schwindel ergriff sie und zog sie mit sich in eine tiefe Dunkelheit.

Als Sophie müde die Augen öffnete, erschrak sie zutiefst. Man hatte sie in einen Kerker gesperrt, genauso weggesperrt wie ihren Vater! Panik stieg in ihr auf und als eine vorbeilaufende Ratte ihren Arm streifte, schrie sie laut auf. „Nein! Bitte!" Sie musste hier raus! Zitternd sah sie sich um. Bis auf einen dünnen Lichtstrahl, der durch die kleine vergitterte Luke hereinfiel und bizarre Schatten an die Wand warf, war alles um sie herum in Dämmerung gehüllt. Sie erkannte die Tür, hinter der sie einen Wächter vermutete, stand vom schmutzigen Boden auf und hämmerte mit beiden Fäusten gegen das Holz. „Macht die Tür auf und lasst mich hier sofort raus!", rief sie aufgebracht. „Ihr könnt mich nicht einfach hier einsperren!

Ich habe nichts getan!" Niemand schien sie zu hören; sie ließ sich auf den Boden nieder, schlug die Hände vors Gesicht und weinte bittere Tränen.

Als sie ein schabendes Geräusch von der hinteren Wand hörte, fuhr sie erschrocken zusammen. Was war das? Gerade glaubte sie schon, sich verhört zu haben, als plötzlich eine leise Stimme zu ihr herüberklang: „Sophie? Sophie, bist du das?" Sophie sah sich irritiert um, doch die Kammer war leer. Wurde sie jetzt verrückt? Sie horchte und sah auf den dünnen Lichtstrahl, in dem Staubkörnchen umherflogen wie ein winziger Schwarm Fliegen. „Sophie!" Die Stimme war leise und rau. „Nein!" Heftig schüttelte sie ihren Kopf, als könnte sie damit die unsichtbare Stimme in ihm und all die trüben Gedanken, die sich so schmerzhaft in ihr Herz bohrten, verscheuchen.

„Sophie! Keine Angst!"

„Geh weg!", sagte sie weinend.

„Sophie, meine kleine Prinzessin!" Sophie horchte auf. Meine kleine Prinzessin, so hatte ihr Vater sie immer genannt. Es musste ein Traum sein! „Vater?", flüsterte sie.

„Ja, mein Kleines! Hier! Ich bin hier, hinter der Wand!" Sophie sprang auf und lief in der kleinen Kammer hin und her. Ihre Hände tasteten dabei unermüdlich die dunkle Wand ab.

„Wo bist Du, Vater?"

„Hier."

Dann fühlte sie ein Loch, in dem eben noch ein Ziegelstein gesteckt haben musste. Und sie fühlte eine warme Hand in der ihren. Fest hielten sie einander. Sie konnte es kaum glauben, sich hier unter diesen Umständen wiederzutreffen. Bevor sie miteinander sprechen konnten, zog ihr Vater plötzlich seine Hand zurück. „Da kommt jemand!", flüsterte er. Sophie starrte verwirrt die Wand an. Zart strich sie mit den Fingerspitzen über die dunkle Mauer. Dort, wo eben noch eine Öffnung gewesen war, fühlte sie nichts weiter als kalten Stein. „Vater", flüsterte sie traurig, „wo bist du?"

Sophie schlug die Augen auf und starrte in die Dunkelheit. Sie musste eingeschlafen sein. Nachdem man ihr einen Krug Wasser und ein karges Mahl vorgesetzt und auf ihre Fragen mit Schweigen geantwortet hatte, hatte sie immer wieder versucht, mit ihrem Vater Kontakt aufzunehmen, doch alles war still geblieben. Aufgewühlt hatte sie sich dann auf die schmale Pritsche gelegt.
Die Stille und die Finsternis lagen schwer auf ihr und nagten tief an ihrer Seele. Ihre Gedanken waren bei ihrem Vater. Warum meldete er sich nicht mehr? War ihm etwas zugestoßen? Sie musste plötzlich an Ambrosius denken, an das, was er ihnen in der Wirtschaft erzählt hatte. Wie ihn plötzlich der Hass gepackt haben musste und er sich schließlich dazu hatte hinreißen lassen, furchtbare Dinge zu tun. Konnte eine unglückliche Liebe wirklich so etwas bewirken? Liebte man denn nicht um des Liebens Willen? Heißt Lieben denn nicht, jemanden auch dann glücklich zu machen, wenn die Liebe nicht erwidert wird? Viele wurden verheiratet, einfach so, weil es zum Geschäft passte, doch ihre Eltern waren anders. Sie hatten ihnen Liebe vorgelebt und ihren Töchtern das versprochen, was noch nicht allgegenwärtig war, nämlich nur der Liebe wegen zu heiraten. In Ambrosius Augen hatte sie Reue und Verzweiflung gesehen. Sein Blick

hatte sie um Verzeihung gebeten, für alles, was er ihrer Familie angetan hatte. Sie hatte plötzlich Mitleid für ihn empfunden, doch ob sie ihm das wirklich jemals verzeihen konnte, vermochte sie nicht zu sagen. Als plötzlich der Riegel an der Tür zurückgeschoben wurde, hielt sie vor Schreck die Luft an.

„Nehmt Euer Bündel und geht!", sagte der Wächter, „Ihr seid frei!"

Sophie konnte es kaum glauben. Wenig später stand sie mit ihrem Bündel in der Hand blinzelnd in der Sonne. Wohin sollte sie jetzt gehen? Wie konnte sie ihren Vater aus dem Verlies befreien? Sie war ratloser als jemals zuvor.

„Jungfer Sophie?" Sie zuckte zusammen und drehte sich um. Ambrosius sah sie mit traurigen Augen an. „Vielleicht könnt Ihr mir eines Tages verzeihen", sagte er leise.

Sie sah ihn empört an. „Habt Ihr mich in den Kerker werfen lassen, so wie Ihr es mit meinem Vater getan habt?"

Er schüttelte den Kopf. „Aber nein! Der Wirt hat die Stadt-wache rufen lassen, weil er Angst vor einer Schlägerei und somit um sein Inventar hatte."

Sophie nickte. „Und mein Vater?" Er reckte das Kinn und sah an ihr vorbei. Sie folgte seinem Blick und sah ihren Vater aus dem Gerichtsgebäude treten. „Vater!", rief sie und lief ihm entgegen. Jetzt würde alles gut werden, denn niemand konnte ihnen jetzt noch etwas antun, nicht einmal der Bischof, der seiner gerechten Strafe nicht würde entgehen können.

„Ambrosius", sagte Hannes lächelnd und reichte ihm die Hand. „Ich danke dir, dass du für meine Freilassung gesorgt hast. Das werde ich dir niemals vergessen. Warum kommst du nicht einfach mit uns?"

Ambrosius schüttelte den Kopf und warf einen Blick auf Sophie. „Ich muss mir über so vieles klar werden und Gott für all meine Sünden um Vergebung bitten, deshalb werde ich mich auf dem Jakobusweg machen und von Niederkassel über die Schweiz bis nach Santiago de Compostela zum Grabe des Apostels Jakobus pilgern." Er sah Hannes an. „Du hast eine wunderbare Tochter. Du kannst sehr stolz auf sie sein, denn sie ist mutig und klug wie ein Mann."

Sophie wollte etwas sagen, doch sie schwieg. Sie wusste plötzlich, dass sie Ambrosius verzeihen konnte und dass es in diesem Fall besser war zu schweigen. Gott würde ihn auf seinem beschwerlichen Weg begleiten und einen guten Menschen aus ihm machen und das war mehr wert, als am Galgen sein Leben zu lassen. Augenblicklich fiel alles Schwere von ihr ab und als sie auf ihre Pferde stiegen, wusste sie, dass alles gut werden würde.

RAINER GÜLLICH

Die Auferstehungspflanze

Die Sonne stand hoch im Zenit. Den beiden Reitern, die in ihren Kettenhemden zu verbrennen glaubten, lief der Schweiß in dicken Rinnsalen von der Stirn. Vor und hinter ihnen gab es nur trockene Steppe mit kargem, tot aussehendem Buschwerk.

„Ich glaube wir haben die Orientierung verloren. Oder seid Ihr sicher, dass dies der richtige Weg zu unserem Zeltlager ist?" Der größere der Reiter schaute seinem Gefährten in das sonnenverbrannte Gesicht.

„Nein, ich bin mir überhaupt nicht mehr sicher. Ich meinte, das Zeltlager hätte schon vor einer halben Stunde vor uns auftauchen müssen. Doch weit und breit ist kein Zelt oder keine Standarte am Horizont zu sehen." Er schaute seinem Gegenüber hilflos ins Gesicht.

„Kommt", sagte der Andere. „Lasst uns einen Moment rasten. Unseren Pferden wird die Pause gut tun. Wer weiß, wie lange sie uns heute noch tragen müssen."

Ohne eine Antwort seines Gefährten abzuwarten, schwang er sich von seinem Pferd. Die Ringe seines Kettenhemdes, das er unter seinem Wams trug, klirrten leise. Bevor er sich setzte, band er die Vorderhufe seines Reittieres mit einem Riemen zusammen, die es dem Tier erlaubten kurze Schritte zu tun.

Der andere Reiter tat es ihm gleich und beide ließen sich auf den staubigen, knochenharten Boden nieder.

„Wollt Ihr auch einen Schluck, Ritter Ewald?" Der kleinere der Recken griff die Wasserflasche, die er an seinem Gürtel trug, und bot sie seinem Gefährten an. „Ich danke Euch", sagte Ewald von Born und griff danach. Er nahm einen kleinen Schluck und gab die Flasche zurück.

Richard zu Wald nahm die Flasche entgegen, trank ebenfalls und befestigte das Behältnis wieder am Gürtel.

„Ob unsere Gefährten das Lager schon erreicht haben oder sollten auch sie in dieser Einöde herumirren?" Richard schaute Ritter Ewald an.

„Nun, eine Frage, die ich nicht beantworten kann. Wir sind ja heute Morgen alle versprengt worden, nachdem wir so urplötzlich auf diese Horde von Sarazenen gestoßen sind. Gegen diese Übermacht konnten wir mit unserem kleinen Aufklärungstrupp nicht viel ausrichten. Ich kann noch nicht mal sagen, wie viele von uns im Kampf gefallen sind." Ewald von Born schüttelte langsam den Kopf.

„Ich habe Kuno von Ortleben tödlich getroffen vom Pferd stürzen sehen. Ein Pfeil hatte seinen Hals durchbohrt. Auch Dietmar zu Eberforst sah ich geschlagen am Boden. Doch dann konnte ich nichts mehr beobachten. Ich hatte genug damit zu tun, meine drei Angreifer abzuwehren und musste dann wie alle anderen die Flucht ergreifen." Richard schaute beschämt zu Boden.

„Es ist nicht unehrenhaft, sein Leben zu retten. Wir hatten keine Wahl. Gegen diese Übermacht waren wir alle machtlos. Ich hoffe, wir treffen möglichst viele unserer Kameraden im Lager wieder." Ritter Ewald von Born betrachtete sein Gegenüber ernst.

„Doch nun lasst uns weiterreiten. Wie Ihr wisst, bricht die Dämmerung urplötzlich ein und der Tag ist schon fortgeschritten. Ich möchte nicht im Freien übernachten müssen. Die Nächte hier im Heiligen Land sind gnadenlos kalt. Ich weiß nicht ob wir, so erschöpft, wie wir sind, die nächste Nacht lebend überstehen werden. Lasst uns weiter nach Westen reiten. Wenn mich nicht alles täuscht, müsste in dieser Richtung das Lager liegen."

Die Ritter bestiegen ihre Pferde und machten sich weiter auf ihren ungewissen Weg.

Zwei Stunden später hatte sich an der Situation der beiden Kreuzritter nichts verändert. Das Gelände war immer noch eben und baumlos. Die Sonne stand tiefer, brannte aber immer noch erbarmungslos auf sie hernieder.

Ritter Ewald hob die Hand und zeigte nach vorn. „Lasst uns anhalten. Es hat keinen Sinn. Wir müssen uns für die Nacht vorbereiten. Seht da vorne den Felsen. Lasst uns in seinem Schutz die Nacht verbringen."

Sie ritten auf den Felsen zu. Als sie näher kamen, sahen sie unzählige faustgroße, hellbraune Pflanzenbüschel in der Umgebung liegen.

„Sehr gut", sagte Ewald von Born, „dieses trockene Zeugs kommt uns wie gerufen. Ich denke, dass es gut brennen wird. So können wir uns in der kalten Nacht erwärmen."

Sie sammelten eine ordentliche Menge der toten Pflanzen ein und schichteten sie, in einer mit der Streitaxt gegrabenen Kuhle, zu einer Feuerstelle auf. Mit Feuerstein und Zunder entfachte nun Ewald von Born die Pflanzenbüschel, die stetig und gleichmäßig abbrannten. Nach kurzer Zeit hatte sich die Kuhle mit glimmender Glut gefüllt. Die Edelleute wickelten sich zu beiden Seiten der Feuerstelle in ihre Decken ein, um so die Nacht zu verbringen. Kaum hatten sie sich hingelegt, brach die Dunkelheit herein.

Innerhalb einer halben Stunde verflüchtigte sich die Tageshitze in der Schwärze der Nacht. Der Boden kühlte schnell aus, nur die Glut in der flachen Grube strahlte noch Wärme ab.

Trotz dieser so schnell veränderten Bedingungen schliefen die beiden erschöpften Kämpen sofort ein. Die ausgelaugten Körper forderten ihren Tribut.

Nebel waberte über den Boden. Erste Sonnenstrahlen durchbrachen die dunstige Wand und der Niederschlag verflüchtigte sich in wenigen Augenblicken.

Die beiden Männer begannen sich zu regen. Sie streckten und reckten sich und schlugen ihre Arme um ihre Körper. Die Zähne von Richard zu Wald klapperten hörbar.

„Gut, dass wir ein Feuer machen konnten. Ich glaube ohne die wärmende Glut wäre ich erfroren." Er schaute seinen Gefährten mit zusammengekniffenen Augen an.

„Ja, diese unbekannte Pflanze hat uns wohl das Leben gerettet. Ich werde einige dieser Pflanzenballen mitnehmen, um mich an diese Stunde, in der mir mein Leben neu geschenkt wurde, zu erinnern." Ewald von Born entfernte sich bei diesen Worten vom Felsen und sammelte einige der bräunlichen Ballen ein. Er verstaute sie in einer der Satteltaschen seines Pferdes.

Die beiden Krieger ließen ihre Rösser die Tautropfen von den dürren Ästen des umliegenden Gesträuchs lecken und machten sich danach wieder auf ihren Weg Richtung Westen.

Es dauerte nicht lange und die Sonne brannte wieder heiß auf die einsamen Reiter hernieder. Es gab keinen Schutz. Sie hofften, bald das Zeltlager zu erreichen, das in einem grünen Tal mit einem fließenden Gewässer lag.

Nach einer Stunde Wegs wurde das Gesträuch dichter, der Boden nahm eine dunklere Farbe an, einzelne Bäume gaben der Landschaft ein charaktervolles Aussehen. Die Gegend wurde fruchtbarer. Nach einer weiteren Stunde senkte sich der Boden ab, ein Tal öffnete sich vor ihnen, einzelne Zeltspitzen waren in der Ferne zu erkennen.

„Unser Lager! Wir haben es geschafft. Wir sind gerettet!" Ewald von Born drehte sich nach dem hinter ihm reitenden Richard zu Wald um.

Beide gaben ihren Pferden die Sporen und mit einer letzten Anstrengung fielen die Tiere in Galopp. Wenige Augenblicke später ritten die beiden Kämpfer in das Lager ein.

Im Nu waren sie von ihren Kampfgefährten, Soldaten und anderen Dienstkräften umgeben. Sie jubelten ihnen zu, hoben sie von ihren Pferden und umringten sie in einem dichten Pulk.

Stille trat erst ein, als ihr Feldherr, Herzog Kasimir von Böhmen, auf dem Platz erschien. Eine Gasse öffnete sich und der Herzog trat auf seine Mitstreiter zu. Kasimir war ein großer Mann, gekleidet in ein Kettenhemd, über dem er ein langes Gewand, mit den darauf gestickten herzoglichen Insignien trug. Wie immer, wenn er zu sprechen begann, strich er sich mit seiner rechten Hand über seinen dunklen Kinnbart.

„Ewald von Born, Richard zu Wald, ich freue mich sehr, Euch zu sehen. Wir wähnten Euch schon verloren. Waldemar vom Garbstein konnte uns zwar berichten, dass Ihr den Sarazenen entkommen seid, doch als Ihr gestern gegen Abend das Lager noch nicht erreicht hattet, nahmen wir Euren Tod als gewiss hin. Bei dem Scharmützel mit Saladins Truppen sind drei unserer tapfersten Männer gefallen. Kuno von Ortleben, Dietmar zu Eberforst und Gero von Wismar. Wir werden uns ihrer immer erinnern. Doch berichtet, was mit Euch geschehen ist."

Ritter Ewald berichtete von ihrer Flucht und der Übernachtung in der Einöde. Als er die Pflanzenballen erwähnte, mit denen er und sein Gefährte das Feuer genährt hatten, sagte der Herzog: „Ah, so kennt Ihr die Pflanze nicht, die Euch die Nacht hat überstehen lassen. Wie ihr sie beschreibt, kann es nur die Auferstehungspflanze sein. Wenn ihr der ausgetrockneten Pflanze Wasser zugebt, so blüht sie auf und leuchtet hell in einer olivgrünen Farbe. Die Jungfrau Maria hat sie auf der Flucht von Nazareth nach Ägypten gesegnet und die Pflanze wuchs entlang ihres beschrittenen Weges. Sie wird hier in dieser Gegend Handballen der Maria genannt. Bekannter ist sie allerdings als Rose von Jericho. Dieser Name stammt einer alten Legende nach von Josua ab, der die von Rosen umgebene Stadt Jericho, mit ihrer Hilfe erobert haben soll."

„Nun", sagte Ewald von Born, „egal welche Legenden sich um diese Pflanze ranken. Sie hat mich und meinen Gefährten die letzte Nacht gesund überstehen lassen. Ich werde diese Pflanze in Ehren halten, sie mit in die Heimat nehmen und werde sie dort anpflanzen. Sie soll mein Talisman sein."

„Wie ich schon sagte", entgegnete der Herzog, „man nennt dieses Gewächs auch Auferstehungspflanze. Mit etwas Wasser könnt Ihr sie zum Blühen bringen, wieder eintrocknen lassen und dann nach einiger Zeit wieder zum Leben erwecken. Sie lebt ewig. Ihr braucht sie nicht einpflanzen."

Ewald von Born lachte. „Umso besser. So brauche ich keine Angst zu haben, dass die Pflanze im heimischen Boden nicht angeht. Doch nun möchte ich ein kräftiges Mahl einnehmen. Die gestrigen Abenteuer haben mir etwas zugesetzt. Ich muss mich stärken."

Der Herzog legte vertrauensvoll einen Arm um die Schulter seines Vasallen. „Dann kommt mit Richard zu Wald in mein Zelt. Mein Bursche wird uns auftischen. Lasst uns bei Speise und Trank unser Fortführen des Feldzugs besprechen." Sie schritten zum Zelt des Heerführers.

Ein Jahr später war der Kreuzzug gescheitert. Viele Edelleute hatten ihr Leben gelassen. Saladins Heer war nicht zu schlagen gewesen.

Ewald von Born wurde im Kampf schwer verwundet. Er verlor seinen Schwertarm. Im Fieberkampf war er dem Tod näher als dem Leben. Doch nach langer Zeit genas er schließlich.

Als sich die Kreuzritter einschifften, um zurück in die Heimat zu segeln, kam mit Ewald von Born auch die Rose von Jericho an Bord und gelangte so ins Abendland.

Andreas Kaminski

Der Königsraub von Kaiserswerth

Mit tief in den Handflächen vergrabenem Gesicht versank Thomas im Seitenschiff der Stiftskirche St. Suitbertus und hielt vor lauter Zerrissenheit Zwiesprache mit seinem Gott, dem er in Kürze ein priesterliches Versprechen geben sollte. Aber was ihm sein Onkel, der Erzbischof von Köln, im höchst kirchlichen Auftrage noch vor seiner Priesterweihe abverlangte, erschien ihm mit seinem Glauben schier unvereinbar. Da war schließlich noch Mechthild.

Mit dem Hochwasser des Rheins kam endlich der Frühling nach Kaiserswerth. Thomas Tarrach, ein edelfreier, stattlich gebauter Priesterschüler, Anfang 20, stand am Flussufer, wo der Strom einen flachen Bogen macht, und blickte gedankenbeladen hinüber zur anderen Rheinseite. Das Grün der Bäume und Sträucher, das er dort nach dem langen Winter erblickte, vermochte kaum sein getrübtes Gemüt zu erhellen. Aber er brauchte das Licht der Sonne und die allmählich auflebende Natur wie kaum ein anderer. Bald würde das Hochwasser die Rheinauen wieder freigeben, in denen er und Mechthild seit frühester Kindheit gespielt hatten. Zu Ostern und an Pfingsten – anlässlich seiner Priesterweihe – würden sie sich wiedersehen. Thomas hoffte in diesem Moment, dass die Frühlingssonne ein wenig Klarheit in seine Gedanken bringen würde, die allem anderen als der Vernunft entsprachen. Auf der einen Seite waren da das Priesteramt und die damit verbundene Liebe zu Gott. Auf der anderen Seite stand Mechthild, die für ihn in den letzten Jahren mehr als nur eine gute Freundin gewesen war. Welche Art von Liebe war das, die er für sie empfand? Thomas wusste es nicht genau, eines aber wusste er nur allzu gut: Wenn er sich an Pfingsten für das Priestertum entscheiden sollte, was eigentlich außer Frage stand, würde Gott seine einzige, wahre Liebe sein können. Er würde für alle Menschen gleich viel Nächstenliebe empfinden müssen und aus Loyalität zum Schöpfer müsste er allen weltlichen Sehnsüchten und Leidenschaften abschwören und fortan in Keuschheit leben. Und Mechthild? Sie wäre dann wohl wie eine Schwester für ihn, versuchte sich Thomas einzureden, die er dann sehr, sehr gern haben würde. Mechthild würde das gewiss verstehen und ihn wie ihren Bruder lieben können. Gewiss würde sie das. Aber da war noch etwas anderes, das Thomas beschäftigte. Beinahe mehr als die Sache mit Gott und Mechthild. Es war beileibe keine Kleinigkeit.

Die Leute im Dorf hatten die Strapazen des vergangenen Winters ebenso hinter sich gebracht wie Thomas. Die Vorbereitungen für das Osterfest befanden sich im vollen Gange. Dieses Jahr sollten es ganz besondere Festlichkeiten werden, denn es hatte sich zum einen der Erzbischof von Köln angekündigt, um im Benediktinerkloster das Osterfest zu feiern, zum anderen weilte die königliche Familie mitsamt ihrem höfischen Gefolge für einige Zeit in der Kaiserpfalz. So war die Dorfgemeinschaft in hellem Aufruhr und voller Vorfreude auf die bevorstehenden Ereignisse. Doch was sich in jenen Tagen des Jahres 1062 ereignen sollte, konnte niemand vorausahnen – außer Thomas, der als einziger eingeweiht war. Dieses Geheimnis, welches ihm sein Onkel Anno, der Erzbischof von Köln, anvertraut hatte, lastete schwer auf seinen Schultern.

Nachdem Thomas Tarrach die Stiftskirche St. Suitbertus verlassen und den Weg entlang der Rheinwiesen ins Dorf genommen hatte, kehrte er endlich heim zu seinen Eltern. Er war in Köln gewesen, bei seinem Onkel. Die Eltern hofften, dass Anno ihren Jungen unter seine Fittiche nehmen würde, nachdem dieser die Priesterschule absolviert hatte. Dorfpfarrer sollte Thomas werden, das wünschten sich die Eltern. Thomas war ein überaus begabter Knabe, gebildet und fromm. Das hatte der Lehrpfarrer schon früh festgestellt. So konnte Thomas rechnen, lesen und schreiben, er lernte sogar die lateinische Sprache und war gewandt im Umgang mit den liturgischen Büchern. Schon allein das war ungewöhnlich für Kinder edelfreier Lehnsleute. Selbst die freien Künste hatten es Thomas angetan. Er interessierte sich für Astronomie, Geometrie und Musik. Sein Lehrpfarrer empfahl ihn daher seinem hochgeistlichen Onkel in Köln mit den Worten: „Die meisten jungen Priester lehren und sind dabei selbst ungebildet. Es ist, als ob die Nacht die Nacht beleuchte. So aber nicht bei Thomas Tarrach. Der Junge ist gescheit und von liebenswürdigem Charakter." Der Lehrpfarrer verbürgte sich brieflich für seinen guten Leumund und keuschen Lebenswandel. Der Priesterweihe zu Pfingsten durch den Erzbischof stand demnach nichts im Wege. Und Thomas´ Eltern erhofften sich noch mehr: eine vielversprechende Zukunft für ihren Sohn. Anno würde seinem Neffen gewiss einen Aufstieg aus der niederen Herkunft ermöglichen. Dabei wäre er ihm Onkel, väterlicher Freund und Förderer zugleich.

Die Mutter war mit den Vorbereitungen für das Fastenessen beschäftigt, als Thomas plötzlich zur Tür hereinstürzte. Drei lange Wochen hatte er seine Mutter nicht mehr gesehen, also schmiss er sein Gepäck in die Zimmerecke und fiel ihr überschwänglich um den Hals.

„Junge, mein lieber Junge!", begrüßte Thomas' Mutter den Heimkehrer. „Lass dich anschauen, wie dünn du geworden bist. Dein Onkel hat dich aber nicht gut genährt."

„Ach Mutter", entgegnete Thomas, „zum Essen war ich ja auch nicht in Köln."

„Nun setz dich erst mal hin und stärke dich ein wenig." Mutter tischte rasch einen Laib Brot und etwas Mandelbutter auf. Das liebte Thomas so an zu Hause. Hatte er doch diese Behaglichkeit und Wärme in Köln sehr vermisst.

„Wo ist Vater?", fragte Thomas.

„Draußen am Teich", antwortete seine Mutter.

„Wenn das mal nicht der Fürst erfährt, dass ihr einen eigenen Karpfenteich habt!"

„Ach das weiß der doch längst, mein Junge. Schließlich liefert dein Vater ihm hin und wieder ein paar Karpfen, wenn er seine eigenen nicht fängt. Und außerdem: Gesalzene Heringe oder Stockfische schmecken deinem Vater auch außerhalb der Fastenzeit nicht allzu gut."

Thomas labte sich am Brot mit Mandelbutter. Für ihn war es genau genommen kein echtes Fastenessen. Nicht, dass er sich aus gutem Essen nichts machen würde, aber auf den Genuss von Eiern, Milch, Käse und Fleisch konnte er auch außerhalb der Fastenzeit ganz gut verzichten. So schlecht schmecken Salzheringe nun auch wieder nicht, grübelte Thomas bei Tisch.

„Nun rede schon, mein Junge!", riss ihn seine Mutter aus seinen Gedanken. „Wie war es in Köln bei deinem Onkel?", wollte sie wissen.

„Bei der höchst ehrwürdigen Geistlichkeit?", fragte Thomas, dessen ketzerischen Unterton seine Mutter nicht überhören konnte.

„Aber Thomas! Wie erlaubst du dir von deinem Onkel und zu-künftigen Vorgesetzten zu sprechen? Du weißt, er ist dir wohlgesonnen und es wäre nicht ratsam, sein Vertrauen zu enttäuschen."

Während Thomas, nachdem er sein Mahl beendet hatte, den Tisch abräumte, kam der Vater ins Haus. Er hatte offenbar Glück beim Fischfang gehabt, denn im Eimer schwammen ein halbes Dutzend Karpfen.

„Junge! Deine Mutter und ich haben dich sehr vermisst. Hoffentlich reicht der Fisch für uns alle", begrüßte der Vater ihn mit gewohnter Zurückhaltung. Seit Thomas denken konnte, hatte er zur Mutter ein viel innigeres Verhältnis gehabt als zu seinem Vater. Was ihn jedoch nicht davon abhielt, seinen Vater zu umarmen, selbst, wenn eine liebevolle Geste stets von ihm ausgehen musste.

„Mein lieber Vater, wie hab ich auch dich vermisst!" Schon wieder hörte die Mutter einen Unterton in Thomas´ Worten, keinen ketzerischen diesmal, einen polemischen eher, und schüttelte mit einem leichten Lächeln wortlos den Kopf. Der Vater, der vordergründig ein wenig schroff wirkte, aber keineswegs dumm war, bemerkte nach den ersten gewechselten Worten sehr schnell, dass Thomas nicht nur schmutzige Wäsche aus Köln mitgebracht hatte.

„Hat dir dein Onkel endlich mal Vernunft beigebracht, mein Sohn? Du wirst sie für dein Priesteramt noch bitter nötig haben!"

Diese Behauptung traf vollends zu, denn darüber grübelte Thomas beinah pausenlos, seit er Köln und seinen Onkel verlassen hatte. Bei dem Wort „Vernunft" überkam Thomas wieder diese innere Unruhe, die ihn schier zu zerreißen suchte.

„Mein Bruder Anno wird dich auf dein bevorstehendes Amt gut vorbereitet haben", konstatierte der Vater und machte sich daran, die Karpfen auszunehmen. „Es wäre wünschenswert, dass du seine Ratschläge befolgst, mein Sohn."

Thomas beobachtete die beiden Katzen, die sich über die Innereien, die ihnen der Vater zuwarf, hermachten.

„Und wenn es keine guten Ratschläge wären?", fragte er, wohl wissend, dass das seine Eltern zornig machen könnte.

„Anno will nur das Beste für dich", schaltete sich die Mutter ins Gespräch ein.

„Aber was ist das Beste für mich, Mutter? Und warum sollte ausgerechnet Anno wissen, was das Beste für mich ist?"

Der Vater ließ augenblicklich das Messer auf den Tisch fallen und drehte sich zu den beiden um. Sein Gesicht trug nun Zornesröte, ganz so, wie Thomas es vermutet hatte.

„Gott hat dich mit Klugheit reicher beschenkt als manch einen anderen deines Standes", brachte der Vater seinen Unmut über Thomas' frevelhafte Gedanken zum Ausdruck und fuhr mit erhobener Stimme fort: „Es ist sein Wille, dem Weg Christi zu folgen. Wir haben dich Gehorsam und Demut gelehrt, dein Lehrpfarrer die Liturgie und Anno wird aus dir einen frommen Diener Gottes machen. Das wird deine Mutter glücklich machen und so solltest du ebenso glücklich und dankbar sein, dass Gott dich auserwählt hat." Schweigen erfüllte den Raum.

Der Vater drehte sich nach einer Weile wieder zum Tisch herum und hieb dem letzten noch zappelnden Fisch den Kopf ab.

„Mechthild!", nannte die Mutter leise deren Namen.

„Gütiger, wann nimmt der Junge endlich Vernunft an?", raunzte der Vater, ehe Thomas antworten konnte.

„Ja, Mechthild! Ich muss fortan an sie denken, seit ich in Köln war." Thomas´ Augen erhellten sich, als er den Namen hörte.

„Sei vernünftig, Junge", versuchte der Vater seinem Sohn den rechten Weg zu weisen. „Als Priester wählst du ein Leben in Keuschheit. Aber als Priester genießt du hohes Ansehen, auch beim Fürsten. Dir ist damit ein glückliches Leben beschieden. Das haben wir immer für dich gewollt."

„Um glücklich zu sein, soll man sich befreien oder beherrschen?", fragte Thomas.

„Liebe kommt und geht, Vernunft bleibt", antwortete seine Mutter.

„Ach lass", brummte der Vater und verließ aufgewühlt die Küche. Die Mutter nahm Thomas in die Arme und drückte ihn fest. Er war nun längst kein Kind mehr.

Inzwischen war es dunkel geworden und dichter Nebel verteilte sich in den Gassen des kleinen Dorfes. Die Leute zogen mit Fackeln zur Stiftskirche, deren

Turm unsichtbar geworden war. Nur der helle Klang der Glocke wies ihnen den Weg und rief sie zur Vorabendmesse. Thomas saß ganz hinten im Seitenschiff, sodass er den Innenraum der Kirche gut überblicken konnte. Es überraschte ihn nicht sonderlich, die königliche Familie zu sehen. Der noch minderjährige König Heinrich IV. hatte mit seiner Mutter, Kaiserin Agnes, Witwe Kaiser Heinrichs III., und dem Subregenten, Bischof Heinrich von Augsburg, vorne bereits Platz genommen. Dahinter saß natürlich auch Johann von Cleve mit seinen Mannen, des Königs treuer Leibwächter, dem Thomas nicht recht über den Weg traute. Bemächtigte sich ihm doch fort-während der Gedanke, dass Johann ein nicht ganz standesgemäßes Auge auf Mechthild geworfen hatte. Obwohl die Kirche auch in den hinteren Reihen gut gefüllt war, fiel Thomas´ Blick schnell auf die Magd seines Herzens. Mechthild trug ihr Haar offen und bunte Bänder schmückten ihre blonden Strähnen. Ein helles Gewand umhüllte eng anliegend ihre weiblichen Rundungen. Ohne Zweifel, seit ihrem letzten Treffen vor einigen Monaten war Mechthild zu einer jungen Frau gereift. Das machte Thomas insbesondere an der Form ihrer üppigen Brüste fest, die für ihn neu waren. Als er bemerkte, dass er bei ihrem Anblick rot wurde, versuchte er sich abzulenken, indem er das Gespräch zwischen der Müllerin und der Schneiderin heimlich belauschte:

„Sehen Sie sich doch den Knaben an! So jung an Jahren, kaum 12 Lenze, und schon König", meinte die Müllerin, worauf die Schneiderin erwiderte: „Und seine arme Mutter, hat sie mit dem Verlust des Ehemannes doch auch die Regentschaft verloren. Eine Kaiserin ohne Thron, muss das nicht furchtbar sein?"

„Kaiserin Agnes wird mit der Erziehung des jungen Königs doch sehr beschäftigt sein. Glücklicherweise hat sie mit Bischof Heinrich einen ehrwürdigen Helfer an ihrer Seite, der ihr bei Regierungsgeschäften und der Erziehung des Jun-gen treulich zur Hand geht", kommentierte die Müllerin die Zusammensetzung der königlichen ersten Reihe in der Kirche.

„Und der ihr zudem sehr zugetan ist, wie man bei Hofe tuschelt", ergänzte die Schneiderin.

„Sie meinen ...", wollte die Müllerin nachfragen, doch die Schneiderin fiel ihr ins Wort: „Es heißt, die Kaiserin und der Bischof von Augsburg führen eine heimliche Liebschaft und Agnes kümmert sich wenig um Kindererziehung und Regentschaft!"

Thomas war entsetzt, als er das hörte. Bestätigte doch der Weibertratsch das, was ihm sein Onkel Anno über die Verhältnisse bei Hofe berichtet hatte. Sollte er sich denn so in den Absichten seines Onkels geirrt haben, als der ihm in Köln von seiner Sorge über die Verwahrlosung des jungen Heinrichs erzählt hatte? Vor diesem Hintergrund machten die Planungen des Erzbischofs, der dem Kaiser sehr nahestand, natürlich Sinn. Obschon Thomas, ob seines Onkels Anweisungen, nach wie vor heftige Skrupel plagten, so konnte er nicht umhinkommen, diesem Vorhaben ein gewisses Verständnis beizupflichten. Die Angst um das Schicksal des Reiches musste für seinen Onkel so groß sein, dass er eine heimliche Verbringung des jungen Königs zu ihm nach Köln als einzigen Ausweg in Erwägung zog, den Sohn dem schädlichen Einfluss der Mutter zu entziehen und damit das Reich vor katastrophalen Zuständen zu bewahren. Das einsetzende Lied mit Beginn des Gottesdienstes riss Thomas zunächst aus seinen Gedanken und lenkte seine ganze Aufmerksamkeit auf die schöne Mechthild, die neben ihrem wundervollen Antlitz eine ebenso wunderbare Gesangsstimme besaß. Sich des adeligen Gegenspielers bewusst, beschloss Thomas, sich gleich nach dem Gottesdienst mit Mechthild zum Tanz am Osterfeuer, wie es in Kaiserswerth seit jeher Brauch war, zu verabreden.

Dieses Jahr schien das Osterfeuer noch größer zu sein als in den Jahren zuvor. Das ganze Dorf war auf den Beinen und hatte an den vorherigen Tagen allerlei Holz und Geäst zu einer enormen Höhe aufgestapelt. Die Dorfjugend, zu der sich Thomas noch zählte, war schon den ganzen Abend über fröhlich auf den Beinen. Bei Biergenuss und Tanz kamen sich die jungen Burschen und Mädchen näher. Die wachsamen Augen ihrer Eltern erstickten zügellose Annäherungsversuche bereits im Keime. Thomas weilte unter seinen Freunden, doch anders als sie, sprach er dem Bier nicht so vorbehaltlos zu. Er brauchte seinen wachen Verstand an diesem Abend. Denn es blieb ihm nicht verborgen, dass Mechthild den ganzen Abend über von Johann von Cleve arg belagert wurde. Einen Tanz nach dem anderen hing er ihr am Rockzipfel und machte ihr ganz offensichtlich den Hof. Eigentlich hätte es Thomas dabei bewenden lassen können, wusste er Mechthild doch so in guten Händen. Sie hätte in einer Ehe mit Johann rosigen Zeiten entgegensehen können, er selbst wäre frei für Gott und das Priesteramt. Seine Eltern, ihre Eltern, sein Onkel Anno – alle wären glücklich. Nur Thomas fühlte sein Herz bei diesem Gedanken entzweibrechen. Er leerte hastig seinen Bierkrug in einem Zug und betrat mutig die Tanzfläche, auf der sich die Jugend gerade zu einem Reigen formierte. Thomas gliederte sich geschickt in die sich in Bewegung setzende Kette ein. Nach einer halben Drehung stieß er seinen Widersacher Johann aus dem Reigen und stand wie geplant Mechthild gegenüber. Die lachte kurz auf und nahm den Partnerwechsel dankend an. Die halbe Nacht über tanzten nun Thomas und Mechthild miteinander, als würde es für sie keinen Morgen geben. Als die Stimmung ihren Höhepunkt erreichte, nahm Thomas Mechthild bei der Hand und sie verschwanden von der Meute ungesehen in eine abgelegene Scheune. Einzig ein Vasall Johanns bemerkte ihr heimliches Verschwinden und mühte sich, es rechtzeitig seinem Herrn zu melden. Während Thomas und Mechthild nur Augen für sich hatten, schmiedete der Gehörnte einen mörderischen Plan.

Der Morgen brach bereits an, als Thomas die Strohhalme aus Mechthilds goldenem Haar zog. Er küsste sie liebevoll wach und streichelte ein letztes Mal ihren festen und wohlgeformten Busen, bevor er ihr Kleid zuknöpfte. Noch ganz benommen von der vergangenen Nacht flüsterte ihm Mechthild zärtlich ins Ohr: „Zwei Seelen, sich so nah und doch so fern, entzweit vom Schicksal namens Verstand. Verbotene Gefühle, die keine Zukunft sehen."
„Zwei Herzen - Gefangene der Vernunft", führte Thomas ihren traurigen Vers fort. Dann öffnete er das Scheunentor. Als Priesterschüler tanzte er im Mondschein der Osternacht, doch als Mann sah er die Sonne aufgehen.

Johann von Cleve betrat den Garten des Benediktinerklosters zu Kaiserswerth – dem vorübergehenden

Amtssitz Anno II. von Köln – ohne genau zu wissen, was dieser von ihm wollte. Sie waren sich bei Hofe des Öfteren begegnet, aber hatten bis dato keinen Anlass zu einem Schwatz gehabt. Noch ganz in Gedanken ob des gestrigen Abends bemerkte Johann nicht, wie der Erzbischof auf ihn zutrat. Nach einer kurzen Begrüßung schlugen sie einen Weg ein, der zu einer kleinen Freifläche hinführte, die von hohen Hecken umgeben war. Im Schutze der Einfriedung war der Augenblick gekommen, da Anno dem Leib-wächter des Königs den Anlass des geheimen Treffens mitteilte:

„Mein lieber Johann", begann der kirchliche Würdenträger, „das Reich braucht unter Umständen Eure tatkräftige Hilfe in einer sehr delikaten Angelegenheit."

Johann schwieg und hörte seinem Gesprächspartner aufmerksam zu.

„Wir blicken mit großer Sorge auf den zunehmenden Hochmut Eures jungen Herrn, Heinrich IV. Der Einfluss seiner Mutter Agnes, der Kaiserin, und ihres bischöflichen Beraters Heinrich von Augsburg ist nicht gut für den Jungen. Zudem können Agnes und ihr Berater dem dringenden Verdacht unzüchtiger Liebe nicht entgehen, denn allgemein geht das Gerücht um, ein so vertrauliches Verhältnis könne nicht ohne unsittlichen Verkehr erwachsen sein."

Johann räusperte sich kurz, doch bevor er irgendetwas entgegnen konnte, kam Anno ohne weiteren Umschweif zur Sache: „Wir werden den königlichen Hauslehrer und Priesteranwärter Thomas Tarrach, meinen Neffen, mit der Entführung Heinrich IV. beauftragen. Es soll dem Jungen nichts geschehen, wir wollen ihn lediglich nach Köln bringen und ihn dem frevel-haften Einfluss der Mutter und ihrer Gefolgschaft entziehen. Die Regierungswalt muss bis zur

Volljährigkeit des Königs vorübergehend in unseren Händen liegen. Sollte mein Neffe seiner nicht habhaft werden, so steht Ihr mir, verehrter Johann, bei Eurem Leben dafür ein, dass Ihr mir den König übergebt. Als Lohn für Euren aufopfernden Dienst soll Euch das Fürstentum Gelder übereignen."

„Hochwürden, dies ist ein schrecklicher Befehl, aber ich werde ihn ausführen", antwortete Johann knapp und ritterlich ergeben und dachte bei sich, welch vortreffliche Gelegenheit sich da ergibt, den Gegenspieler Thomas Tarrach ein für alle Mal beseitigen zu können.

„Du musst bei Anno eine Beichte ablegen!", redete die Mutter Thomas ins Gewissen, als der ihr von der Osternacht berichtete. „Die Verbindung mit Mechthild hat keine Zukunft, mein Junge, glaube mir. Dein Weg ist Gottes Weg!"

„Schon gut, Mutter, gleich morgen früh werde ich zu Anno gehen und eine Beichte ablegen."

In dieser Nacht schlief Thomas nicht gut, und als er am folgenden Morgen vor Anno trat, merkte er, wie ihn eine Übelkeit überkam, als er mit Herzklopfen und gepresster Stimme hervorbrachte: „Ehrwürdiger Vater, ich habe gesündigt! Mit einer jungen Magd habe ich in Unkeuschheit eine Nacht verbracht und bin nicht mehr würdig, den Pfaden des Herrn zu folgen!"

Anno griente ihn diabolisch an. „Da gibt es nur das Fegefeuer für dich, mein Sohn."

Am Nachmittag desselben Tages besorgte sich Thomas den Strick, mit dem er sich erhängen wollte.

An einem Baum kauernd und ein letztes Gebet sprechend fand Anno seinen Neffen am Rheinufer vor. Am Baum hing schon der vorbereitete Strick. Die Schlinge erwartete den Kopf des Sünders, als dieser von Anno angesprochen wurde: „Mein Sohn, ich sehe tiefe Reue in deinen Augen. Gott ist gütig und wird dir deine Schuld vergeben, wenn du der heiligen Mutter Kirche und dem Reich einen ehrwürdigen Dienst erweist." Anno weihte Thomas in seinen Plan zwecks Entführung des jungen Heinrich IV. ein, ohne das Gespräch mit Johann von Cleve zu erwähnen und stellte auch ihm am Ende einen Lohn in Aussicht: „Neben der Vergebung deiner schweren Verfehlung sollst du mich eines Tages als Erzbischof von Köln beerben, wenn du Gottes Plan ausführst." Thomas war entsetzt, willigte am Ende aber unter Tränen in den Ablasshandel ein.

Obwohl Thomas sich der Komplizenschaft seines Onkels nicht zu widersetzen vermochte, plagten ihn heftige Gewissensbisse. Er suchte Mechthild ein letztes Mal auf, um sich ihr anzuvertrauen. Mechthild war in ihrem Glauben an Gott und an die Liebe tief erschüttert, als Thomas ihr den vollen Umfange berichtete. Die Grundfeste all ihrer Überzeugung fiel mit einem Mal in sich zusammen. Sie wollte Thomas niemals an solch eine Kirche hergeben, obwohl dieser von seinem Auftrag von Anno nicht abzubringen war.

„Du tust das nicht aus Überzeugung", versuchte sie Thomas den heimtückischen Plan auszutreiben. „Purer Ehrgeiz leitet dich, nicht die Sicherheit, etwas Richtiges zu tun. Eifer aber ist der Brunnen allen Übels. Ein falscher Ehrgeiz nährt sich von Eitelkeit und Eitelkeit macht viele Menschen blind für Moral."

Thomas wollte gerade antworten, als ein Bote Johanns´ angeritten kam und Mechthild eine Einladung seines Herrn auf dessen Schloss überbrachte. „Damit ist wohl alles gesagt", resümierte Thomas in dem Glauben, Mechthild hätte sich Johann versprochen. Blind vor Eifersucht und Wut brach Thomas auf und machte sich an die Umsetzung seines Plans.

Es musste von der Kaiserin unbemerkt geschehen. Obschon Thomas als Hoflehrer das Vertrauen der königlichen Familie besaß, verabredete er sich für den Nachmittag sicherheits-halber mit seinem Schüler Heinrich zu einer Bibellesung im Turm der Stiftskirche. Als wenn der Himmel Unsägliches geahnt hätte, öffnete er an diesem Tag all seine Pforten und ließ es unter Blitz und Donner sintflutartig regnen. Thomas war sich dieser apokalyptischen Szenerie durchaus bewusst, musste den Plan aber im höchst kirchlichen Auftrage erledigen, um Vergebung für seine Verfehlung zu erlangen. Sobald er mit dem jungen König alleine wäre, wollte er ihn an Anno übergeben, damit dieser ihn in Köln in sicheres Gewahrsam nehmen konnte. Thomas ahnte aber nicht, dass er nicht nur alleine an Entführungsplänen arbeitete. Von der Kaiserin erfuhr Johann, dass Heinrich mit Thomas zu einer Bibelstunde verabredet war. So fing Johann den Knecht, der Heinrich zur Stiftskirche geleitete, kurzerhand ab, meuchelte ihn und tauschte den König gegen einen ihm zum Verwechseln ähnlich sehenden Bauersjungen aus. Den König sollte ein Vasall Johanns an Anno übergeben.
Der Bauersjunge, den Thomas wie geplant als Heinrich zu er-kennen glaubte, stieg, wie ihm zuvor geheißen, eilig den Kirchturm empor, auf dem sich Johann

zuvor verschanzt hatte. Dort hatte sich dieser auf ein Handgemenge mit dem Widersacher, der hernach vom Kirchturm fallen sollte, vorbereitet. Die Leute würden es später für einen Unfall halten. Thomas folgte seinem vermeintlichen Schüler zum Kirchturm und eilte schnellen Schritts die eiserne Treppe hinauf. Sichtlich außer Atem und nicht ahnend, auf wen er da droben treffen sollte, erklomm Thomas die letzte Stufe. Er trat auf einen nicht überdachten Balkon und war ob des Unwetters schnell durchnässt. Der Boden war glitschig vom Regen. Er blickte über die nicht allzu hohe Brüstung und sah eine weibliche Gestalt in Richtung Stiftskirche eilen. Der starke Regen verhinderte, dass er erkennen konnte, um wen es sich dabei handelte. Um Himmels willen, dachte Thomas, die Kaiserin sorgt sich um ihren Sohn. Das hatte ihm noch gefehlt!

Im selben Moment spürte er einen festen Hieb an den Kniekehlen und sackte zu Boden. Ein dunkler Schatten beugte sich über ihn und holte zum nächsten Schlag aus. Geistesgegenwärtig drehte sich Thomas auf die Seite und versetzte der Gestalt einen kräftigen Tritt in den Allerwertesten, sodass sie mit voller Wucht an die Brüstung prallte. Nicht sonderlich hoch und obendrein noch baufällig drohte die Brüstung dem Aufprall nachzugeben. Thomas rappelte sich auf, als das Innere des Turms schlagartig von gleißendem Licht erfüllt wurde. Die Helligkeit des Blitzes hatte den Turm noch nicht verlassen, da krachte bereits der Donner. Mit einer solchen Wucht brach der Schlag über dem Kirchturm zusammen, dass die Glocke zu läuten begann und der morschen Brüstung den Rest gab. Die Gestalt, die Thomas erst jetzt als Johann von Cleve ausmachen konnte, verlor den Halt.

Thomas wich erschrocken Richtung Treppenabsatz zurück.

Mechthilds Augen weiteten sich, als sie von unten sah, wie ein Mensch ins Leere trat und versuchte sich noch festzuhalten, aber vergeblich: Rücklings stürzte ein Körper in die Tiefe. Das heftige Gewitter verschluckte einen Schrei. Mechthild und der heraneilende Vasall fanden Johann von Cleve mit verdrehtem Genick auf dem Boden liegend. „Gott sei seiner armen Seele gnädig", murmelte der Vasall. Mechthild schlug die Hände vors Gesicht.

Es dauerte eine Weile, bis Thomas mit dem Bauernburschen zur Kirche rauskam. Während der Bursche sofort seine Füße in die Hand nahm, steuerte Thomas noch ganz benommen von dem schrecklichen Unfall auf den am Boden Liegenden zu und erblickte daneben Mechthild. Aus dem Augenwinkel sah er hinter einem Baum einen weiteren Burschen Richtung Pfalz laufen. Es war der junge König, der zu seiner Mutter eilte. Wenig später hatte diese den Leibwächter Johann von Cleve für den Entführungsversuch verantwortlich gemacht und gleichzeitig dessen Tod als Gottes gerechte Strafe gerühmt.

Der Rhein führte längst kein Hochwasser mehr und hatte auch die Wiesen wieder freigegeben. Mit Mechthild im Arm saß Thomas am Flussufer und beide blickten auf die andere Rheinseite hinüber. Das Grün der Bäume und Sträucher, das sie dort erblickten, erhellte Thomas´ Gemüt.

Dieses Jahr wurde an Pfingsten kein Priester geweiht.

Epilog

Nach einem Festmahl lud Anno II. den jungen König auf ein prachtvolles Schiff ein, das er auf dem Rhein bei Kaiserswerth hatte anlegen lassen. Was dieser erlebte, als er das Schiff betrat, schildert ein Chronist folgendermaßen:

„Kaum aber hatte er das Schiff betreten, da umringten ihn die vom Erzbischof angestellten Helfershelfer, rasch stemmten sich die Ruderer hoch, warfen sich mit aller Kraft in die Riemen und trieben das Schiff blitzschnell in die Mitte des Stroms. Der König, fassungslos über diese unerwarteten Vorgänge und unentschlossen, was nun zu tun wäre, dachte nichts anderes, als dass man ihm Gewalt antun und ihn ermorden wolle, und stürzte sich kopfüber in den Fluss, und er wäre in den reißenden Fluten ertrunken, wäre dem Gefährdeten nicht Graf Ekbert, trotz der großen Gefahr, in die er sich begab, nachgesprungen und hätte er ihn nicht mit Mühe und Not vor dem Untergang gerettet und aufs Schiff zurückgebracht."

Anno II. führte den König anschließend nach Köln und er-presste von Kaiserin Agnes die Herausgabe der Reichsinsignien. Damit lag die Staatsgewalt in den Händen der Verschwörer, zu denen neben Anno u. a. der erwähnte Graf Ekbert von Braunschweig gehörte. Der als „Königsraub von Kaiserswerth" bekannte Vorfall aus dem Jahre 1062 war ein bis dahin beispielloser Komplott gegen einen Regenten. Die vorliegende Geschichte ist allerdings frei erfunden.

Das Kreuz des Köhlers

In der Woche der verhüllten Kreuze riss ein Bach, draußen vor Coellens Toren, noch trächtig vom nassen Winter, eine breite Bresche in den Tannenwald. Jakob hielt die Hände in das rauschende Gewässer und rieb die verrußten Finger, bis sie bleich wurden. Sein Gesicht über der Wasseroberfläche blieb verzerrt und dunkel, da konnte er so viel reiben, wie er wollte. Nur Haarbüschel und Ohren standen erkennbar vom Kopf ab.

Jakobs Magen knurrte. Der Tag war erst angebrochen, und bis Lieschen mit dem Brotkanten vorbeikommen würde, war es noch eine Weile hin. Kurz zögerte er, dann schöpfte er Hand um Hand von dem trüben Wasser aus dem Bach in den Mund. Der Wolf in seinem Inneren jaulte, dann gab er betäubt von der Kälte endlich Ruhe. Der Junge kam auf die Beine und trocknete das Gesicht am Ärmel seiner Wolljacke. Da war es wieder, dieses Prickeln im Nacken; die Ahnung nicht allein zu sein.

Er sah sich um. Das kahle Unterholz bot kaum Deckung. Hirngespinste! Wie sollten sich Nicolaus und seine Prügelknechte da ungesehen heranpirschen? Der Saukerl saß sicher warm und gemütlich vor dem Kamin und fraß sich mit Hafergrütze und Schöpfrahm den Wanst voll.

Jakob streckte die Nase in die Luft. Der Wind hatte gedreht. Er musste zum Kohlenmeiler zurück, statt dazustehen und sich auszumalen, was der Spross des Grundherrn trieb. Das Tagwerk wartete.

Die Lichtung war von Qualm und Frühnebel eingehüllt. Nur vage zeichnete sich der Meiler als lehmgedeckter Hügel ab, in dessen Inneren aufgeschichtetes Buchenholz und Fichtenreisig allmählich zu Holzkohle verschwelte.

Jakob zog sein Ansticheisen aus dem Waldboden und umrundete den Hügel, die zahlreichen Löcher, aus denen Rauchsäulen aufstiegen, genau im Visier. Der Meiler zog zu stark, befand er, und legte das Eisen ab. Er musste zu der Stelle am Bach, wo sich die Lehmgrube befand, um mit dem nassen Lehm die überflüssigen Zuglöcher zu verschließen.

In seiner Geschäftigkeit bemerkte er die hünenhafte Gestalt auf dem Meiler zunächst nicht. Dann, als er sich aufrichtete, um neuerlich Farbe und Menge des Rauches abzuschätzen, sah er sie.

„He, was macht Ihr?", schrie er. „Steigt sofort da runter!"

Die Gestalt rührte sich nicht. Und einen Moment war es Jakob, als spielte sie mit dem Qualm, der aus den Zuglöchern quoll. „Euch werden gleich die Füße verkohlen!", johlte der Junge und ihm ging flüchtig durch den Kopf, warum er den Kerl in den Schwaden so förmlich anredete.

„Pax vobiscum!", tönte die fremde Stimme derart tief, dass es Jakob kalt über den schweißnassen Rücken lief.

Die Sache fing an, unheimlich zu werden. Wo zum Teufel steckte Nicolaus? Wenn man den Jecken brauchte, ließ er auf sich warten! Jetzt musste er sich auch noch mit einem Strauchdieb herumschlagen.

Er griff nach dem Ansticheisen. „Komm mir nicht mit Sprüchen! Runter, sonst ...", er brachte die Holzstange mit der Eisenspitze wie eine Lanze in Position, „... komme ich hoch, dann bist du fällig!"

Das Lachen des Fremden war wohlklingend. Jakobs Herz schlug schneller. Die Zeit der Ankündigungen war vorbei, er musste Taten folgen lassen. Wenn der Meiler ruiniert war, würde Nicolaus ihn verdreschen lassen, bis er Lumpen kotzte.

Eine Böe erfasste die Lichtung, und der Dunst riss auf. Jakob schnappte nach Luft. Die Sicht auf den Fremden war nun frei. Ein Recke, gehüllt in einen roten Mantel, stand dort oben. Das Gesicht und die Nase edel geschnitten. Unter dem kostbaren Tuch trug er einen Harnisch, der mit schwarzen Schuppen gepanzert war. Das Rüstzeug war von geradezu atmender Lebendigkeit.

Jakob umklammerte das Ansticheisen und wurde gewahr, dass die Hände des Ritters locker gefaltet über einem Schwertknauf lagen. „Wollt Ihr den Knechten meines Herrn in die Finger fallen? Dann bleibt nur da stehen!" In der Hoffnung, damit Eindruck geschunden zu haben, verharrte Jakob. Die vielen schlaflosen Nächte in dem nur mit Tannenzweigen gedeckten Erdloch; die Nase stets im Rauch. Sollte alles vergebens gewesen sein? Sein Vater war von dem Übel heimgesucht worden, das die halbe Siedlung krankmachte, nun lag es an ihm, dass die Gluternte eingebracht wurde.

„Du bist ein mutiger Junge, Jakob."

Das Ansticheisen glitt ihm durch die Hände und schlug zwischen seinen Holzschuhen auf den Boden. „Woher wisst Ihr meinen Namen, edler Herr?"

„Mein Wissen reicht von dem, was war, bis dorthin, was ist und einmal sein wird."

Dem Jungen wurde schwindelig. „Wer zum Henker seid Ihr?"

„Ich bin der, der den Drachen aus dem Himmel stieß ..." Mit diesen Worten umfasste der Ritter das Heft seines Schwertes, und der Junge kniff, geblendet von der Klinge, die Augen zu. Es half nicht, hinter den Lidern brannte sich ein glühendes Kreuz auf seine Netzhaut.

„... und ich werde der sein, der zum Jüngsten Gericht die Seelen wiegt."

Jakob riss die Augen auf. „Nennt mir Euren Namen, Herr!"

Um den Mund des Recken deutete sich ein Lächeln an. „Man nennt mich Michael, ich bin der Fürst über das Heer des Herrn." Im Qualm hinter dem himmlischen Befehlshaber wurden mächtige graue Schwingen sichtbar.

„Was wollt Ihr von mir, Herr Michael?", stotterte der Junge und sank in die Knie. „Ist es etwa soweit? Kommt Ihr, meine Seele zu wiegen?" Jede Hoffnung wich aus ihm. Das Übel musste gesiegt haben, die Menschen aus der Siedlung waren tot. Er spürte warme Tränen über die Wangen rinnen. Die ganze Welt war leer. Hieß es nicht, Gott würde alle vereinen? Aber warum, war er noch übrig, der Letzte, der geholt wurde?

Ein Rauschen erfasste die Lichtung. Die Flügel Michaels waren nun schwarz wie seine Rüstung.

„Steh auf, Jakob!"

Der Junge gehorchte. „Ich fürchte, es gibt kaum etwas zu wiegen, Edler Michael. An meiner Seele ist ebenso wenig dran, wie an meiner Gestalt. Nicht einmal das

Paternoster weiß ich anständig aufzusagen." Er zog die Schultern hoch. „In der heiligen Messe wird mir immer schläfrig. Lieschen behauptet, ich schlafe mit offenen Augen. Das tut mir aufrichtig leid. Ich würde ja Besserung geloben, aber, wenn jetzt alles zu Ende ist ..." Jakob kaute an der Unterlippe. Sein Beichtvater hatte ihm eingeschärft, immer ehrlich zu sein. Die einzige Möglichkeit der Hölle zu entgehen. Mit dem Fegefeuer konnte er sich anfreunden. Heißer als in der Nähe eines schlecht gelöschten Meilers wurde es dort bestimmt nicht. Doch was, wenn er sich irrte?

Mit gesenktem Kopf stand er da, Furcht und Scham lähmten ihn.

„Der Tag, an dem deine Seele auf meine Waage kommt, ist noch nicht angebrochen. Ich bin gekommen, etwas anderes von dir zu fordern."

In Jakobs Ohren rauschte das Blut. Er nahm allen Mut zusammen und blickte auf. „Was wollt Ihr von mir?"

„Du, Jakob, wirst dich von heute an um die Glut in den Herzen der Menschen kümmern. Du wirst einen Pilgerzug aufstellen und ihn nach Jerusalem führen!"

„A-aber", schnappte der Junge außer sich, „ich bin nur ein dummer Bub, der nicht einmal gescheit zu beten weiß. Ich wa-wa-weiß gar nicht, wie ..."

„An deinen Fähigkeiten besteht nicht der geringste Zweifel", unterbrach ihn der Erzengel unwirsch. „Dein Glaube ist stark. Mehr braucht es nicht! Und das Beten lernst du unterwegs."

„Ich kenne aber den Weg nach Jerusalem gar nicht!"

„Du wirst die Pilger führen, trockenen Fußes werdet ihr das Mittelmeer überqueren und das Heilige Grab von den Sarazenen befreien!"

In Jakobs Kopf überschlugen sich die Gedanken. Wie sollte er den Engel davon abbringen, ihn für solch eine Unternehmung tauglich zu befinden? „Die halbe Siedlung ist krank, ich kann hier nicht weg", wagte er erneut Widerrede.

Der himmlische Heeresfürst fasste an den Gürtel, der seinen Mantel zusammenhielt, und riss einen ledernen Beutel ab. „Leg an, was du darin findest."

Im Reflex schnellte Jakobs Hand hoch und fing den Beutel auf. „Das kann ich nicht annehmen", rief er im gleichen Atemzug. „Mir rennt nicht einmal ein hungriger Hund hinterher, ich kann Eure Forderung nicht erfüllen."

„Sträube dich nicht länger gegen deine Aufgabe, Jakob, du wirst das Pilgerheer nach Jerusalem führen!" Der Lederbeutel schmiegte sich weich in seine Hand. In seinem Inneren lagerte etwas, von dem Unwiderstehliches ausging. Jakob lockerte den Riemen und ließ den Inhalt in seine vernarbte Handfläche gleiten. Glatte Kugeln aus Jaspis reihten sich aneinander und bildeten eine Kette, an der ein oben abgeschnittenes Kreuz befestigt war. Von den Edelsteinen ging Wärme aus, die ihm den Arm hoch bis in die Brust zog.

„Leg dies zum Zeichen deiner Erwählung an und lass es nicht mehr von deinem Hals, bis die Aufgabe erfüllt ist. Wenn es vollbracht ist, geh hin und bringe es in ein Kloster, dort soll man dich dafür das Lesen und Schreiben lehren."

Jakob konnte den Blick von dem seltsam geformten Kreuz nicht abwenden. „Ich kann meine Familie nicht im Stich lassen", flüsterte er.

„Sobald du anfängst, den Pilgerzug nach Jerusalem aufzustellen, wird das Fieber aus der Siedlung weichen."

Jakob beugte den Hals, um die Kette anzulegen. Das Kreuz prangte nun wie ein Blutfleck auf seinem schmutzigen Hemd. Jakobs Finger wollten gar nicht mehr aufhören, es zu befühlen. Es war wunderbar glatt und warm. Noch nie im Leben hatte er etwas geschenkt bekommen. Und jetzt solch eine Kostbarkeit. Zuversicht durchströmte ihn, er sah auf. Weißer und grauer Dunst tanzte über den Meiler. Der Engel war verschwunden.

„Gib her!" Ein harter Stoß in die Rippen raubte Jakob den Atem. Der nächste Schlag mit dem Knüppel traf ihn in die Kniekehlen und fällte ihn. Nicht einmal die Arme bekam er schnell genug vom Körper gestreckt, schon schlug sein Gesicht auf. Die Sinne betäubt vom Schmerz schmeckte er Lehm.

Ein Fuß bohrte sich zwischen seine Schulterblätter. „Bist du taub? Her damit!"

Jakob stöhnte. Nicolaus war die ganze Zeit also doch da gewesen. Er hatte sich nur gut versteckt. So gut, dass ihn nicht einmal der Bote des Herrn bemerkt hatte.

Der Druck zwischen seinen Schulterblättern verstärkte sich, und seine Lungen wurden vollends leer gepresst.

„He, Köhler, ich rede mit dir!" Zur Bekräftigung setzte Nicolaus nach, dann schob er den Fuß unter Jakobs Leib und rollte ihn auf den Rücken.

Jakob tastete nach der Kette und japste erleichtert. Der Engel war kein Hirngespinst gewesen. Er öffnete ein Auge und sah wie sich Nicolaus' Umrisse dunkel gegen den Himmel abzeichneten.

„Lieg hier nicht faul rum, steh gefälligst auf, wenn ich mit dir rede!"

Jakob rappelte sich hoch. Die Finger ließ er dabei fest um das Kreuz gelegt. Gehetzt sah er sich um, von Nicolaus' Schlägern war nichts zu sehen. Und von dem geflügelten Heerführer Gottes leider auch nichts.

„Gib mir, was der Engel dir gegeben hat! Du hast selber gesagt, dass dir nicht einmal ein ausgehungerter Köter nachrennt." Nicolaus musterte ihn verächtlich. „Sieh dich nur an", schnaubte er. „Pechverschmiert, als hätte dich die Hölle ausgeschissen!" Er spuckte Jakob vor die Füße. „Du führst kein Heer nach Jerusalem!"

Jakob sah an sich herab. „Ihr ha-habt den Engel auch gesehen?"

„Ja, ich habe ihn gesehen. Wenn ich die Augen zumache, sehe ich noch sein glühendes Schwert."

Verstohlen sah sich Jakob nach allen Seiten um. „Wo habt Ihr Eure Leute gelassen, Herr Nicolaus?" Die Aussicht, jeden Moment von mehreren in die Zange genommen zu werden, die seine Schmerzensschreie für Musik hielten, machte ihn unruhig.

„Außer mir ist niemand hier", seufzte er und blies sich eine Locke aus der Stirn. „Ich habe den Engel im Traum gesehen. Er stand hier auf diesem Meiler und sprach zu mir! Da bin ich aufgewacht und sofort hergeeilt." Nicolaus drehte den Knüppel zwischen den Händen, als wollte er ihn auswringen. „Und was stelle ich fest? Du stehst hier und führst mein Gespräch mit dem Erzengel!"

Jakob ließ das Kreuz los. „Und warum, habt Ihr den Irrtum nicht aufgeklärt? Schließlich habe ich zugegeben, nicht mal gescheit beten zu können."

Nicolaus mädchenhafte Gesichtszüge verzerrten sich. „Im Gegensatz zu dir, Ketzerkind ...", zischte er, „... waren meine Glieder in Ehrfurcht gelähmt."

Ehe Jakob begriff, was geschah, wurde ihm der Knüppel in den Bauch gerammt, dass ihm Sterne vor den

Augen tanzten. Er ging in die Knie und würgte die trübe Brühe aus dem Bach ins Gras, mit der er heute seinen ersten Hunger gestillt hatte.

„Nimm die Kette von deinem dreckigen Hals! Sie ist für mich bestimmt!"

Jakob starrte auf Nicolaus' feines Lederschuhwerk. Er war zu schwach. Nie und nimmer würde er den Zug zustande bringen, geschweige denn sicher nach Jerusalem führen. Er setzte sich auf die Fersen und sah hoch in das von blonden Locken umrahmte Gesicht. „Unter einer Bedingung füge ich mich, Herr Nicolaus." Mit erhobenem Kinn wurde auf ihn herabgeblickt. „Ihr werdet den Probst dazu bewegen, Euch im Dom predigen zu lassen." Jakob tastete nach dem Jaspiskreuz. „Dieses Zeichen wird von Eurem weißen Hemd herunterleuchten und die Menschen überzeugen, sich uns anzuschließen. Wir werden schaffen, was keinem gelungen ist. Die Sarazenen werden uns das Grab überlassen und sich aus Jerusalem zurückziehen, kein Blut wird dabei vergossen."

Nicolaus' himmelblaue Augen begannen zu leuchten, er leckte sich die Lippen und bearbeitete sie mit den Zähnen bis sie wie Lieschens Kussschnute glänzten. „So machen wir es! Ich predige vor dem Dreikönigenaltar und du rottest die Leute zusammen." Der entrückte Ausdruck in Nicolaus Augen verflüchtigte sich. „Los mach schon, gib mir jetzt die Kette!"

Jakob blickte sich um. Enttäuschung machte sich in ihm breit. Der Engel Michael war nicht wieder erschienen und auch sonst erhob niemand Einspruch. Schwerfällig kam er auf die Beine und streifte die Kette über den Kopf. Sogleich schnappte Nicolaus zu. Jakob hielt ihn fest. „Was ist, wenn das Fieberübel nicht weicht?"

Angewidert von den rußgeschwärzten Fingern verzog Nicolaus das Gesicht, hielt aber das Jaspiskreuz unnachgiebig fest. „Du hast gehört, was der Engel gesagt hat: Es geht weg, wenn der Zug aufgestellt wird."
Jakob kniff kurz die Augen zu, dann ließ er die Kette und Nicolaus los. „Amen!", flüsterte er und war plötzlich voller Zweifel, ob er das Richtige tat.
Die Finger von Nicolaus zitterten, als er nach dem Kreuz auf seinem Umhang griff.
Jakob wurde flau. Jetzt war es zu spät. Nicolaus hatte sein Wort. Er sah zum Himmel. „Ich schwöre! Wir werden das Heilige Grab von den Sarazenen befreien!"

So kam es, dass Nicolaus tatsächlich im Dom zu Coellen predigte. Scharen von Kindern, Halbwüchsigen und Erwachsenen waren Jakob aus den umliegenden Dörfern gefolgt.
Sie alle wollten den Engelhaften vor dem Dreikönigenaltar erleben. Jenem Altar, hinter dem die Reliquien aufbewahrt wurden, die Erzbischof Reinald von Dassel durch die Kapitulation der Mailänder gewonnen hatte, um den Ruhm des rotbärtigen Kaisers Friedrich zu mehren und seine Residenzstadt zum Wallfahrtszentrum zu machen.
Die Botschaft der flammenden Predigten griff rasch um sich. Tausende kamen zusammen und hörten von dem Wunder, das nur Unschuldige zu erwirken vermochten. Das Meer würde sich für sie teilen und die Sarazenen würden ihnen Jerusalem kampflos überlassen.
Der Zuspruch um die Jungen mehrte sich. Selbst junge Edelleute und Kleriker nähten rote Kreuze auf

ihre Kleidung, wählten Pilgerstab statt väterlichem Schwert und schnallten Proviantbeutel um.

Wie der Erzengel es vorhergesagt hatte, verschwand das Fieber aus den Dörfern. Auch Jakobs Vater erholte sich. Er ließ seinen ältesten Sohn ziehen. Zwei hungrige Schnäbel verblieben ihm noch. Gottlob zu jung, dem Bruder zu folgen.

Nicolaus' Vater jedoch heulte und knirschte mit den Zähnen. Es half nicht, sein einziger Sohn war zum Propheten geworden. Der Probst war voller Lob auf das Kind und ließ verlauten: Erzbischof Philipp von Heinsberg sei ganz angetan, dass Coellen solche Kinder hervorbringe. Ein gutes Beispiel für die vielerorts müden Kreuzritter, die lieber im nahen Okzitanien ihre Seelen im Feuer der Albigenser läuterten, statt den Muslimen die Schädel zu spalten. Nur Papst Innozenz distanzierte sich zu diesen Vorgängen. Er versprach den Kindern Aufschub ihrer Gelübde bis ins Mannesalter.

Während der Zug rheinaufwärts über Coblenz, Worms und Speyer zog, wuchs das Heer der Pilger. Sie hungerten und träumten, dass sich hinter dem nächsten Hügel schon die goldenen Tore Jerusalems auftäten. Dann, zwischen Straßburg und Freiburg, wuchsen auch die Zweifel und eine Frage teilte ihre Ansichten. Wie sollten sie die Alpen überwinden? Ein Gebirge, das bis in den Himmel reichte. Hunger und Durst hatten bis hierher schon so viele Leben gefordert. Konnte man sich auf die Saumpfade entlang der Schluchten am Sankt Gotthard wagen? Was war mit dem Col du Mont Cenis? Oder war es klüger den längeren Weg über den Brenner zu wählen, weil er die leichtere Passage nach Italien versprach?

Die Ansichten waren geteilt. Das Pilgerheer ebenfalls.

Die einen folgten Nicolaus über den hohen und eisigen Mont Cenis, während die anderen mit Jakob den weiteren Weg über den Brenner wählten. Der Gang über die Pässe wurde beiden zum Verhängnis. Tausende Kinder in Sommerschürzen, mit Lumpen um die Füße, blieben schlafend im Gipfelschnee zurück. Erst spät im Sommer trafen sie sich bei Alessadria wieder. Ihr Glaube an das Wunder, des geteilten Meeres und offenen Jerusalems, war ungebrochen und sie setzten den Weg zur Küste fort. An die Siebentausend, notierte ein genuesischer Chronist, zogen in die Stadt und zu den Stränden. Das Wunder aber blieb aus. Die salzigen Fluten teilten sich nicht.

Nicolaus kehrte dem Dächermeer, das die seidenblaue Bucht säumte, den Rücken und machte sich auf seinen Pilgerstab gestützt an das Erklimmen des Weidehügels der Zisterzienserabtei. Neben Palmenkronen, die sich über Büschen und Kiefern erhoben, wuchsen hier seltsam gedrungene Bäume. Knorrig und verdreht, als umarmten sie sich selbst; die Kronen breit, das Blattwerk ledern, die Früchte schwarz und bitter. Ab und an blickte er über die Schulter zu dem Maultier, einem störrischen Haufen Knochen mit Fell bespannt. Darauf kauerte, nach vorne über den Hals gebeugt, eine Lumpengestalt. Die Arme hingen herab, schwangen im Takt der Maultierschritte. Nicht mehr weit, nicht mehr weit und Jerusalem ist befreit, zog das Credo der letzten Monate durch seine Gedanken. Er schob den Filzhut aus dem verbrannten Gesicht und folgte einem Pfad, der im leichten Bogen über die Hügelkuppe führte. Dort, Sant'Andrea di Sestri, ein lang gestrecktes Bauwerk mit Turm und Tor, lag vor ihm. Die Sonne tünchte Heiligkeit auf seine Wände. Vor dem Portal blieb er stehen und schlug mit dem Pilgerstab dagegen. Das Maultier hinter ihm klirrte mit dem Zaumzeug. Eine endlos scheinende Weile lang geschah nichts. Nicolaus hieb erneut auf die spröden Planken. „Beim Erzengel Michael erhört mich und macht mir auf!"

Sein Schreien verhallte und das endlose Lied der Zikaden setzte wieder ein. Wie schon die Tage zuvor, da die Tür verschlossen blieb, sann er darüber nach, den Lumpenhaufen einfach davor abzulegen. Oder mit den Händen eine Kuhle hinter dem dornigen Busch zu graben. Sein Blick brannte sich in den Leblosen auf dem Maultierrücken. Der Busch sah sehr durstig aus und den Rest holten sich die Maden; zu verlockend der Gedanke.

Mit einem Ruck wandte er sich ab und drosch weiter auf das Portal ein. Das Meer war gegen ihn und die Strände voller Pilger. Nur hier konnte er darauf hoffen, den Fluch loszuwerden.

Endlich, die ersehnte Antwort. Die Tür knarzte und ging auf.

„Deo gratias!", rief Nicolaus.

Ein junger Zisterzienser in hellem Habit stand vor ihm und äugte mit offenem Mund zu dem Maultier.

„Oh, bitte, seht nur!" Nicolaus streckte den Arm hinter sich. „Er ist zu schwach, den Weg mit uns fortzusetzen", erklärte er am Ende seines Lateins in der eigenen Sprache und hoffte, verstanden zu werden.

Der Mönch wies mit knapper Geste, ihm zu folgen. Nicolaus packte die Zügel und eilte hinterher. Sie kamen durch Höfe und duftende Nutzgärten, die von Säulengängen umgeben waren. Die hier arbeitenden Ordensmänner sahen nur flüchtig auf.

Ein Schleier legte sich über Nicolaus' Sicht und er rieb sich verstohlen die Augen. Die Freude über diese kühlen Flure zu gehen, bewirkte Sonderliches.

Vor einem offenen Türbogen, dessen Raum dahinter ganz im Dunkeln lag, blieben sie stehen. Der Mönch ging um das Maultier, die Lumpengestalt herabzuheben und Nicolaus war, als hebe er ihm zeitgleich einen Felsen von den Schultern. Und ohne ein Wort verschwand er mit dem Menschenbündel in der Finsternis.

„Was führt dich her, junger Pilger?"

Die Frage in seinem Vaterdeutsch ließ Nicolaus zusammenfahren. Ein Ordensmann mit zerfurchtem Gesicht im dunkelbraunen Habit trat durch den Türbogen, die Augen von dermaßen intensivem Blau, dass er kaum hineinsehen wollte.

„Woher wisst Ihr ..."

Der Geistliche gebot ihm zu schweigen. „Ich beobachte dich seit Tagen, Nicolaus von Coellen. Also was - außer dem Elendshäuflein, das du mir bringst - führt dich zu uns? Soweit ich weiß, ist Jerusalem noch nicht befreit!"

Vor den blauen Augen gab es kein Entrinnen.

„Ein Fluch lastet auf mir und meiner Mission", keuchte Nicolaus und zog unter seinem abgetragenen Gewand die Kette mit dem Jaspiskreuz hervor. „Erst wenn ich frei davon bin, werden wir Jerusalem befreien können."

„Willst du mir beichten?"

Nicolaus schielte kurz nach links und auf den Boden, bevor er nickte. „Der Erzengel Michael hat mir ...", ihm versagte die Stimme. „Jakob muss hierbleiben und dafür lesen und schreiben lernen! Das war die Bedingung Michaels! Erst dann werde ich Jerusalem befreien können", beschwor er den Ordensmann und hob die Kette über den Kopf.

Der Geistliche machte keine Anstalten das Dahingehaltene entgegenzunehmen. „Ich weiß nicht, wem oder was du begegnet bist, ich sehe nur flüchtende Augen, dieses Zeichen und deiner Lippen Bekenntnis. Drum behalte es und tue Buße! Dem Jakob - sofern er sich erholt - werde ich das Lesen schon beibringen."

Nicolaus stemmte die Kette zurück über den Kopf und der Felsen lag mit einem Mal wieder auf seinen Schultern.

„Nun lass dir reichlich Speisen mitgeben und gehe zum Hafen hinunter. Dort frage nach dem Kaufmann mit den drei Schiffen, die in drei Tagen nach Palästina auslaufen. Heuere bei ihm an." Dem Ordensmann schienen blaue Flammen aus den Augenhöhlen zu schlagen. „So solltest du trockenen Fußes nach Jerusalem gelangen."

Drei Tage später liefen drei Schiffe aus und zerbarsten im Sturm an drei Felsen der Insel San Pietro. Nicolaus war nicht allein, als ihn die Strömung an den Petrusfelsen in die Tiefe riss. Ihm - mit dem Jaspiskreuz voran – folgten hunderte junger Pilger.

CARMEN MAYER

Die Mägde, Anselm und sein Maultier

Im Spätsommer anno 1158 machte sich eine Handvoll Mönche und Konvertiten auf den Weg zum abgeschiedenen kleinen Waldtal in der Nähe des aufgelassenen Dorfes Mulenbrunn, das ihnen der Bischof von Speyer elf Jahre zuvor geschenkt hatte. Ursprünglich war Eckenweiler für die Gründung einer neuen Zisterne vorgesehen gewesen, was aber daran scheiterte, dass es weder genügend Wasser noch Steine gab, um dieses Vorhaben durchzuführen. Walther von Lammersham, ein Edelfreier, dessen Erbgut Eckenweiler gewesen war, begleitete mit zwei seiner Getreuen das Häuflein Mönche und Laienbrüder, da er am darauffolgenden Tag in die neu errichtete Abtei aufgenommen werden sollte.

Anselm trottete missgelaunt hinter den Brüdern her, die den strengen zisterziensischen Regeln folgend wortkarg und zu Fuß ihren Weg nahmen. Dem knapp Siebzehnjährigen war die wenig ehrenvolle Aufgabe zugefallen, das ordenseigene Maultier an einem Strick mehr hinter sich herzuziehen als neben sich zu führen. Das störrische Tier mochte lieber faul im heimischen Stall liegen, als den schweren Sack zu tragen, der über seinen Rücken gebunden lag, und in dem die Habseligkeiten des Edelfreien verstaut waren. Viel war es nicht, was er mitnehmen durfte, aber das eine oder andere wertvolle Stück, das er dem Orden überlassen wollte, befand sich doch darunter.

„Erhebe dein Antlitz zum Herrn, Bruder, und frohlocke ihm mit deinem Gesang. Denn Gott zu Ehren sind wir auf diesem Weg", mahnte ihn Bruder Bernulf in einem von seiner Heimatstadt Coellen stark geprägten Dialekt.

„Ja, ja", maulte der Novize und zog ungeduldig an dem Strick, gegen den sich das Maultier gerade bockig gestemmt hatte. Anselm fühlte den Blick des Anführers ihrer kleinen Gruppe in jener Art auf sich gerichtet, der keinen Widerspruch duldete, und senkte den Kopf.

„Hat das störrische Tier bereits auf dich abgefärbt?", hörte er Bernulf sagen. „Dann zeig ihm den Unterschied zwischen euch beiden und lass ihn zehn Rosenkränze hören!"

Zehn Rosenkränze! Seitdem die Mönche das Rosenkranzbeten eingeführt hatten, fiel Bernulf kaum noch etwas anderes zur Ahndung größerer und kleinerer Vergehen der Mönche ein. Anselm hatte Mühe sich vorzustellen, dass der Muttergottes diese Art der Anrufung gefallen könnte.

Der Junge hob seufzend den Kopf und begann, seine Strafe herunterzuleiern. Als würde sich das Lasttier dadurch ermuntert fühlen, seinen Weg fortzusetzen, fiel es in leichten Trab, dass Anselm schließlich Mühe hatte, ihm zu folgen. Bald hatten sie das Grüppchen der schweigend dahinschreitenden Mönche und ihrer Begleiter überholt und liefen den steinigen Weg entlang durch dichten Laubwald Richtung Laizhingen. Anselms wollener, bodenlanger Umhang streifte dabei über den Boden und brachte ihn mehrmals beinahe zu Fall.

Als er sich schließlich völlig atemlos umwandte, um nach seinen Brüdern Ausschau zu halten, ob sie ihm denn auch folgten, konnte er keinen von ihnen mehr ausmachen. Anselm fürchtete, vom Weg abgekommen zu sein, und drängte das Maultier zum Halt. Bei diesem Unterfangen stolperte er schließlich doch über den Saum seines Gewandes und schlug der Länge nach hin.

Gerade, als er sich vor Wut heulend wieder aufrappeln wollte, hörte er ein helles Lachen. Anselm verharrte in seiner Position zwischen Liegen und Sitzen, und schaute sich verlegen um.

„Was bist du nur für ein Tollpatsch!", sagte eine Frauenstimme ganz in seiner Nähe. „Lernst wohl erst das aufrechte Gehen, wie mir scheint!"

Anselms Kopf lief hochrot an. War er zwar Novize, so doch nicht gewillt, sich von einem Weibsbild auf diese Weise herunterputzen zu lassen. Er stand auf, klopfte Staub und trockenes Gras von seinem Gewand und machte sich am Zaumzeug des Maulesels zu schaffen. Dabei vermied er, in die Richtung zu sehen, aus der die Stimme zu ihm gesprochen hatte.

„Gehen kannst du nicht und sprechen wohl auch nicht", hörte er die Frauenstimme spöttisch sagen.

Vorsichtig lugte er über den Hals des Tieres hinweg und sah drei Frauen am Wegesrand sitzen, die zwei Weidenkörbe voller Obst und Nüsse zwischen sich stehen hatten. Drei erhitzte Gesichter hatten sich ihm lachend zugewandt, und Anselm kam arg ins Schwitzen. Nicht, dass die Weibsbilder an sich ihn verwirrt hätten, oh nein. Aber das lästerliche Kichern und Tuscheln der drei ärgerte ihn so sehr, dass er beinahe vergessen hätte, welchen Regeln er unterstand. So biss er sich schließlich auf die Unterlippe und beschloss, seinen Weg fortzusetzen, ohne die Frauen auch nur noch eines Blickes zu würdigen.

„Wenn du die Männer suchst, die du begleiten solltest, musst du umkehren. Denn sie sind bereits an der letzten Wegegabel abgebogen", sagte die Älteste der drei und brach mit ihren Freundinnen in schallendes Gelächter aus.

Anselm blieb wie angewurzelt stehen, nicht jedoch sein Maultier, weshalb der Junge beinahe wieder gestolpert wäre.

„Abgebogen?", fragte er bestürzt, denn die letzte Wegegabel lag wenigstens einen Rosenkranz weit hinter ihm. Er konnte sich nicht vorstellen, wie die drei gackernden Hühner das gesehen haben konnten.

„Schau dich um, dann weißt du es", befand das Mädchen, das zwischen den beiden Älteren saß und kichernd einen Grashalm ausriss, um ihn sich in den Mund zu stecken.

Anselm schaute den Weg zurück, der beinahe schnurgerade am Hang entlang führte. Niemand war zu sehen.

Als er versuchte, sein Lasttier zur Umkehr zu bewegen, stemmte sich das störrische Vieh mit allen Vieren dagegen. Anselm blieb nichts weiter übrig, als abzuwarten, bis das Maultier sich eines anderen besann und seinem Herrn folgte. Aber nichts dergleichen geschah.

Bis die älteste der drei Frauen schließlich aufstand, und sich neben das Tier stellte.

„Wie heißt du?"

„Anselm."

„Ich bin Ita, die ältere der beiden da drüben heißt Kunegunde, die Jüngste ist Hildegard. Wir kommen aus Schmie und sind auf dem Weg zurück zu unserem Bauern in Laizhingen."

Anselm war das egal. Er wollte nur schnell weg von hier, bevor die ganze Geschichte noch unangenehmer wurde.

Ita legte ihre Hand zwischen die Ohren des Tieres begann es zu kraulen. Der Maulesel drehte den Kopf und folgte der Frau anstandslos in die Richtung, aus der sie gerade gekommen waren.

„Dann lauf los, damit du den Anschluss nicht verlierst!", rief das Mädchen ihm zu, das noch immer neben den Weidenkörben saß. „Aber nimm dich vor denen in Acht, die zwischen den Bäumen auf dich lauern. Es sind schlimme Gesellen, die gar manchen Verderben und Tod gebracht haben!"

Anselm murmelte einen Dank und hoffte, dass sein Maultier ihn in keine weitere Verlegenheit mehr brachte.

Als er sich ein paar Schritte später nach den Weibern umwandte, war keine mehr von ihnen zu sehen. Anselm kniff die Augen zusammen und suchte den Wegrand nach dem Flecken Wiese ab, an dessen Rand die drei gesessen hatten, konnte ihn aber nicht mehr ausmachen. Mit der rechten Hand beschattete er seine Augen, um besser sehen zu können, mit der linken hielt er den Strick des Maultiers fest, welches stehen geblieben war und lauschend die langen Ohren bewegte.

Auch Anselm hatte etwas gehört und spähte jetzt angestrengt den Weg entlang, den er ursprünglich gekommen war. Er vernahm Männerstimmen und da der Novize wusste, dass seine Brüder ihren Weg schweigend oder bestenfalls in ein Gebet vertieft nahmen, zog er das Lasttier etwas zur Seite in den Wald hinein. Die Worte der Maid waren ihm eingefallen, die ihn vor räuberischem Gesindel gewarnt hatte, das sich hier herumtreiben mochte.

Die Stimmen der Männer kamen näher, verstummten aber plötzlich, und Anselm vermutete erschrocken, sie hätten ihn entdeckt. Gottvater! Hab und Gut des Herrn zu Lammersham befand sich auf dem Rücken des Maulesels! Wenn ihn die Schurken entdeckten, wäre es vermutlich um ihn und den Sack geschehen. Angestrengt lauschte er in die Richtung, aus der die Männer kommen mussten: Von dort, wo er noch vor wenigen Ave Marias selber gekommen war, bevor er die Abzweigung ins Tal übersehen hatte und daran vorbeigegangen war.

Plötzlich setzte sich das Maultier in Bewegung und verschwand weiter im dichten Buschwerk des Waldes, den Jungen mit sich ziehend. Anselm stolperte ihm hinterher und blieb erst stehen, als auch das Lasttier mit einem Ruck anhielt. Direkt vor ihnen sprudelte eine muntere Quelle aus dem Boden, in dessen kühles Wasser sich das Maul des Tieres durstig senkte.

Der Novize hörte, wie grobes Schuhwerk über den Weg schlurfte, der einen Steinwurf von ihm entfernt am Waldrand entlangführte, und sich eine raue Stimme halblaut vernehmen ließ. Der Junge verstand zwar nicht, was gesagt wurde, aber er glaubte nicht, dass die Männer in lauterer Absicht an ihm vorbeizogen. Vier, fünf Gesellen durften es sein, schätzte der Novize und duckte sich hinter einen umgestürzten Baum. Sein Maultier stand reglos neben dem Quellwasser.

Vorsichtig lugte der Junge über den vermoosten Baumstamm hinweg zum Waldrand hinüber und zuckte erschrocken zurück: Die Burschen, die dort entlanggingen, trugen Waffen in der Hand. Messer konnte er erkennen, Steinschleudern und eine Armbrust, die eine der abgerissenen Gestalten gerade von der Schulter nahm.

Anselm atmete tief durch, als die Männer vorbeigezogen waren. Seine Brüder befanden sich in Sicherheit, wenn die Frauen recht hatten und sie längst talwärts gegangen waren.

Gerade, als er sich aufrappelte, um ihnen zu folgen, lief es ihm eiskalt über den Rücken.

Die Frauen!

Über kurz oder lang würden die Kerle auf die drei Frauen treffen, und Anselm blieb die Luft weg, als ihm durch den Kopf schoss, was dann passieren mochte.

Er musste Hilfe holen.

Der Junge ließ den Strick los, an dem er das Maultier immer noch festgehalten hatte, raffte sein Gewand hoch und lief, so schnell er konnte, zwischen Buschwerk und Bäumen hindurch neben dem Weg her. Zuerst wollte er talwärts laufen, um seine Brüder einzuholen und um Hilfe zu bitten, aber dann fiel ihm ein, dass er den Weg nicht kannte und nur blind durch den Wald stolpern würde. Also folgte er den Fünfen, wie er inzwischen gezählt hatte, wohl wissend, dass er kaum etwas gegen sie auszurichten vermochte. Allerdings könnte er ihnen das Maultier mit dem aufgebundenen Sack zeigen, um sie von den Weibern abzulenken, die außer ihrem Leben kaum mehr als zwei Körbe voll Äpfel und Nüsse zu bieten hatten.

Da durchriss ein gellender Schrei den Sommertag wie ein Schwerthieb. Anselm verhedderte sich im dichten Wurzelwerk und schlug der Länge nach hin. Bevor er wieder auf wackeligen Beinen stand, hörte er einen weiteren Schrei, und gleich darauf noch einen.

„Muttergottes und alle Heiligen, helft den Weibern!", flehte der Novize leise.

Was dann geschah, sollte ihn Zeit seines Lebens mit sprachlosem Entsetzen erfüllen.

Die Dämmerung zog bereits herauf, als der Novize in der kleinen Talsenke ankam, in die seine Brüder lange vor ihm gezogen waren.

Müde und erschöpft bahnte er sich seinen Weg zwischen den Mauerresten hindurch, die zu einer längst aufgelassenen Mühle am Ufer der Salzach gehört haben mochten. Diese Mühle war es, die dem Ort seinen Namen gab: Mulenbrunn.

Die Gruppe der Brüder, zu denen Anselm gehörte, mitsamt dem Edelfreien, den sie begleiteten, hatten bereits in einem kleinen Anwesen Unterkunft gefunden, das von den Mönchen aus Steinen des ehemaligen Weilers errichtet worden war, zu dem die Mühle gehört hatte. Der Junge konnte die Pferde Walthers und seiner Ritter in einem Unterstand ganz in der Nähe ausmachen.

Zwei eilig herbeigelaufene Laienbrüder kümmerten sich um das Maultier, während Anselm über den Hof schlurfte, dem wartenden Bernulf entgegen.

„Wo warst du denn so lange?", wollte jener wissen und musterte den Novizen mit zusammengezogenen Augenbrauen von oben bis unten. „Wie siehst du überhaupt aus?"

Anselm brachte kaum ein Wort hervor, und Bernulf hatte Mühe, aus den Satzfetzen etwas zu verstehen, die ihm der Junge entgegenkeuchte.

Als ihm die Tragweite dessen bewusst wurde, was hinter dem Gestammele des Novizen stecken mochte, führte er ihn zu den bereits aufgerichteten Grundmauern der neuen Kirche, wo er ihn warten hieß. Anselm ließ sich auf einem der noch sonnenwarmen Steine nieder und stützte schwer den Kopf in seine Hände. Aufgeschürft waren sie wie seine Knie, schmutzig wie seine Füße, und alle Glieder schmerzten, dass er am liebsten ein Lager aufgesucht und sich schlafen gelegt hätte. Dabei wusste er, dass ihn das Geschehen des heutigen Nachmittags kaum auch nur ein Auge zutun lassen würde.

„Bruder Bernulf hat mir berichtet, was dir unterwegs zugestoßen sein soll. Stimmt das, was er mir erzählt hat?", hörte er nach geraumer Zeit die Stimme des Abtes neben sich und schaute auf.

„Ja, Bruder Abt, das stimmt."

„Erinnerst du dich an Namen?", wollte der Abt weiter wissen.

„Von den Frauen? Ja: Die Ältere nannte sich Ita, die beiden anderen waren Kunegunde und Hildegard. Die Jüngste ist ..."

Der Abt schloss kurz die Augen.

„Das ist unmöglich", unterbrach er den Jungen.

Der hob überrascht den Kopf und schaute geradewegs in das skeptisch dreinblickende Gesicht des Abtes.

„Wie meinst du das, Bruder Abt?", fragte er vorsichtig. „Hat dir Bruder Bernulf nichts erzählt?"

„Wovon du berichtest, ist bereits vor einigen Sommern geschehen, mein Junge", antwortete ihm Abt Diether finster und ließ sich neben dem Novizen auf dem Stein nieder. „Es waren Mägde aus Laizhingen, die auf dem Weg zum Anwesen ihres Bauern waren, für den sie Nüsse und Obst gesammelt hatten. Als man sie fand, rang die Jüngste mit dem Tode, während die anderen beiden bereits ihren Weg zum

Herrn angetreten hatten. Sie sind niedergeschlagen und erstochen worden." Der Abt schlug ein Kreuz und faltete die Hände, bevor er fortfuhr: „Die Jüngste, die noch lebte, als ein paar Bauern sie fanden, stammelte etwas davon, dass ihnen vier oder fünf üble Kerle aufgelauert, sie überfallen und übel misshandelt hätten. Gerade, als sich der Anführer der Horde über sie hermachen wollte, ertönten Schreie aus dem Wald, so laut und unheimlich, dass sich die Bande wie kopflos aus dem Staub machte und die Weiberleute zurückließ. Dann sagte sie noch etwas über einen Engel, der ihr erschienen sei, und dem sie gleich mit Freuden folgen werde. Sie verstarb in den Armen der Bauern, die den Mägden nicht mehr helfen konnten."

Anselm hatte sprachlos zugehört.

Was ihm der Abt erzählte, entsprach ungefähr dem, was er erlebt hatte. Nur einen Engel hatte er nicht gesehen. Er selber war aus dem Dickicht gestürzt, nachdem die furchtbaren Schreie ertönten, ohne genau zu wissen, was er tat. Das Maultier mit seiner Last wollte er den Schurken anbieten als Pfand für Leib und Leben der drei Weibsbilder, daran erinnerte er sich, und dass einer der abgerissenen Gesellen ein Mädchen ausgestreckt vor sich am Boden liegen hatte, während die anderen wütend feststellten, dass es bei den Weibern nichts zu holen gab. Er hatte geschrien, dass sie sich wegscheren und Leib und Leben der Weiber verschonen sollten. Da war dieser furchtbare Schrei noch einmal zu hören gewesen. Die Räuber hatten ihn angestarrt wie von Sinnen und seien plötzlich davongerannt.

Aber dann lief bereits eine Handvoll Bauern und Mägde den Weg herauf, mit Schlegeln und Mistgabeln bewaffnet, und die kümmerten sich um die Weiberleute. Fünf Männer seien ihnen begegnet und hätten geschrien, der Leibhaftige sei hinter ihnen her, berichteten sie noch aufgebracht, bevor sie auf Nimmerwiedersehen verschwanden. Die braven Leute konnten nicht fassen, was da geschehen war. Das Gesindel hätte doch wissen müssen, dass einfache Mägde nichts bei sich trugen, wofür es sich lohnte, sie zu überfallen und ums Leben zu bringen, riefen sie ein ums andere Mal, während sie sich um die Toten kümmerten.

Anselm hatte das Maultier später immer noch neben der Quelle stehend gefunden und sich erschöpft neben ihm niedergelassen. Als er die Stimmen der aufgebrachten Bauern nicht mehr hören konnte, war er losgezogen, den Weg nach Mulenbrunn zu suchen. Für die Seelen der Weiberleute wollte er beten, bevor er sich zur Ruhe legte, hatte er sich vorgenommen, während er talwärts zog. Mehr konnte er nicht für sie tun.

Abt Diether saß reglos neben dem Jungen und schüttelte dann langsam den Kopf.

„Schwörst du bei allen Heiligen, dass es genauso war, wie du berichtet hast?", fragte er schließlich.

„Ja, ich schwöre!"

„Du erzählst diese Geschichte nicht etwa, um einer Strafe für deine Trödelei zu entgehen?"

Anselm schaute den Abt entsetzt an.

„Nein!"

Der Abt hatte bereits mehrmals davon gehört, ließ er den Jungen daraufhin wissen, dass ab und zu drei Frauenzimmer an der Stelle auftauchten, an der die Mägde vor langer Zeit dahingemeuchelt worden waren. Sie warnten Vorbeiziehende vor denen, die sich wohl noch immer in den Wäldern um das Salzachtal herumtrieben und die ihnen vor etlichen Sommern das Leben genommen hatten.

In diesem Augenblick durchschnitt der Schrei des Maultiers die abendliche Stille, das in der Nähe angebunden stand und zu den Mönchen herübersah.

„Ich bring das Vieh in den Stall", bot sich Anselm an, dem bereits zum zweiten Mal an diesem Tag eiskalt geworden war. Ohne eine Antwort abzuwarten, rappelte er sich auf, lief zu dem Grauen hinüber und legte seine Hände zwischen dessen Ohren, wie er es bei Ita gesehen hatte.

„Was auch immer das war, was wir heute erlebt haben", flüsterte er dem Tier zu. „Es scheint, als seien wir gerade noch einem größeren Unheil entkommen."

Wenige Tage später wurden unweit von Schmie drei Halunken dingfest gemacht, die ihr Unwesen in den Wäldern ringsum getrieben hatten. Sie gaben zu, arglose Bauern und Händler überfallen oder gar erschlagen zu haben, darunter auch drei Mägde, weil ihnen diese nicht zu Willen sein wollten. Zwei von ihren Kumpanen seien damals wie von Sinnen gewesen, weil sie glaubten, der Leibhaftige komme sie holen, dessen Schreie durch den ganzen Wald zu hören waren. Sie selber hätten sich seither auf kleinere Diebstähle verlegt, bei denen Leib und Leben der Bestohlenen nicht in Gefahr geraten waren. Denn auch sie hätten die Schreie des Höllenfürsten vernommen, aber auch einen Engel gesehen, der sie gemahnt habe, fürderhin das Leben anderer zu verschonen.

Anmerkung der Autorin:

Die Geschichte ist frei erfunden, die historischen Hintergründe belegt:
1147 wurde mit dem Bau von Kirche und Klausur des heutigen Klosters Maulbronn begonnen. Grund und Boden dafür war eine Stiftung des Bischofs Gunter von Speyer, nachdem die Mönche festgestellt hatten, dass die Errichtung einer neuen Zisterze auf dem Erbgrund des Ritters Walter von Lomersheim nicht möglich war: Dort fehlten hauptsächlich Wasser und Steine für ihr Vorhaben.

INGEBORG PRIES

Rosen für den Bräutigam

Ring-a-ring o' roses,
A pocket full of posies,
A-tishoo, a-tishoo!
We all fall down.
(Kinderreim)

Antonia Zingk schlug die Augen auf. Durch die Ritzen der geschlossenen Fensterläden fiel Sonnenlicht, und sie sah deutlich die Maserung des schwarzen Gebälks an der Decke ihrer Kammer. Es schien ein schöner Frühlingstag zu werden. Man schrieb das Jahr 1349.

Antonia war es, als sei sie in den frühen Morgenstunden schon einmal von dem Geräusch eiliger Schritte auf der Treppe kurz wach geworden. Jetzt war es vollkommen still im Haus. Wahrscheinlich ruhten noch alle, nachdem das Fest bis spät in die Nacht gedauert hatte.

Für Antonias Vater, den Kaufmann Burkhardt Zingk, hatte es mehr als einen Grund zum Feiern gegeben: Die Geschäfte der letzten Jahre hatten ihn zu einem der reichsten Bürger der Stadt gemacht und ihm ermöglicht, dieses geräumige Haus im Herzen Frankfurts zu erwerben. Im Stadtrat saß er seit Kurzem auf der ersten Bank. Und die Rückkehr seines Sohnes Johann aus London vor ein paar Wochen hatte dann den offiziellen Anlass für das Gastmahl geboten. Die angesehensten Bürger Frankfurts waren gekommen. Antonia hatte vor Aufregung kaum atmen können, als sie am Vortag bei Einbruch der Dämmerung mit ihren Eltern und ihrem Bruder unten in der Halle gestanden und die eintreffenden Gäste begrüßt hatte. Der Raum war mit kostbaren Wandteppichen geschmückt, die bei besonderen Anlässen aus der Truhe geholt wurden. Ein Mundschenk hatte jedem Neuankömmling einen Schluck guten italienischen Weines aus dem Willkommenspokal, einem großen, an der Spitze und am Ausguss mit Silber beschlagenen Füllhorn, angeboten. Die Tafel hatte sich über die ganze Längsseite des Raumes erstreckt und war mit einem weißen Tuch bedeckt, das mit dem Motiv rankender Rosen bestickt war. Später in der Nacht hatte das Burgunderrot der Rosenblätter im Licht der Fackeln und Leuchter so dunkel gewirkt wie geronnenes Blut. Die Mutter hatte ihr versprochen, dass dieses Tuch zu ihrer Aussteuer gehören würde.

Jetzt räkelte Antonia sich in ihrem Bett und ließ noch einmal die Speisenfolge des Abends vor ihrem inneren Auge vorbeiziehen: Als erster Gang Apfelmus mit Muskat und Zwiebeln. Danach die heißen Teigtaschen, jede mit einem Stück Innerei gefüllt. Als Hauptgang gab es Rehkeulen, in Rotwein gekocht. Ein Ereignis, denn der Genuss von Wildfleisch war fast ausschließlich dem Adel vorbehalten.

Die Adligen hatten ihre Burgen und Ländereien, aber hätten sie ansonsten vornehmer sein können als die Menschen, die gestern im Hause Zingk zu Gast gewesen waren? Antonia war vor allem von den Frauen beeindruckt gewesen, von den prächtigen Gewändern aus Samt und Brokat und dem aufwändigen

Kopfputz, den die Damen getragen hatten. Sie dachte an die Tucherin, eine hagere, würdevolle Frau, die in ihrer Nähe gesessen hatte, in einem Kleid aus dunkelgrünem Samt und einer hohen, weißleinenen Haube. Würde sie, Antonia, auch einmal so sein wie diese Dame?

Der Kaufmann Ulrich Pirckheimer, der Mann, dem sie verlobt war, war ebenfalls unter den Gästen gewesen. Beim Anblick seines blassen Gesichts mit dem schwarzen Bart und den feuchten Lippen war ihr unbehaglich geworden. Doch nur wegen der bevorstehenden Heirat hatte sie mit ihren sechzehn Jahren überhaupt an dem Fest teilnehmen dürfen.

„Sie wird bald selbst einen großen Haushalt führen", hatte ihre Mutter gesagt, „da sollte sie schon einmal ein Gastmahl miterlebt haben."

An der Tafel hatte Antonia neben ihrem Bruder gesessen. Johann war drei Jahre lang bei einem Londoner Kaufmann in der Lehre gewesen und würde jetzt im Geschäft seines Vaters arbeiten. Antonia war sehr stolz auf ihren Bruder, der so gut aussah und so überzeugend sprechen konnte.

Sie musste an Johanns Gespräch mit dem Kämmerer Reuthelin denken. Dieser gab den Juden die Schuld an dem großen Sterben, das seit einiger Zeit umging. An manchen Orten, so Reuthelin, seien die Juden überführt worden, die Brunnen vergiftet zu haben, um die Christen auszulöschen. Sie hätten gestanden und seien gerichtet worden.

Johann hatte erwidert, das sei aus Eigennutz der Stadtoberen und des Klerus geschehen und die Geständnisse seien durch Folter erzwungen worden. Die Juden stürben genauso an der Krankheit wie alle anderen.

Der Goldschmied wiederum hatte von den Geißelbrüdern erzählt, die durch die Lande zogen, sich blutig peitschten und Gott um Vergebung anflehten. Sie glaubten, ER strafe die Menschen für ihre Sündhaftigkeit.

Antonia schloss noch einmal die Augen. Sie wollte jetzt nicht an die Seuche denken. Viel lieber erinnerte sie sich an den Tanz, den ersten richtigen Tanz ihres Lebens.

Es war ein Höhepunkt der Nacht gewesen, als die ersten Töne einer Stampete erklungen waren. Der Stampftanz war besonders beliebt, und die Musikanten hatten eine ausnehmend schöne Weise gespielt. Die Feiernden hatten sich in einen Rausch getanzt. Im Laufe der Nacht hatte sich der Duft der Speisen immer mehr mit dem Geruch der Menschen vermischt. Sie hatten eng beieinander an der Tafel gesessen, erhitzt vom Essen und vom Tanz. Doch auch daran, die Ausdünstungen und den Atem der anderen zu riechen, erinnerte Antonia sich mit Wonne.

Wie gerne würde sie einfach so liegen bleiben. Aber es war helllichter Tag und Zeit aufzustehen. Im Haus war es wirklich seltsam still. Normalerweise polterte Marie, die jüngere Magd, den ganzen Morgen die Treppen hinauf und hinunter.

Antonia erhob sich, streifte ihr Tageskleid über, zog ihre Schuhe an und öffnete die Tür, die von ihrer Kammer auf die Galerie hinausging.

„Marie?", rief sie laut.

Keine Antwort.

„Mutter?"

Stille. Oder? War da ein Geräusch von nebenan, aus der Kammer ihrer Eltern gekommen? Lagen die beiden überhaupt in ihrem Bett?

Antonia ging zur Tür hinüber und öffnete sie.

Auch hier waren die Fensterläden noch geschlossen, und es roch schlecht. Antonia trat näher zum Bett ihrer Eltern. Auf den ersten Blick dachte sie, sie schliefen. Doch dann sah sie den Fieberschweiß auf der Stirn ihres Vaters, hörte seine schweren Atemzüge und sah die Lider flattern. Die Mutter fieberte ebenso und zitterte unter der dünnen Decke.

Der Vater musste Antonias Eintreten bemerkt haben. Er bewegte den Kopf, versuchte, die Augen zu öffnen. „Geh weg", lallte er, offensichtlich schwer benommen.

Antonia hätte gerne geglaubt, dass ihre Eltern etwas Verdorbenes gegessen hätten. Doch was sie hier vor sich hatte, war etwas ganz anderes. Die Erkenntnis traf sie wie ein Schlag in den Magen.

„Wo ist Johann?", brachte sie mit trockenem Mund hervor.

„Geh nicht zu ihm!" Ihr Vater rang schon nach diesen wenigen Worten um Atem. Ihre Mutter warf den Kopf hin und her und stöhnte.

Antonia lief aus dem Zimmer und die Treppen hinunter in die Küche. Dort saß Wilhelm, der alte Knecht, der nicht mehr richtig laufen konnte, auf einem Schemel in der Ecke. Er sah hoch.

„Sie sind weg", sagte er. „Als Lina heute Morgen dem Herrn das heiße Wasser bringen wollte, sah sie, was passiert ist. Dann sind sie geflohen, alle miteinander. Mich haben sie nicht mitgenommen."

In diesem Moment konnte Antonia ihren Magen nicht mehr bezwingen. Mit der Hand vor dem Mund rannte sie durch die Hintertür hinaus zum Nebengebäude seitlich des Hofes. Sie schaffte es gerade, sich vor den Abort fallen zu lassen, bevor sie das, was von dem

Festmahl noch in ihrem Magen war, in das Loch im Brett erbrach.

Danach kauerte sie sich auf den kalten Lehmboden, schluchzend und noch immer würgend. Sie hatte viel gehört über diese verheerende Seuche. Kein Mensch würde bereit sein, ihr zu helfen. Sie war allein mit drei Todkranken und einem gebrochenen alten Mann. Allein, völlig allein.

Eine Weile hockte sie so da – dann hob sie den Kopf.

Einen gab es noch. Er hatte es versprochen, vor langer, langer Zeit zwar, aber war das Versprechen nicht erst vor wenigen Tagen bei der Ostermesse erneuert worden?

„Ego vobiscum sum", hatte er gesagt und weitere lateinische Worte, die Antonia sich nicht merken konnte. Doch ihr Vater hatte ihr beigebracht, was dieser Ausspruch ihres Erlösers bedeutete: „Ich bin mit euch an jedem Tag, bis alle Zeiten an ihrem Ende sind."

Sie war nicht allein.

Diese plötzliche Gewissheit ließ sie ruhiger werden. Sie überdachte die Lage, in der sie und ihre Familie sich befanden. Ihre Eltern und ihr Bruder würden mit größter Wahrscheinlichkeit sterben, und zwar bald. Sie selbst und Wilhelm waren in Gefahr zu erkranken. Kein Arzt würde zu ihnen kommen, doch die ärztliche Kunst hatte sich bei dieser Krankheit ohnehin als nutzlos erwiesen. Es galt, das Schlimmste zu verhindern. Niemand von ihnen durfte der Verdammnis preisgegeben werden. Sie musste einen Priester finden, der ihnen allen die Absolution erteilte. Aber sie musste einen Vorwand benutzen, durfte ihm nicht sagen, dass sie die Seuche im Hause hatten. Dann musste sie die Vorräte im Keller kontrollieren und einen

Weg finden, die Kranken mit Nahrung und Trank zu versorgen, ohne die Luft in ihrer Nähe einzuatmen.

Sie wusste noch nicht recht, wie sie das alles zuwege bringen sollte, aber sie ging zurück in ihre Kammer, ordnete ihr Haar und legte sich den Umhang um. Dann ging sie hinunter in das Kontor ihres Vaters. Sie wusste, wo die Geldschatulle und der Schlüssel dazu aufbewahrt wurden.

„Einen Pfaffen kriegt man mit Gold", pflegte ihr Vater zu sagen, „oder mit Gewalt."

Sie verriegelte die Tür des Kontors hinter sich und ging noch einmal in die Küche. Wilhelm hockte nach wie vor auf dem Schemel, und Antonia bemerkte seinen entsetzten Blick, als sie das Zerlegmesser vom Arbeitstisch nahm.

„Ich komme wieder", sagte sie, „mit einem Priester."

Mit dem Messer und dem Säckchen voll Münzen unter ihrem Umhang verließ sie das Haus. Der Tag war ungewöhnlich sonnig und warm; auf dem Kornmarkt waren bereits viele Menschen unterwegs. Antonia hastete die staubige Straße hinunter.

Kurze Zeit später erreichte sie die Leonhardskirche. Unwillkürlich machte sie vor dem prächtigen Portal halt. Das Haus Gottes, mit allem IHM zustehenden Reichtum ausgestattet, schüchterte sie immer wieder ein. Über dem Eingang war eine Gruppe von Figuren in den Stein gemeißelt. Die zweite von links war die Jungfrau Maria, wie Antonia wusste. Ehrfürchtig sah sie zu ihr hoch. Die Mutter Gottes schaute starr über sie hinweg in die Ferne, als sei Antonia keines Blickes würdig.

Doch sie durfte jetzt nicht den Mut verlieren. Sie zog das schwere Portal auf und trat in die Düsternis hinein. Erhitzt, wie sie war, schauerte sie in der plötzlichen Kühle zusammen und zog den Umhang enger um sich.

Zwei Männer und zwei Frauen, Ehepaare offenbar, denn die Frauen trugen Hauben, standen in einer Seitennische und unterhielten sich. Einer der Männer erzählte etwas, und die eine Frau lachte auf. Antonia sah sich um. Von dem Kaplan war nichts zu sehen. Sie ging nach vorne auf den Altar zu. Ihr Blick fiel auf den leidenden Christus am Kreuz. Sie starrte ihm in das hölzerne Gesicht. Das war er, ER, auf dessen Beistand sie baute. Die Tür seitlich hinter der Kanzel war geschlossen.

Sie drehte sich zu den Leuten um, die immer noch schwatzend und lachend herumstanden.

„Wo ist Kaplan Bruno?" Ihre Stimme zitterte und hallte unangenehm in dem fast leeren Gotteshaus. Die Leute drehten sich zu ihr um, starrten sie an, sagten aber nichts.

„Könnt Ihr mir sagen, wo der Kaplan ist?", wiederholte Antonia.

„In seinem Haus wahrscheinlich", sagte einer der Männer.

„Wo ist das?"

„Hinter der Kirche, der kleine Bau neben der hohen Mauer."

Antonia hastete durch das Hauptschiff zum Eingang zurück. Sie brauchte nur wenige Augenblicke, um die Kirche zu umrunden, und pochte an die Tür des schmalen Verschlags zwischen der Kirche und dem angrenzenden Grundstück.

Es rührte sich nichts. Sie klopfte noch einmal, diesmal lauter. Jetzt glaubte sie, von innen etwas gehört zu haben, doch noch immer näherten sich keine

Schritte. In ihrer Verzweiflung hob sie beide Hände und hämmerte mit den Fäusten gegen das Holz. Schließlich vernahm sie von innen ein Schlurfen. Die Tür öffnete sich, und Kaplan Bruno stand vor ihr.

Sie hatte ihn immer nur beim Gottesdienst gesehen. Heute sah er ganz anders aus. Sein dünnes blondes Haar lag angeklatscht am Schädel. Der schwarze Rock saß nicht richtig an den Schultern, als hätte er ihn sich eilig übergeworfen. Er roch nach Schweiß.

„Was willst du?" Seine eng zusammenstehenden Augen blickten sie unfreundlich an.

„Ich bitte Euch, zu meiner Familie zu kommen. Sie sind krank und wünschen Euren Beistand."

Seine Augen verengten sich noch weiter. „Was fehlt ihnen denn?"

„Wir hatten gestern ein großes Gastmahl, und es scheint, dass etwas von dem Essen verdorben war. Sie haben die ganze Nacht erbrochen und sind jetzt furchtbar schwach. Vielleicht müssen sie sterben."

Antonia war selbst erstaunt, wie leicht ihr die Lüge über die Lippen kam. Sie spürte, dass ihr eigener Atem noch nach Erbrochenem roch. Das machte ihre Geschichte glaubhafter.

Der Kaplan seufzte. „Komm rein, ich mache mich fertig."

Antonia folgte ihm ins Innere der Hütte. Sie sah sich in dem winzigen Raum um. Ein Tisch, zwei Stühle, eine schlichte Truhe an der Wand. Das Stroh auf dem Boden war lange nicht gewechselt worden. Wie konnte es sein, dass ein Geistlicher, der Christus vertrat, so lebte? Gab er alles, was er hatte, den Armen?

„Setz dich hin."

Antonia ließ sich auf einem der Stühle nieder. Dabei verrutschte ihr Umhang. Unwillkürlich griff sie mit einer Hand zu und zog sich das Tuch wieder über die Schulter. Erst als sie sah, wie Pater Bruno sie anstarrte, merkte sie, dass sie einen Fehler gemacht hatte. Sie hatte die Hand benutzt, in der sie das Messer hielt.

„Warum hast du das dabei?", fragte der Kaplan.

„Wenn ich alleine ausgehe, nehme ich es immer mit. Ihr wisst doch, wie es auf den Straßen ist."

„Ein Küchenmesser? Und warum hast du eigentlich nicht die Magd geschickt?"

„Sie ist zum Markt gegangen."

Antonia sah das Misstrauen auf dem Gesicht des Paters.

„Sag mal, ist deine ganze Familie krank?"

„Ja, meine Eltern und mein Bruder."

Der Kaplan sah sie einen Augenblick forschend an. „Es soll gestern drei Tote in der Vorstadt gegeben haben."

„Was hat das damit zu tun?"

„Es heißt, es könnte die Seuche sein, von der jetzt alle sprechen."

Antonia wollte gerade zu einem gespielten Lachen anheben, als sich die Tür, die zu einer Kammer nebenan führte, öffnete. Eine Frau kam heraus. Sie war nicht mehr jung, bestimmt schon weit über zwanzig, und füllig. Das dicke blonde Haar hing ihr verfilzt auf die Schultern. Sie war barfuß und nur mit einem dünnen, schmutzigen Leinengewand bekleidet.

Pater Bruno warf ihr einen Blick zu. Ihr Erscheinen war ihm offensichtlich unangenehm.

„Was ist los?", fragte die Frau. „Sollst du zu einem Kranken kommen?"

„Es sind mehrere, eine ganze Familie."

Das Weib betrachtete die Besucherin argwöhnisch.

„Ich bezahle Euch gut", sagte Antonia und zog den Beutel mit den Münzen unter ihrem Umhang hervor. Das Gold klimperte in dem Säckchen – und auf einmal ging alles ganz schnell. Der Geistliche machte einen Satz auf sie zu, die nackte Gier in den Augen. Vor Schreck fuhr Antonia vom Stuhl hoch, dass dieser umfiel, und wich in Richtung Tür zurück. Doch da war die dicke Frau bereits nach vorne gesprungen und hatte ihren Bettgefährten am Arm gepackt. „Wenn sie dir so viel Geld geben will, ist es die Seuche!"

Der Kaplan zögerte einen Augenblick, und Antonia nutzte den Moment zur Flucht. Sie rannte aus dem Haus, zurück zum Kornmarkt. Erst dort machte sie halt, um Atem zu schöpfen.

Eine Gruppe von Gassenjungen tobte lautstark herum, eine Dame wich ihnen aus und schimpfte hinter ihnen her. Ein paar Mägde mit ausladenden Körben standen mitten auf dem Weg und schwatzten. Kaufherren und Handwerker, Tagelöhner und Bettler waren unterwegs – es wimmelte von Menschen, und doch kam es Antonia so vor, als sei sie allein auf der Welt. Ihr Plan war gescheitert, ihre Familie der Verdammnis preisgegeben. Sie versuchte, noch einmal an den Heiland zu denken, doch es war nur das Gesicht von Kaplan Bruno, das vor ihrem inneren Auge erschien.

Im Hause des Kaufmanns Ulrich Pirckheimer in der Münzgasse hatte Greta, die alte Magd, gerade einen Schinken in der Vorratskammer verstaut. Jetzt stand sie in der Küche im Souterrain des Hauses, streckte ihren Rücken und stöhnte. Schwer zu heben wurde für sie von Tag zu Tag anstrengender. Sie war froh, dass ihr Herr heute nur ein sehr kleines, kaltes Mittagsmahl wünschte. Er sagte, er habe beim Gastmahl letzte Nacht genug für die ganze Woche gegessen.

Greta griff nach dem Laib Brot, den sie aus der Speisekammer mitgenommen hatte, und wollte gerade das Messer ansetzen, als sie es oben an der Hintertür pochen hörte. Sie erwartete heute keine Lieferung für die Küche. Sollte es ein Bettler oder ein reisender Händler sein, würde dieser sein blaues Wunder erleben. Das Brotmesser noch in der Hand, stieg sie schwerfällig die Stufen zur Hintertür hoch und öffnete diese vorsichtig einen Spalt.

Draußen stand ein junges Mädchen und sah Greta ängstlich an. Das lange, hellbraune Haar war strähnig und unordentlich, aus den Wangen war jede Farbe gewichen. Sie war verschwitzt und wirkte erschöpft. Greta hatte schon ein paar abweisende Worte auf den Lippen, doch ein Blick auf das gute Kleid und die teuren Schuhe des Mädchens ließ sie zögern. Sie sah der Besucherin noch einmal ins Gesicht und fuhr zusammen. Dieses aufgelöste Frauenzimmer war niemand anders als die künftige Herrin des Hauses.

Greta trat beiseite, um das Mädchen einzulassen. „Warum kommt Ihr denn zur Hintertür?", war das Einzige, was ihr zu sagen einfiel.

„Ist Pirckheimer da?" Antonias Stimme zitterte.

Greta führte sie ein paar weitere Stufen hinauf ins Erdgeschoss. Sie klopfte zaghaft an die dunkel getäfelte Tür des Kontors und öffnete sie, als sie Pirckheimers Stimme hörte. „Eure Verlobte ist hier", sagte sie. Sie roch förmlich die Angst des Mädchens, als sie es ins Zimmer schob.

Eine ganze Weile blieb die Tür geschlossen. Greta blieb in der Nähe, um zur Stelle zu sein, wenn ihr Herr sie brauchte. Und auch, weil sie hoffte, vielleicht doch etwas von dem erlauschen zu können, was im Kontor gesprochen wurde. Doch durch die schwere Tür drang kein Laut. Schließlich aber öffnete sie sich, und Pirckheimer erschien. Als er sprach, war seine Stimme vollkommen ruhig.

„Bring Antonia in die Mädchenkammer ganz oben auf dem Speicher. Sie soll sich etwas ausruhen. Komm danach wieder zu mir."

Als Greta wenig später ins Kontor trat, saß Ulrich Pirckheimer hinter dem ausladenden Eichenholztisch, die Ellbogen aufgestützt, das Gesicht in den Händen vergraben. Er hob den Kopf, als er sie bemerkte. Seine Lippen waren schmal, das Gesicht blasser als sonst. Er zählte etwas über dreißig Jahre, aber jetzt wirkte er noch älter.

„Es scheint", hob er an, „als sei die Familie Zingk plötzlich schwer krank geworden." Er schwieg einen Moment. Greta wagte nicht, etwas zu sagen.

„Wir fahren noch heute zu meinem Bruder aufs Landgut. Pack ein, was in der Kutsche mitgenommen werden kann. Ich lasse einen Frachtwagen hinterherkommen. Wir brechen spätestens zur neunten Stunde auf. Bis dahin sehen wir auch ..."

Er beendete den Satz nicht. Greta sah ihren Herrn fragend an.

Er holte tief Luft und sah ihr gerade in die Augen. „Sieh ab und zu nach Antonia und sage mir sofort, wenn sie Fieber bekommt oder sonst etwas Auffälliges."

Pirckheimer war kein Mann vieler Worte, und er pflegte keine Anweisung zu wiederholen. Greta tat, wie ihr befohlen worden war.

Am Nachmittag kam aus einem der schönen Bürger-
häuser am Kornmarkt ein alter Mann auf die Straße
getorkelt. Er wirkte benommen, sein Blick war trübe,
die Bewegungen unkontrolliert. Einige Vorüberge-
hende sahen ihn neugierig an, während sie weiter-
gingen. Eine junge Frau wich dem Mann aus, zog ihre
beiden kleinen Kinder mit sich. Andere taten es ihr
nach. Als Wilhelm schließlich zusammenbrach, hatte
sich auf der belebten Straße eine freie Fläche um ihn
herum gebildet.

Zur selben Zeit hatte ein ausladender Vierspänner,
gefolgt von einem Frachtwagen, die Stadt bereits ein
gutes Stück hinter sich gelassen. Ulrich Pirckheimer
zog von innen die Vorhänge der Kutsche auf. Er hatte
nicht gewollt, dass ihn in der Stadt jemand erkennt
und seine Flucht bemerkt. Er lehnte sich ein Stück
aus dem Fenster hinaus und vergewisserte sich, dass
der Begleitschutz auf dem Posten war. Er hatte sechs
ehemalige Söldner gut bezahlt, damit sie der Kutsche
und dem Frachtwagen Geleit gaben, bis sie die Han-
delsstraße ein gutes Stück hinter sich gelassen hatten. Zwei ritten voraus, zwei befanden sich auf der
Höhe der Kutsche, zwei knapp hinter dem Frachtwagen. Ihre Mienen waren aufmerksam, aber ruhig.
Pirckheimer lehnte sich wieder in seinem Sitz zurück. Eine Fahrt wie diese war nicht ungefährlich.
Sein Haus hatte er ohne Schutz zurücklassen müssen.
Es war unmöglich gewesen, alles zu regeln – am Ende
hatte er einfach den Befehl zum Aufbruch gegeben.
Antonia hatte er gesagt, er habe sich um einen Arzt
und einen Priester für ihre Familie gekümmert; nur
mit dieser Notlüge hatte er sie bewegen können, mit
ihm die Stadt zu verlassen. Sie hatte geweint, aber auf

ein paar energische Worte von ihm war sie in die Kutsche gestiegen. Jetzt saß sie still neben ihm und sah in die hügelige Landschaft hinaus. Immerhin hatte sie Glück gehabt: Hätte sie Anzeichen einer Krankheit gezeigt, hätte er sie nicht mitnehmen können. Doch Pirckheimer dachte mit Sorge daran, dass er selbst an dem Gastmahl teilgenommen hatte.

Dem Kaufmann gegenüber saß Greta und hing ihren eigenen Gedanken nach. Sie erinnerte sich an einen Tag zu Beginn des Jahres, als sie von einem Händler auf dem Markt gedrängt worden war, für teures Geld eine kleine Holzfigur des Heiligen Rochus zu kaufen.

„Du wirst den Beistand des Heiligen brauchen, denn dieses Jahr wird eins des Unglücks."

„Unglück gibt es in jedem Jahr", hatte Greta erwidert.

„Aber in diesem besonders. Es trägt zweimal die Dreizehn in sich."

„Wieso zweimal?"

„Zähle vier und neun zusammen und du hast dreizehn, die Todeszahl."

„Neunundvierzig ist neunundvierzig und nicht dreizehn."

„Die Dreizehn versteckt sich in der Neunundvierzig, und das bedeutet, dass das Unheil in Verkleidung kommt. Du bemerkst es erst, wenn es vor deiner Tür steht, und vielleicht nicht einmal dann."

Greta hatte kein Heiligenfigürchen gekauft, doch jetzt musste sie an die Worte des Burschen denken. Wenn es vor deiner Tür steht. So, wie Antonia Zingk heute vor der Tür gestanden hatte? Greta warf einen Blick auf Pirckheimers angespanntes Gesicht. Wenn alles gut ging, würden sie noch vor Sonnenuntergang den Landsitz der Familie erreicht haben, und dann waren sie in Sicherheit – oder?

Die alte Magd schloss die Augen und sprach ein stummes Gebet. Sie stellte sich vor, wie ihr Flehen um Schutz und Beistand das Dach der Kutsche durchdrang und hinauf in den blauen Himmel stieg.

ASTRID RUSSMANN

Blut oder Wasser

Noch vor dem Morgengrauen kamen sie aus dem schützenden Wald. Als die böigen Nachzügler des Sturmes von der vergangenen Nacht wieder einmal einen Wolkenfetzen unter dem ersten Herbstvollmond hindurchtrieben, rannten sie in gebückter Haltung mit ihrer Leiter über die Lichtung. Sie wollten jedes Risiko, gesehen zu werden, vermeiden. Angekommen im Schatten der Südmauer, suchten sie Deckung.

„Geschafft", sagte der Herzog erleichtert, als er die kalte Wand im Rücken spürte, und hievte das schwere Seil von der Schulter. „Von dieser Seite aus müsste es gehen."

„Oh, Widukind", sprach Abbio, „meinst du wirklich, dass das eine so gute Idee ist? Lass uns lieber einfach Feuer legen, so wie wir es sonst immer tun."

„Nein", bestimmte Widukind, „hier wird kein Feuer gelegt, jedenfalls nicht heute."

„Du begibst dich in große Gefahr. Was, wenn man dich erwischt?", gab Abbio zu bedenken.

„Ich will doch erwischt werden", antwortete Widukind. „Das ist der Sinn der Sache. – Komm jetzt, hilf mir, damit wir es hinter uns bringen."

Er stand wieder auf und zog Abbio mit sich hoch. Gemeinsam stellten sie die Leiter an die Kirchenmauer. Es war zwar knapp, aber sie reichte doch bis an den Obergaden heran, über den Widukind sich Zugang zum Gebäude verschaffen wollte.

Auf dem festen Kiesplatz um die Kirche herum fand die Leiter Halt. Weil der Wind sich immer noch nicht gelegt hatte, hielt Abbio die Holme fest. „Steht sie?", fragte Widukind.

„Sie steht!", bestätigte Abbio. „Dann mögen die Nornen es gut mit dir meinen."

Widukind nickte dem Freund zuversichtlich zu, denn es war eindeutig Abbio, der hier der Ermutigung bedurfte. Dann setzte er den Fuß auf die erste Sprosse und stieg hinauf.

Sie hatten das Gebäude schon ein paar Tage lang beobachtet und sich mit den Gewohnheiten des Priesters vertraut gemacht. Die Kirche war neu. Vor drei Monaten erst fertiggestellt, stand sie an einem Ort, der den Menschen immer heilig gewesen war. Nur ein paar Schritte weiter, im Dickicht unterhalb des Berghanges, sprudelte nämlich eine Quelle, geweiht der Göttin Fulla. Das Wasser hatte heilsame Wirkung. Seit jeher waren Kranke hergekommen, um Hautausschläge, Blutfluss und Appetitlosigkeit zu lindern; junge Mädchen hatten im Wasser das Gesicht ihres zukünftigen Mannes gesehen, und zum Jahresfest der Göttin hatte die Bevölkerung unter Anleitung der Priesterschaft ihr Abbild hierhergetragen, mit dem Quellwasser gewaschen und ein Tieropfer dargebracht, um die Bande zwischen Göttern und Menschen neu zu knüpfen. All das war unter freiem Himmel geschehen, doch die Dinge hatten sich geändert. Als hätten sie nie einen anderen Weg zum Gottesdienst gekannt, strebten die Menschen, seitdem hier die Messe gelesen wurde, vorzugsweise an den Sonntagen in das Gebäude und ließen die Quelle links liegen. Aber diese Kirche war eben auch anders als die meisten anderen. Sie war aus Stein.

Als im Stammesgebiet der Westfalen, Engern und Ostfalen die ersten fränkischen Gotteshäuser entstanden, waren das zumeist einfache Hütten gewesen, vorwiegend erbaut aus Donars heiligen Eichen: ein Leichtes für eine Schar bewaffneter Männer, einzudringen und eine Messe zu stürmen. Widukind und seine Männer hatten konvertierte Sachsen schon zu Hunderten aus christlichen Gottesdiensten geprügelt, viel fränkische Priesterschaft ermordet und Dutzende von Altären geplündert. In den ersten Jahren nach dem Übergriff auf die sächsischen Gaue war den Franken der Frevel an den Gottesbäumen oft genug schlecht bekommen. Aber die Invasoren hatten gelernt. Die Kirche, an deren Fassade Widukind hinaufkletterte, machte weniger den Eindruck eines Sakralbaus als vielmehr den einer Festung. An der groben Natursteinfassade des gedrungenen Gebäudes konnte man keine Axt verwenden und keinen Kuhfuß ansetzen. Die eisenverstrebte Tür würde jeder Ramme lange widerstehen. Durch die Fenster im Obergaden würde man des Nachts zwar eindringen und im Inneren Feuer legen können, wie Abbio es gern getan hätte, aber selbst durch ein Feuer würde dieses Gebäude nicht mehr so einfach aus dem Landschaftsbild zu tilgen sein. Und an Strafaktionen am helllichten Tag, an Überfälle auf in der Andacht versammelte Gemeinden war nun nicht mehr zu denken, es sei denn, man nahm erbitterte Gegenwehr in Kauf. Frankenkönig Karl war nämlich ein gerissener Hund! Er eroberte die Sachsen nicht nur mit dem Schwert, sondern auch mit Bestechung. Obwohl ihm das Land nicht gehörte, verteilte er es freigiebig an Erfüllungsgehilfen aus sächsischem Adel, die sich nun Grafen nannten. Und diese Grafen zeigten sich dienstbeflissen: Gottesdienste wurden inzwischen allenthalben von Soldaten bewacht.

Es war also überhaupt nicht daran zu denken, die Kirche tagsüber zu betreten, wenn man Widukind hieß, Herzog der Sachsen, und der hartnäckigste Gegner war, den Karl in den Jahren seit den ersten Überfällen auf sächsische Dörfer und der Zerstörung der heiligen Irminsul je gehabt hatte. Also blieb ihm nur dieser Weg.

„Bist du oben?", rief Abbio ihm von unten her zu, um den Wind zu übertönen. „Ja", antwortete Widukind. „Ich mache es jetzt fest. Und schrei nicht so."

Er setzte sich auf den Sims, wickelte das Seil ab und legte eine Schlinge um das schmale Mauerstück zwischen zwei Fenstern. Das eine Ende warf er Abbio zu, das andere ließ er in das dunkle Kircheninnere hinab. „Ich hab's", rief Abbio mit gedämpfter Stimme die Wand hinauf.

„Dann lass ich mich jetzt hinunter", gab Widukind zurück. „Wir treffen uns heute Nachmittag." Er fasste das Seil mit beiden Händen und stemmte die Füße gegen die innere Kirchenwand. Das Seil geriet unter Spannung. Sein ganzes Gewicht hing daran. Draußen, unterhalb der Mauer, versuchte sein Helfer sich daran, ein gleichwertiges Gegengewicht zu sein, und hatte dabei seine liebe Mühe. Lange hätte Abbio es nicht geschafft, einen ausgewachsenen und dabei nicht eben kleingeratenen Mann wie den Sachsenherzog zu halten. Aber glücklicherweise war das gar nicht nötig. Widukind musste sich nur wenige Fuß die Wand hinunterbewegen. Als der Mond erneut einen Riss in der Wolkendecke fand und für einen Augenblick durch die gegenüberliegende Fensterfront hereinschaute, konnte Widukind den festgestampften Lehmboden im Kircheninneren erkennen und ließ mit einem lauten „Aufpassen!" los. Er landete sicher auf seinen Füßen. Ob Abbio seinen Ruf rechtzeitig gehört hatte oder auf den Hosenboden gefallen war, hätte Widukind nicht sagen können. Abbio musste jetzt ohnehin selbst zurande kommen. Von nun an war jeder von ihnen beiden auf sich gestellt. Was Widukind jetzt vor allem brauchte, war ein Versteck. Doch wo sich verstecken in einem Raum ohne Winkel, ohne Nischen, ohne irgendein größeres Möbelstück? Glücklicherweise meinte der Mond es in dieser unruhigen Nacht offenbar gut mit ihm und beleuchtete immer wieder silbern die Szenerie.

Das Gotteshaus war ein schlichter Hallenbau, kaum größer als ein sächsisches Langhaus. Bis auf ein paar Sitzbänke, einige Kerzenhalter und ein Wasserbecken an der Eingangstür, so stellte Widukind fest, gab es im Kirchenschiff überhaupt nichts. Der Sachsenherzog war in den vergangenen Widerstandsjahren in Kirchengebäude eingedrungen, die größer waren, durch Säulenreihen strukturiert und reichgeschmückt mit Heiligenbildern und Kronleuchtern. Dies allerdings war nur eine kleine Dorfkirche, errichtet für sächsische Neuchristen von den Höfen in der näheren Umgebung. Aber Kirche ist Kirche, dachte Widukind. Und in jeder Kirche, mochte sie auch noch so klein sein, gab es einen Raum, in dem der Priester sich umkleidete und seine liturgischen Geräte aufbewahrte. Widukind wusste, wohin er sich wenden musste. Im Wechsel von Licht und Dunkelheit bewegte er sich zielstrebig in Richtung Chorraum, wo an der Ostwand der Altar mit dem Christusbild stand. Er schaute sich um und entdeckte links von ihm, was er suchte: den Eingang in einen weiteren Raum. Er schob den Vorhang aus grünem Stoff beiseite und trat ein. Der Raum war winzig und stockfinster. Die beiden Fenster, so klein, dass kaum eine Katze hindurchgepasst hätte, lagen auf der Gebäudeseite, die vom Mondlicht nicht erreicht wurde, aber für das, was Widukind vorhatte, musste diese Kammer eben ausreichen. Jetzt hieß es: Warten – warten darauf, dass der Priester kam.

Widukind erwachte, als sich ein Schlüssel im Schloss der großen Kirchentür drehte. Inzwischen war es in der Kammer hell geworden, und der Wind hatte sich gelegt. Die Kirchentür fiel zu. Dann hallten Schritte durch das Gebäude. Es kam jemand den Mittelgang zwischen den beiden Bankreihen hinauf: nur eine Person, ein Mann offenbar. Widukind horchte genau darauf, wohin er ging. Als er die Schritte auf den Chortreppen hörte, lugte er hinaus und riss mit einem Ruck den Vorhang zurück.

„Saxnots fauliger Armstumpf!", rief er, in der Absicht, den Mann zu überraschen. „Wenn das mal nicht der Anso ist, Rabans Jüngster! Werden Sachsen nun schon fränkische Priester? Dann haben wir den Kampf gegen Karl wirklich verloren!"

Dem Priester fuhr sichtlich der Schrecken ins sächsische Beinkleid. Als er den Mann, der da aus seiner Sakristei herausschaute, allerdings ansah, erkannte er ihn sofort, obwohl er ihn seit Jahren nicht mehr getroffen hatte. Widukinds Gesicht vergaß man nicht so schnell, vor allem dann nicht, wenn man als Kind auf seinem Schoß gesessen hatte. „Herzog Widukind", sagte er. „Wie kommst du hierher? Man sagt, du seiest verschollen. Andere vermuten dich bei den Dänen."

„Das ist nicht ganz unwahr", antwortete Widukind. „Ich war bei den Dänen, oft genug. Immer dann, wenn

Karl ganz Westfalen nach mir umkrempeln ließ. Aber diesmal bin ich gar nicht erst so weit gekommen."

„Und nun willst du dich ausgerechnet in meiner Kirche vor Karl verstecken?"

„Nein, mein Sohn. Sich verstecken hat kaum noch Sinn. Die Franken sind auf dem Vormarsch, und Karl lässt mich nicht mehr entkommen. Als ich es vor einiger Zeit wieder mal für nötig befunden hatte, mich abzusetzen, hat Karl mich bei unseren sächsischen Brüdern nördlich der Elbe aufgespürt. Ich musste also mit ihm verhandeln, und dabei hat er mir tatsächlich Frieden angeboten, Frieden, Anso, unter der Bedingung allerdings, dass ich mich taufen lasse. Er hat mich eingeladen, noch in diesem Winter nach Attigny in seine Pfalz zu kommen. Und dann hat er mich ziehen lassen."

Anso sah ihn aufmerksam an, verriet aber mit keiner Miene, was ihn bewegte. Immerhin war diese Neuigkeit die erstaunlichste, die er in den letzten Jahren gehört hatte. Widukind erwog, sich taufen zu lassen? Was für eine Nachricht! Der Frankenkönig hatte offenbar die Strategie geändert. Widukind töten, das würde selbst den friedlichsten Sachsen gegen ihn aufbringen. Aber sich mit Widukind versöhnen eröffnete ganz neue Perspektiven. Widukind erwog, sich taufen zu lassen! – Wenn der Teufel desgleichen erwogen hätte, wäre die Sensation kaum größer gewesen.

„Und was willst du nun gerade hier in meiner Kirche? Willst du bei mir das Katechumenat absolvieren?"

Fragend zog Widukind eine Augenbraue hoch. Er hatte dieses Wort noch nie gehört. Aber er konnte sich in etwa denken, was es bedeutete. „Nein, nicht ganz. Ich bin noch unentschlossen, ob ich Karls Angebot annehmen soll. Deshalb bin ich hergekommen. Ich will einem Christusdienst beiwohnen, wie ihr ihn hier in unserer Heimat haltet. Das ist alles. Ich war zwar sehr enttäuscht, als ich bei meiner Rückkehr hörte, du seiest Priester geworden, aber das hat mich nicht ärger erbittert, als erfahren zu müssen, dass sich nun auch mein alter Jugendfreund Raban Graf nennt und sich meine Ländereien unter den Nagel gerissen hat. Ungeachtet der Verbrechen deines Vaters, Anso, habe ich dich jedoch immer geschätzt. Wenn man also deine Weihe zum Priester nicht mehr ändern kann, dann will ich wenigstens etwas davon haben. Ich will von dir erfahren, ob euer Gott einen Sachsen davon überzeugen kann, seine Freiheit aufzugeben."

„Dagegen ist nichts einzuwenden", entgegnete Anso. „Sei mir herzlich willkommen. Ich habe noch ein paar Vorbereitungen zu machen, bevor die Besucher eintreffen. Aber dabei störst du nicht. Im Chorraum kannst du jedoch nicht bleiben. Hier dürfen sich nur christliche Geistliche aufhalten. Setz dich doch einfach auf eine der Bänke, ganz so, als gehörtest du zur Gemeinde. Allein von der Kommunion werde ich dich ausnehmen müssen. Du bist ja noch nicht getauft."

„Du verstehst mich falsch, Anso", sprach Widukind. „Ich will an deinem Gottesdienst nicht teilnehmen. Ich will ihn mir ansehen und selbst dabei ungesehen bleiben. Es braucht niemand zu wissen, dass ich wieder hier bin. Wenn du also so gütig wärest, mir in deiner Gerätekammer Unterschlupf zu gewähren, so dass ich von hier aus alles verfolgen kann, dann würde mir das schon ausreichen."

„Warum willst du dich nicht zeigen?", wollte Anso stur bleiben. „Die meisten, die heute kommen werden, waren doch mal deine Leute. Fürchtest du, sie könnten dich gefangen nehmen?"

Lächelnd überhörte Widukind die Provokation des Jüngeren. „Um mich selbst ist mir nicht bange, mein Sohn", entgegnete er sanft. „Aber glaubst du, es wäre besonders klug, wenn deine unter Zwang getauften Neuchristen erführen, dass ihr Herzog wieder im Lande ist? Meinst du nicht, das könnte sie auf dumme Gedanken bringen?"

Anso kratzte sich am Kopf. Widukinds Einwand war nicht von der Hand zu weisen. Und so ihm auch nicht gefiel, dass der Herzog die Heiligkeit des Chorraums missachtete, verstand Anso die Beweggründe der sächsischen Aufständischen und ihres berühmten Anführers doch sehr gut. König Karls Feuereifer bei der Verbreitung des christlichen Glaubens in allen Ehren, aber so ging es nun wirklich nicht! Die Sachsen wurden in Massen getauft, und zwar ohne die vorher nötige Unterweisung, die ihnen wenigstens im Ansatz erklärt hätte, warum sie von den Asen lassen und statt dessen Jesus Christus annehmen sollten. Vielleicht gab es heute die Chance, wenigstens Widukind zu zeigen, dass es auch anders ging. Also schlug Anso ein.

Während er selbst alle nötigen Vorbereitungen traf, denn einen Diakon hatte er nicht, blieb Widukind in der Sakristei, und nach einer guten Stunde hörte er, dass Glocken die Gläubigen zum Gottesdienst riefen.

Verborgen in seinem Versteck, lauschte Widukind darauf, wie sich das Gotteshaus langsam füllte. Wenn er den Vorhang lüftete, sah er allerdings nur den von Kerzen festlich beleuchteten weißgekalkten Chorraum. Um in das Kirchenschiff zu blicken, hätte er den Kopf herausstrecken müssen, und obwohl er neugie-

rig war, vermied er das. Er musste sich zufriedengeben mit den wenigen Geräuschen, die es aus dem Versammlungsraum zu ihm herüberschafften, und mit
der Kraft seiner Vorstellung. Die allerdings reichte
weit. Da draußen fanden sich sächsische Männer und
Weiber ein, darunter Edelinge aus Widukinds eigenem Stande, die schon lange mit Karl paktierten, weil
sie davon profitierten, und einige Halbfreie, die sich
als Landarbeiter und Viehhirten bei den Großgrundbesitzern verdingten. Der Großteil jedoch, vermutete
Widukind, würden Frilinge sein, nicht adelige, aber
freie Bauern, die eigentlichen Leidtragenden der
fränkischen Eroberung. Viele davon waren, da hatte
Anso recht, seine Männer gewesen. Er hätte gewisslich die meisten mit Namen gekannt.
Zahlreiche Sachsen hatten in den letzten Jahren zum
fremden Glauben gewechselt. Das Gesetz, von Karl
vor einigen Jahren erlassen, ließ keinem sächsischen
Freien, sofern er nicht den Rest seines Lebens auf
der Flucht verbringen wollte, eine andere Wahl, als
zu konvertieren. Andererseits sollte es jedoch auch
Sachsen geben, die weder aus Profitgier noch unter
Zwang, sondern aus gänzlich freien Stücken zu Anhängern des fränkischen Gottes geworden waren.
Woran mochte das liegen? Um das herauszufinden,
hatte Widukind sich mit Abbios Hilfe hier einschleusen lassen und riskiert, von Anso nicht als alter
Freund begrüßt, sondern dingfest gemacht zu werden. Jahrelang hatte er diesen Christus-Gott, von dem
es hieß, er habe sich hinrichten lassen, ohne sich zu
wehren, nur verachtet und nie verstanden. Ein Gott,
der Zimmermann gelernt hat und sich einfach von
Menschen gefangen nehmen lässt – wo gab es denn

so was? – Jetzt wollte Widukind endlich verstehen, was er bislang verachtet hatte.

Der Gottesdienst begann unspektakulär. Nachdem man das Portal geschlossen hatte, kam Anso den Mittelgang herauf und sang dabei ein monotones Lied. Widukind verstand kein Wort. Wahrscheinlich war das Lateinisch. Und als Anso nun im, wie Widukind fand, weibischen Kleid der fränkischen Priester in sein Gesichtsfeld trat und zu singen aufhörte, vor sich an der Wand das Bildnis seines seltsamen gekreuzigten Gottes, da ging es genauso unverständlich weiter. Im Wechsel mit der Gemeinde, die allerdings zumeist nur mit „Amen" antwortete, das einzige Wort, das Widukind geläufig war, wurde gebetet, gelobpreist und gesungen. Das war alles sehr feierlich, aber für Widukind schon der fremden Sprache wegen wenig nachvollziehbar.

Alsdann aber erzählte Anso auf sächsisch eine Geschichte. Sie handelte von einem Mann, dessen jüngerer Sohn sich sein Erbteil auszahlen ließ, es in der Fremde durchbrachte und vom Vater dennoch wieder aufgenommen wurde. Der ältere Sohn allerdings, der zu Hause geblieben sei, so der Priester, habe sich vom Vater ungerecht behandelt gefühlt. Recht so, dachte Widukind, der ganz auf der Seite des älteren Bruders war, und hoffte, der Vater werde zur Vernunft kommen. Aber zu Widukinds Unmut geschah das nicht. Der Vater hielt zu seinem nichtsnutzigen Jüngeren, und mit der Schlussfolgerung Ansos, der im Vater den Gott der Christen, im jüngeren Sohn die Heiden und im älteren Sohn ein Volk namens Juden sehen wollte, konnte Widukind auch nichts anfangen. Nach dieser wenig erbaulichen Erzählung schwenkte Anso, alles untermalend mit seinem feierlichen Gesang, so ausgiebig ein Rauchgefäß, dass es Widukind in den Augen biss. Durch einen Tränenschleier hindurch sah er den Priester inmitten sich umeinander drehender Weihrauchwölkchen am Altar mit verschiedenem Gerät hantieren. Schließlich hob Anso mit ausgestreckten Armen einen Kelch in die Höhe und sprach getragene Worte über ihn. Dann hob er eine Schale mit fladenartigem Brot und wiederholte ähnliche Worte.

Selbst Widukind, der doch kein Latein konnte, begriff, dass mit dieser Handlung die Göttlichkeit, an die die Christen glaubten, herabbeschworen werden sollte in dies Haus.

Endlich, so hoffte der Sachse, würde es einen magischen Moment geben, einen Augenblick, in dem eine Gottheit ihre Gegenwart offenbare, vergleichbar dem fernen Grollen des Donar an einem schwülen Sommerabend oder dem Heulen von Wotans Wölfen in den klirrend kalten Raunächten im Januar.

Widukind wartete gespannt. Doch es tat sich nichts. Und nach einem kurzen Gebet, das auch die Menschen mitbeteten, weil sie es auswendig gelernt hatten, stieg der Priester die Chorstufen hinunter und verschwand erneut aus Widukinds Gesichtsfeld. Obgleich er nichts sehen konnte, wusste Widukind, was nun geschah, denn er hatte davon gehört: Brot und Wein wurden an alle ausgegeben, die zur Gemeinde zählten. Das war das, was Anso als Kommunion bezeichnet hatte.

Die Christen pflegten damit einen Brauch, der zumindest in seiner Funktion offenbar dem Opfermahl bei den Sachsen entsprach. Danach brachte Anso alles zurück zum Altar. Er reinigte sorgfältig Brotschale und Kelch, trug noch ein Gebet vor, vielleicht zum Dank, und sprach endlich, nun wieder an die Gemeinde selbst gewandt, seine letzten lateinischen Worte. Das musste die Entlassung sein, denn nun begann das Bänkerücken. Die Kirchentür knarrte in den Scharnieren. Die Gemeinde löste sich auf.

Widukind musste etwas warten, bis er sein kleines selbstgewähltes Versteck endlich verlassen konnte, denn Anso begleitete eine Bauersfrau hinaus, die sich partout nicht von ihm abwimmeln lassen wollte. Sie bestand darauf, er müsse sie und ihre Familie in den kommenden Tagen endlich auf ihrem Hof besuchen, wie er das schon so lange angekündigt habe, und so kam der Priester nicht umhin, ihr einen Besuch zu versprechen. Die Kirche war nun leer. Widukind durfte sich wieder zeigen.

Anso kam, kaum dass er die Frau aus der Kirchentür geschoben hatte, eiligst die Chorstufen hinaufgelaufen. „Und? Kann unser Gott einen Sachsen überzeugen?", wollte er ohne Umschweife von Widukind wissen.

„Nein", antwortete Widukind ehrlich. „Nicht von seiner Unvergänglichkeit und schon gar nicht von seiner Überlegenheit." Als er in Ansos Gesicht so etwas wie Kränkung wahrzunehmen glaubte, fügte er jedoch an: „Hör zu. Ich will mir ja gar nicht anmaßen, zu behaupten, euer Christus sei kein Gott. Nur weil er meinem Volk bisher nicht bekannt war, heißt das ja nicht, dass er nicht existiert. Aber ist er auch stärker als die Asen? Donar besiegt durch seine Kraft in jedem Frühjahr die Reifriesen, die den Winter bringen. Wenn dein Gott, wie ihr nicht müde werdet zu erklären, mächtiger ist als Donar, warum beweist er das dann nicht? Warum macht er es dann nicht besser und schlägt die Riesen so, dass es nie wieder einen Winter gibt? Wenn er das könnte, dann würde er uns überzeugen. Möglich, dass wir dann sogar seinen König akzeptieren, der uns in seinem Namen Land und Freiheit nimmt. Aber dass seine Anhänger nur Geschichten erzählen und Lieder singen, wird nicht ausreichen. Christus müsste schon selber ran."

Anso war zwar wirklich ein wenig enttäuscht, wollte sich aber in Geduld üben. Widukinds Argumente waren ihm nicht neu. Obwohl es ihn juckte, mit dem Herzog ein Streitgespräch über den, wie er fand, grundsätzlich falschen Ansatz seines Götterglaubens anzufangen, hielt er sich zurück. Er wusste selbst gut genug, dass die Sachsen, die von ihren Göttern Schlachten-, Liebes- und Ernteglück verlangten und keine großen Ansprüche stellten an eine Existenz nach dem eigenen Tode, nicht nur mit Gottes menschlicher Natur, sondern vor allem mit seinem Ewigkeits- und Allmachtsanspruch haderten.

Die Sachsen dachten sich ihre Götter zwar machtvoll, andererseits lernte jedoch jeder Dreikäsehoch aus Widukinds Stamm schon früh, dass selbst die Asen sich dem Schicksal zu beugen hatten, und das sah für sie eine letzte gewaltige Schlacht gegen die bösen Mächte vor. In dieser Schlacht würden weder die Götter noch ihre Feinde siegen, aber ebenso sicher glaubten die Sachsen an das anschließende Heraufdämmern einer neuen Welt, von der allerdings niemand eine wirkliche Vorstellung besaß, außer der Gewissheit, dass sie besser sein würde als die jetzige. Mit der unbelegten Behauptung, Christus sei schon immer der einzige Gott gewesen und die sächsischen Götter seien nur Dämonen, kam man in diesem Land nicht weiter. Das Geheimnis, wie man dieses ganz im Diesseits verwurzelte Volk vom Christentum überzeugen konnte, lag darin, ihm begreiflich zu machen, dass die neue Weltordnung, die sie in einer fernen Zukunft erwarteten, mit Jesus Christus bereits gekommen sei.

Das aber war schwierig, wenn man nicht mit Wundern aufwarten konnte, wie Widukind sie soeben gefordert hatte. Und es wurde umso schwieriger, je mehr König Karl seine Bekehrung mit Krieg, erzwungenen Treueiden und drakonischen Strafen voranzutreiben suchte. Der ohnehin schon schwierigen Missionsarbeit der Kleriker war Karls Machthunger doppelt hinderlich. Er bedeutete nicht nur den Verlust sächsischer Selbstbestimmung, er untergrub auch die Glaubwürdigkeit der christlichen Priester.

„Ich hatte auch nicht erwartet, dich zu bekehren", zeigte Anso sich darum verständnisvoll. „Christus versteht man nicht, indem man als Zaungast einer Messe beiwohnt. Dazu braucht es schon einer gründlichen Anleitung. Und die wird man dir sicher geben, so du das willst, Herzog Widukind. Also – Karl erwartet dich in seiner Pfalz. Wirst du gehen?"

Widukind zuckte nur mit den Schultern. „Das weiß ich noch nicht. Wenn ich meine Götter im Ärger zuweilen auch mit Flüchen bedenke, Anso, so hat das doch mit mangelndem Respekt vor ihnen nicht viel zu tun. Das tut jeder Sachse. Aber ihnen abschwören, ohne einen triftigen Grund dafür zu haben? Das ist ein Schritt, vor dem mir bange ist."

„Du wirst die richtige Entscheidung sicher bald treffen", antwortete Anso plötzlich kühl. Er hatte bei diesem verstockten Heiden nichts erreicht, und das ärgerte ihn nun doch. Mit einer Geste, die auf den Ausgang wies, machte er Widukind sehr deutlich, dass er seinen Besuch als beendet ansah. Schweigend geleitete er den Herzog den Mittelgang hinunter. „Gottes Segen sei mit dir", sagte er, als er dem Sachsen die Kirchentür öffnete.

Widukind, der mit Bedauern bemerkte, dass die alte sächsische Tugend der Gastfreundschaft offenbar nicht mehr zählte, wenn man getauft war, wollte schon wortlos hinausgehen. Doch da fiel ihm das Wasserbecken am Eingang auf, dem er wenige Stunden zuvor nur flüchtige Beachtung geschenkt hatte. Ihm kam ein seltsamer Gedanke. Ehe Anso es verhindern konnte, tauchte er den Zeigefinger hinein und steckte ihn in den Mund. Das Wasser hatte eine ölige Konsistenz und schmeckte ein wenig harzig. Man hatte ihm etwas hinzugesetzt, und dennoch kannte Widukind seinen Ursprung. Er hatte es so oft schon getrunken, dass er es unter Hunderten verschiedener Wasser würde herausschmecken können. Er wollte den Finger noch einmal hineintauchen, um ganz sicherzugehen, als Anso einschritt: „Das ist Weihwasser, Herzog Widukind. Es ist nicht zum Trinken da."

„Ist es nicht?" fragte Widukind herablassend. „Aber es stammt aus dem Quell in der Niederung dort hinten, hab' ich recht? Es ist das heilige Wasser der Fulla."

„Das kannst du schmecken?" Anso war erstaunt.

„Dann hat es ja wohl keinen Zweck, es zu leugnen. Aber es ist jetzt kein Wasser der Fulla mehr. Es ist das Wasser, mit dem wir uns der Taufe erinnern. Jeder Christ, der die Kirche betritt, beträufelt damit in Kreuzesform Stirn, Brust und Schultern. Jeder Gegenstand, der damit besprengt wird, erhält Gottes besonderen Segen."

„Weihwasser", wiederholte Widukind nachdenklich. „Du wirst dich sicher erinnern, Anso. Wir Sachsen sprengen Blut von Opfertieren auf Menschen, Waffen oder Häuser, um sie zu weihen. Verrückt, wie sich die Dinge gleichen. Findest du nicht?"

„Ganz und gar nicht", gab Anso unwirsch zurück. „Blut heißt Gewalt, und eure Schlachtengötter fordern es, weil sie für Gewalt stehen. Jesus Christus dagegen ist Frieden und Abkehr von jeglicher Gewalt. Jesus will kein Blut von uns. Im Gegenteil, er hat seines für uns gegeben. Blut zu vergießen verträgt sich nicht mit dem Glauben an ihn. Deswegen haben wir uns für das Wasser entschieden."

„Das scheint der Frankenkönig aber nicht so zu sehen", merkte Widukind an, „oder denkst du, Karl hat sich gegen Blut und für das Wasser entschieden, als er mir Frieden bot?"

Anso sah zu Boden. Davon war er nicht gänzlich überzeugt, und er schaffte es nicht, Widukind frech ins Gesicht zu lügen. Als er wieder aufblickte, murmelte er darum nur: „Zumindest hoffe ich es."

Der Sachsenherzog zögerte. Dann sagte er: „Anso, ich weiß nicht, ob es dir bewusst ist, aber nicht jeder, der dir eben bei deiner Kommunion die Hände geleckt hat wie ein braver Hofhund, ist auch einer. Es gibt immer noch sächsische Männer, ob getauft oder nicht, die sich mit der Fremdherrschaft nicht abgefunden haben. Karl glaubt sicherlich, wenn ich mich unterwerfe, dann wird mein ganzes Volk meinem Beispiel folgen und sich ebenfalls unterwerfen. Aber ich glaube das nicht. Ich glaube, dass die Sachsen mich verfluchen und trotzdem weiterkämpfen werden."

„Allerdings werden sie einen solchen Kampf nicht gewinnen", erwiderte Anso und sprach damit etwas aus, das Widukinds eigene schreckliche Vermutungen bestätigte. Widukind war nicht nur seines Adels, sondern vor allem seiner Unbestechlichkeit wegen der einzige unter den Anführern der Sachsen, der als unumstritten galt. Allein durch seine Existenz bündelte er die sächsischen Kräfte und ohne ihn würden sie sich zersplittern. Doch würde selbst er die Sache seines Volkes noch retten können? Das bezweifelte er schon lange. Die Sachsen waren so gut wie geschlagen. Was also war richtig? Zum Verräter zu werden, in der Absicht, den Widerstand zu schwächen und die Leidenszeit seines Volkes abzukürzen, oder treu zu den geleisteten Schwüren zu stehen, bis auch der letzte freie Sachse unter fränkischen Schwerthieben fiel?

Dann waren da noch die Götter! Was tun mit den Göttern? Das Geschick der Asen würde sich vor der Zeit vollenden, wenn die Menschen sich von ihnen abwandten, das war Widukind klar. Klar war aber auch: Wenn die Menschen starben, die an sie glaubten, dann würden die Asen ebenso untergehen. Die Götter waren verloren – so oder so. Doch die Menschen, die konnten vielleicht leben – wenn er sich taufen ließ.

Dies ist das Wasser der Fulla, und es wird das Wasser der Fulla bleiben, wie immer es Christen auch nennen mögen, dachte Widukind. Er schloss die Augen und atmete tief ein. Kurzentschlossen und diesmal ungehindert von Anso, tauchte er abermals seine Finger in das Becken. Unbeholfen, denn er wusste nicht, in welcher Reihenfolge das zu geschehen hatte, benetzte er die Körperteile, die Anso vordem erwähnt hatte, und machte die Augen wieder auf. Ernst sah er den jungen Priester an, der mit offenem Mund danebenstand. „Versprecht euch nicht zu viel davon, du und dein Karl", sagte er. Dann trat er aus der Kirche heraus. Im hellen Tageslicht spazierte er über die Lichtung zum Wald hinüber, und Anso sah ihn niemals mehr wieder.

Die Weissagung

Eine Prophezeiung hatte ihn aus seiner Stadt getrieben.

Am Abend vor Johanni hatte er mit zwei Rittern in der Schenke ‚Zum Eisernen Eber' wild gezecht. Zu vorgerückter Stunde erschien ein schönes Weib. Sie näherte sich den drei Trunkenen und behauptete, sie habe die Fähigkeit die Zukunft vorauszusagen.

Die Männer grölten. Aber weil sie so hübsch war, sagte der Mutigste von ihnen: „Ich will Dich auf die Probe stellen."

Und mit seinen starken Armen zog er die junge Frau ungestüm zu sich heran. Sein Körper war durchtränkt vom roten Wein und mit dem dazugehörigen Übermut riss er die federleichte Schöne auf seinen Schoß.

Als seine Freunde das sahen lachten sie, erhoben ihre Becher und johlten einen Trinkspruch auf das Paar.

Kaum, dass die schöne Fremde auf seinen Schenkeln Platz genommen hatte, befiel dem Trunkenen eine seltsame Kälte. Als sie ihn mit ihren durchdringenden Augen ansah, hatte er das Gefühl, er erstarre zu Eis.

Ein Schauder durchfuhr ihn.

Die Kälte wurde so stark, dass er sich nicht mehr zu bewegen vermochte.

Seine Freunde bemerkten von all dem nichts, zechten fröhlich weiter und waren guter Dinge.

Die junge Frau senkte ihren Blick tief in seine bewegungslosen Augen. Dann sagte sie: „Du wirst sehr bald sterben, wenn Du nicht das Elixier des Lebens findest. Der Inhalt Deiner Lebensflasche ist verschüttet. Handle rasch. Dir bleibt nicht viel Zeit."

Der Ritter versuchte zu sprechen. Aber seine Zunge war gefroren. Lediglich ein nebliger Atem entfuhr seinen schmalen Lippen.

Die Fremde jedoch hatte seine Frage längst verstanden und antwortete ihm: „Reite nach Nebelheim. Gleich morgen früh. Verliere nicht den Hauch eines Augenblicks. Sattle Dein Pferd bei Tagesanbruch und reite immer der Sonne entgegen. Am Abend wirst Du eine Burg erreichen, die von einer dichten Nebelhülle umgeben ist. Bitte um Einlass und der Türmer wird Dir öffnen. Wenn Du leben willst, eile Dich."

Und damit entwand sich die Schöne dem vereisten Ritter und verließ die Schenke. Die vielen Männerhände, die sich ihr auf ihrem Weg nach draußen verlangend entgegenstreckten, erstarrten bei der geringsten Berührung mit ihrem Körper zu klirrenden Eiszapfen.

Aber die Männer waren zu trunken, um es zu bemerken.

Langsam begann die Kälte aus den Gliedern des Ritters zu weichen. Und als er seine Augen wieder bewegen konnte, erblickte er in seiner rechten Hand drei wunderschön geformte Eiskristalle.

Alle süße Rotweinschwere war aus seinem Körper.

Seine Freunde höhnten, warum er denn nicht mehr trinken wolle. Und wohin die seltsame Schöne so rasch entschwunden sei. Er aber antwortete nicht auf ihr Fragen und sagte ihnen Lebewohl.

Am nächsten Morgen sattelte er bei Tagesanbruch sein Pferd. Verließ die Stadt und ritt der Sonne entgegen. Tagsüber wurde es sehr heiß und er wäre gern vom Pferd gestiegen, um sich ein wenig auszuruhen und zu erfrischen. Aber er gönnte sich keine Rast. Er hörte nicht damit auf, sein Ziel zu verfolgen. Gegen Abend gelangte er an eine hügelige Bergkette. Die Sonne stand schon sehr tief.

Ein schmaler Pfad drängte den einsamen Reiter in eng ansteigenden Windungen um einen massig überhängenden Felsvorsprung. Einem riesigen Brocken pechschwarzen Gesteins, der aussah als hätte ihn der Satan selbst an einem verfluchten Tag in der Urzeit mit einem gewaltigen Feuerball mitten aus der Hölle geschleudert und an diesem verlassenen Ort wieder in die Erde getrieben. Dichte Nebel, die sich in die Schattenseiten eines Hangs eingenistet hatten, versperrten die Sicht und schluckten wie dumpfe Wattewolken den Schall. Sogar die Geräusche seines eigenen Atems waren kaum mehr vernehmbar. Graue Schwären umtanzten ihn und sein Pferd wie schemenhafte Geister. Mächtige, körperlose Wesen, die von drohendem Unheil kündeten. Nachdem er die letzte Felsbiegung passiert hatte, stachen fünf mit Zinnen bewehrte Türme aus dichten Nebelbänken. Und als er mit seinem Pferd talabwärts tiefer in die dunstigen Schichten eindrang, begann er die Umrisse einer gewaltigen Burganlage zu erahnen. Meterdicke Mauern wuchsen aus Jahrtausende altem Gestein.

Er gewahrte, dass die Zugbrücke heruntergelassen war. Schon wollte er den Türmer um Einlass bitten, da hob sich bereits langsam das gewaltige Fallgitter.

Ein Junker brachte wortlos sein Pferd in den Stall. Ihn selbst führte ein anderer in die große Burgküche und gab ihm zu essen und zu trinken.

Auf Geheiß einer anmutigen Kammerfrau wies man ihn in ein geräumiges Turmzimmer. Eine wahre Fülle von Kerzen hatte den Raum in ein warmes, mildes Licht getaucht. In dem großen Kamin prasselte ein munteres Feuer um aufgeschichtete Buchenscheite. Zwei der hellen Steinwände waren mit geschmackvollen Bildteppichen ausgekleidet. Sie zeigten bunte Motive mit allerlei Vögeln, Blumenranken und den grazilen Bildnissen junger Frauen. Darunter befanden sich zwei riesige Truhen aus dunklem Holz. In der Mitte des Raumes standen ein reich geschnitzter Klapptisch und zwei Faltstühle.

Es dauerte nicht lange und eine schmale Holztür zum Turm öffnete sich knarrend.

Eine kleine Gestalt schlüpfte hindurch, näherte sich behände einem der Faltstühle, zog ihn zu sich, neben den Kamin, und nahm darin Platz.

Es war ein runzliges Weib von unbestimmbarem Alter. Ihr sonnengegerbtes Gesicht wurde von einer hellen Haube umrahmt. Der magere Körper steckte in einem einfachen Gewand aus grob gewebten, ungefärbtem Stoff.

Sie schien den Gast nicht weiter zu beachten und verfiel in ein halblautes, monotones, monologisierendes Murmeln. Dann warf sie mit einem geübten Griff ein paar Eibenhölzchen in ihren Schoß, schaute eine Weile darauf und schwieg, füllte ein wenig Wasser von einem neben ihr stehenden Krug in einen Becher, trank, schaute wieder auf die Eibenhölzchen, sammelte sie schließlich ein und ließ sie in ihrer rechten Hand verschwinden, um dann mit den gleichen Ritualen fortzufahren.

Erst jetzt bemerkte er, dass sie neben sich ein Stundenglas gestellt hatte, auf das zuweilen ihr Blick glitt. Den Ritter beschlich eine dunkle Ahnung.

„Was machst du da?" fragte er das hutzlige Weib.

Sie antwortete ihm mit erstaunlich jugendlicher Stimme: „Ich bin dabei Dich umzubringen."

„Was?" entfuhr es dem Ritter ungläubig.

Aber das Weib fuhr ungerührt fort: „Du hast Dein Leben verschwendet mit schwerem Wein, Frauen und Müßiggang. Du bist es nicht wert, weiter zu leben."

„Das kannst Du nicht machen", donnerte er und wollte auf die Alte los.

„Doch, das kann ich", sagte sie keck und wich ihm geschickt aus. „Du hast die Talente, die Dir die Schöpfung verliehen, mit Füßen getreten. Für Dich ist jetzt Schluss."

„Wer bist Du, dass Du mir dies alles prophezeien darfst?" wollte er wissen und die Tonlage seiner Stimme verriet unmissverständlich, dass ihre Antwort keinen Aufschub duldete.

„Ich bin Urd, die Älteste der drei Nornen, jene Hüterinnen des Schicksals, die die Lebensfäden spinnen und verweben."

Sie sprach diese Worte mit fester, würdevoller Stimme, ordnete ihr Gewand und nahm bedächtig wieder in ihrem Faltstuhl Platz.

Der stark verunsicherte Ritter drohte von einer heftigen Starre paralysiert zu werden. Da durchzuckte ihn plötzlich ein Gedanke und langsam öffnete sich seine rechte Hand. Aber kaum, dass er sie geöffnet hatte, entstieg ihr eine dichte Nebelhülle.

Als die Alte das sah, sprang sie auf ihre mageren Beine und eilte behände zu dem Ritter, nahm seine Hand und pustete geradewegs in die Nebelwolken hinein.

Ihre kleinen, scharfen Augen hatten es nur für den Hauch eines Augenblicks wahrgenommen, aber sie hatten es gesehen. Drei wunderschön geformte Eiskristalle.

„Skuld", sagte sie aufgeregt. „Skuld war bei Dir."

Der Ritter aber verstand nicht, was sie meinte.

„Skuld ist eine der drei Nornen. Und sie ist Walküre", ergänzte sie.

„Du meinst, ein Todesengel hätte mich aufgesucht", fragte der Ritter erschüttert und musste unwillkürlich an die anmutige Gestalt der schönen Fremden denken. „Ein Geistwesen, das die auf den Schlachtfeldern liegenden Leichen erwählt, um sie zu ihren Ahnen zu führen?"

„Das meine ich", behauptete Urd. „Aber sie ist Dir nicht als Totendämonin erschienen, sondern in irdischer Gestalt mit menschlichen Zügen. Und wahrscheinlich war sie wunderhübsch? Dieses kleine Luder! Hat vorher ihre Haut in den Wassern und Nebelbänken der Weltesche Yggdrasil erfrischt."

„Ja", hauchte der Ritter spontan und dabei schnürte es ihm vor Verlangen fast die Kehle zu.

„Sie war es also, die Dich in der Schenke aufgesucht hat", und dabei verengten sie die Augen der Urd fast zu Schlitzen. „Und bei dieser Gelegenheit hat sie Dir die drei Eiskristalle zugesteckt. Nicht wahr?"

Stumm bekräftigte er erneut, denn bei dem Gedanken an Skuld wurde ihm ganz wundersam zumut.

„Aber die Eiskristalle reichen nicht. Da fehlt noch etwas."

„Was willst du damit sagen?"

„Damit allein kannst du nicht überleben."

In diesem Moment loderte das Feuer im Kamin hell auf. Urd fuhr herum. Gierige Flammen züngelten nach ihrem Gewand. Geschwind ergriff sie einen Feuerhaken, um die Holzscheite zu verteilen. Aber ein unerwartet starker Luftzug zerstob die Flammen zu einem heftigen Funkenregen. Die Alte musste sich in

Sicherheit bringen. Rasch wich sie ein paar Schritte beiseite. Dabei stieß sie mit dem linken Fuß gegen den Krug und verschüttete das Wasser. Der Henkel des Krugs prallte gegen das Stundenglas. Klirrend fiel es zu Boden und zersplitterte, der feine Sand vermischte sich augenblicklich mit der Flüssigkeit zu einem dicken, feuchten Brei. Während sie sich nach den Scherben bücken wollte, fielen ihr die Eibenhölzchen aus dem Gewand, gerieten ins Feuer und verbrannten auf der Stelle lichterloh.

Als sie sich umdrehte, wusste sie, woher die Zugluft gekommen war. Die schmale Tür zum Turm war plötzlich offen und schwang hin und her, draußen tobte mit einem Mal ein heftiger Sturm.

Ihre Blicke suchten den Ritter. Er war in den leeren Faltstuhl gesunken.

Unmittelbar neben ihm kniete ... Skuld.

Ihr wohlgeformter Körper war in ein Gewand aus Nebel und feinem Tau gehüllt. Tausende Tautropfen glitzerten mit der Strahlkraft lupenreiner Diamanten in allen Farben des Regenbogens. Ihre langen, dichten Haare trug sie offen und sie fielen ihr wie schwerelos in unendlich kleinen Locken bis weit über den Rücken.

Ihre zierliche Hand hielt eine kostbare Schale mit kleinen Apfelstückchen darin. Mit ihrer Rechten schob sie dem Ritter langsam und zart zuckersüße Apfelecken zwischen seine sinnlichen Lippen.

„Die Äpfel der Idun!" kreischte Urd. „Mein Stundenglas ist zerstört. Meine Eibenhölzchen sind verbrannt. Und Du fütterst einen Ritter mit den goldenen Äpfeln der Unsterblichkeit. Just in dem Moment, den ich für seinen Tod vorgesehen hatte."

Aber weder der Ritter noch die schöne Skuld achteten auf die Worte der Urd. Sie waren zu sehr mit sich selbst beschäftigt. So blieb es ihnen verborgen, dass sich eine weitere Hand tief in die Obstschale senkte und nach den Goldäpfelchen schnappte. Denn die Göttin Idun war nicht nur die Hüterin der Unsterblichkeit, sie war auch die Göttin der Jugend und des Frühlings.

Das verliebte Paar wurde erst aufmerksam, als unmittelbar vor ihnen ein farbiger Glanz Gestalt annahm.

Der Ritter sah auf.

Er erkannte eine wunderschöne junge Frau, die herzhaft in einen Apfel biss. Andächtig zerkaute sie ihn zwischen ihren blendend weißen, regelmäßigen Zähnen. Ihre vollen Lippen waren dabei von zartestem Rot. Ihre strahlenden Augen hatten die Fähigkeit den jungen Ritter über alle Maße in ihren Bann zu ziehen, dass er nicht mehr davon ablassen konnte, sie zu betrachten.

Jetzt wurde auch Skuld auf die schöne Fremde aufmerksam. Und sie erkannte, dass Urd in der Zwischenzeit von den Äpfeln der ewigen Jugend und der Untersterblichkeit genascht haben musste.

Sie beobachtete den verwirrten Blick des Ritters, wie er taumelnd zwischen beiden schönen Frauen hin und her schwankte. Er schien alle Gewalt über seinen Körper verloren zu haben. Da ergriff Skuld seine Hand und führte sie zu ihrem Gewand. Sie glitt, wie das Gewänder aus feinem Tau und Nebel so an sich haben, direkt auf ihre feuchte, warme Haut.

Aber Urd gab nicht auf. Sie blickte dem Ritter geradewegs in seine stahlblauen Augen. Und sie bemerkte feine Schweißperlen auf seiner Stirn.

Der Ritter erkannte mit Schaudern seine Hilflosigkeit. Er besaß keine Macht mehr über den eigenen Körper. Ihre Augen und ihr verheißungsvoller Mund ließen ihn nicht mehr los. Urd wusste in diesem Moment sehr genau, sie war machtvoll, schön und unerbittlich.

Er war wie hypnotisiert und drohte Teile seines Bewusstseins zu verlieren. Da fielen dem Ritter die drei Eiskristalle ein.

Unbemerkt ließ er einen davon in die Obstschale gleiten. Und augenblicklich verschwanden die begehrten Apfelstückchen unter einer dicken, undurchdringlichen Eisschicht.

Urd hatte keinen Zugriff mehr auf die Frucht der immerwährenden Jugend und ihr Körper alterte mit der Geschwindigkeit verschütteter Sandkörner eines zerbrochenen Stundenglases.

Der kluge Ritter aber hatte sich vorher eine gehörige Portion der genialen Äpfelchen in seine Taschen gefüllt und sie mit dem zweiten Eiskristall für die Zukunft konserviert. Denn er wusste nicht, ob er jemals wieder welche bekommen würde.

Den anderen Teil der Früchte aber behielt er in seiner Hand. Aus dieser speiste er nun Skuld mit der kleinen Nascherei.

Bei Tagesanbruch krallte Skuld ihre rechte Hand in den männlich behaarten Brustkorb ihres Ritters, ihre Linke griff in sein schulterlanges, kräftiges Blondhaar. Ihm wurde heiß wie glühende Kohlen. Mit jugendlicher Leichtigkeit zog Skuld ihr feuchtes Gewand über den Kopf und warf es über sich und ihren Ritter. Ihre erhitzten Körper verschwanden augenblicklich in einer dichten Nebelwolke.

Und weil das junge Paar so glücklich war, wollte es, dass alle Welt glücklich werde und sandte den dritten Eiskristall aus dem Himmel zur Erde hernieder.

Im freien Fall verwandelte er sich in einen riesigen Regenbogen.

Und wenn sie nicht gestorben sind, dann schweben sie noch heute.

Karl-Heinz Thifessen

Die Brüder „von Trotzenburg"

Schöne Frühlingstage sind selten in den Jahren um die Wende zum 16. Jahrhundert. Doch heute ist so ein Tag. Das junge Grün an Bäumen und Sträuchern verkündet die frohe Botschaft der herannahenden warmen Jahreszeit ebenso wie das Zwitschern der Vögel auf der Suche nach einem Nistplatz.

Lambert von Trotzenburg, ein groß gewachsener Mann im Alter von 28 Jahren, reitet bei funkelndem Sonnenschein über die Felder seiner Heimat, dem Stammsitz der Familie, in der Nähe von Gladbach, entgegen. Vier Tage ist er bereits unterwegs.

Letzte Nacht erhielt er Unterkunft in der ehrwürdigen Abtei Brauweiler bei Köln. Die Vorfreude auf das Ende der Reise lässt die körperlichen Strapazen ein wenig in den Hintergrund treten, obwohl seine Augen aufgrund des ständigen Gegenwindes immer noch schmerzen. Auch das Pferd scheint die Nähe des heimischen Stalles zu spüren, denn mit jedem Meter niederrheinischen Bodens unter den Hufen erwachen seine bereits nachlassenden Kräfte zu neuem Leben. Lambert sehnt sich nach zu Hause, um endlich seine geliebte Anna in den Arm nehmen zu können. Er lässt dem Tier ungezügelt freien Lauf.

Wie ein fliegendes Blatt stürmen Pferd und Reiter den Weg hinauf zum Kamperhof, wo die 25-jährige Vollwaise Anna seit sieben Jahren bei Onkel Matthias und dessen Frau Mechthilde lebt. Der näherkommende, schnelle Hufschlag lässt die junge Frau im hellen

Leinenkleid von der Küchenarbeit aufhorchen. Obwohl er durch das kleine Fenster nur kurz zu sehen ist, erkennt sie Lamberts breite Hutkrempe mit der grünen Feder. Erfüllt von prickelnder Glückseligkeit lässt sie Töpfe und Löffel liegen, drückt mit wenigen Handgriffen die widerspenstigen Locken unter die weiße Haube und läuft ihrem Bräutigam entgegen.

„Gott sei Dank, dass du wieder zurück bist", ruft sie ihm freudig zu. „Wie war die Reise? Hast du bei deinen Verwandten etwas erreichen können? Waren sie freundlich zu dir?" Annas Fragen sprudeln nur so heraus.

Lambert bindet das Pferd an und klopft den Reisestaub aus seinem Umhang. „Ich werde dir alles erzählen, aber lass dich erst einmal umarmen."

Bald sitzen sie eng umschlungen auf der alten Bank aus dickem Eichenholz. Sie ist dicht umrankt von einem Rosenbusch, der in den schräg einfallenden Sonnenstrahlen des Spätnachmittags wie vergoldet aussieht. Es dauert nicht lange, bis sich Schritte nähern. Mechthilde und Matthias Kamper haben den Ankömmling ebenfalls bemerkt und heißen ihn freudig willkommen. Selbst Annas Kätzchen, das kurz zuvor noch den Vögeln hinterherjagte, schmiegt sich schnurrend um Lamberts beschmutzte Reitstiefel und beschnuppert neugierig die vielen fremden Gerüche in seinem Umhang.

„Erzähl, wie ist es dir ergangen in Schwaben, werden deine Verwandten helfen? Spann uns nicht auf die Folter!" Erwartungsvoll hoffen sie auf eine positive Antwort.

Doch Lamberts zusammengezogene Stirnfalten lassen nichts Gutes erahnen. Die lange Reise zum

Stammsitz der reichen Verwandten war nicht von Erfolg gekrönt.

„Sie wollen mir für den Aufbau der Trotzenburg kein Geld geben." Seine Stimme klang wie eine Mischung aus Resignation und dem Willen, es nun erst recht zu schaffen.

Anna spürt, wie Lambert beide Fäuste zusammenballt.

Die Trotzenburg, Lamberts Familiensitz am Rande der Niers, war im vergangenen Jahr bis auf die Grundmauern niedergebrannt. Er lebte dort mit seinem jüngeren Bruder Lorenz und einigen Bediensteten aus besseren Tagen.

Kurz nach dem Tod des Vaters verließ Lorenz, nach einem bösen Streit mit Lambert, die Burg im Zorn.

Eine Unvorsichtigkeit, wahrscheinlich in der Küche, löste das verheerende Feuer aus. Seither versucht Lambert erfolglos, Geld für den Wiederaufbau zu beschaffen. Seine letzte Hoffnung waren reiche Verwandte in Schwaben. Sobald der strenge Winter den Ritt ermöglichte, machte er sich trotz immer noch bitterer Kälte auf den langen Weg. Die Verwandten jedoch zeigten die kalte Schulter und lehnten jegliche Unterstützung ab. Enttäuscht trat er Anfang April den Rückweg an.

Um das Gespräch in eine andere Richtung zu lenken, wendet sich Anna an Matthias: „Erzähl ihm von Lorenz!"

„Dein Bruder lungert seit Tagen mit einigen finsteren Gestalten in der Gegend herum. Wenn er sich hier blicken lässt, versucht er uns mit Schurkereien einzuschüchtern." So offen hat Matthias noch nie über Lorenz gesprochen.

Lambert zieht verärgert die Luft ein.

„Welche Schurkereien?"

„Es ist besser, du ruhst dich erst einmal aus, dann sprechen wir morgen darüber. Ich sage dir nur, der führt nichts Gutes im Schilde!" Matthias blickt bei diesen Worten besorgt in Richtung Anna.

„Ich werde ihn wohl zurechtweisen müssen, diesen Nichtsnutz!"

„Wenn dir das nur gelingt! Lorenz ist böse und jetzt auch noch in der richtigen Gesellschaft", kommt es spontan von Matthias zurück.

Was ist nur in ihn gefahren? Bevor Lambert diesen Gedanken aussprechen kann, fasst Mechthilde ihn beherzt beim Arm: „Du wirst todmüde und hungrig sein. Komm zum Essen in die Küche und leg dich danach schlafen, morgen sieht die Welt wieder anders aus!"

Nach dem guten Mahl begibt er sich die steile Treppe mit den schmalen Stufen hinauf in die Schlafkammer. Dort streift er seine Reisekleidung ab. Anna betupft mit einer Tinktur aus frischen Kräutern seine immer noch brennenden Augen. Spürbar werden die Schmerzen sofort gelindert.

Obwohl Lambert die Müdigkeit fast übermannt, kann er nicht einschlafen. Ihn beschäftigt seit dem Brand der Burg eine Geschichte, die sein Vater oft erzählte: „Die Sage vom versunkenen Schloss"

Bereits als Kind hörte er ganz besonders aufmerksam zu, wenn die Rede war vom unermesslichen Schatz, der mitsamt Schloss, Ritter und Gesinde nach einem Gottesfrevel vor mehr als drei Jahrhunderten im Moor nahe der Niers untergegangen sein soll.

Bisher hatte niemand gewagt, danach zu suchen, denn laut Volksmund erzählt man sich von Geistern und Dämonen, die ihn eifersüchtig bewachen. Abergläubige Menschen machen stets einen großen Bogen um das verwunschene Sumpfgebiet. Einige wollten sogar in Vollmondnächten den schaurigen Gesang der Unholde deutlich gehört haben.

Lambert denkt schon lange daran, allen Warnungen zum Trotz, zu dem unterirdischen Ruinenhaufen hinabzusteigen. Er war einmal heimlich dort gewesen und fand unter einem Holundergebüsch Reste eines verschütteten Gemäuers, von dem er glaubt, dass es nach Form und Größe ein Zugang zum versunkenen Schloss sei. Wenn er den Schatz finden sollte, wäre er mit einem Schlag die Geldsorgen hinsichtlich des Wiederaufbaus der Trotzenburg los.

Aber gibt es diesen Schatz wirklich, oder handelt es sich nur um eine Legende?

„Nichts wird mich davon abhalten, der Sache auf den Grund zu gehen", flüstert er leise, als hätte er Angst, dass jemand ihn hören könnte.

Unsanft wird Lambert am frühen Morgen vom Getrappel mehrerer Pferde, die im wilden Galopp auf den Kamperhof zueilen, aus seinen Gedanken gerissen. Kurze Zeit später vernimmt er aufgeregte Worte, die aus der Entfernung nur bruchstückhaft an sein Ohr dringen.

Einige laute Rufe kann er im Stimmengewirr deutlich wahrnehmen. Sie lassen ihn mit einem Mal hellwach werden.

„Wo ist die Kräuterhexe? Her mit ihr! Wir kommen wieder!", brüllen mehrere Männerstimmen drohend. Danach entfernen sich die Reiter wieder so schnell, wie sie gekommen sind.

Lambert eilt in die Küche. Dort trifft er Anna völlig verstört am Tisch sitzend. Ihr Gesicht ist von Tränen durchzogen.

„Ich wollte es dir gestern nicht sagen, dich nicht noch zusätzlich beunruhigen", schluchzte sie leise, „die Männer gehören zu Lorenz und waren in der vergangenen Woche schon zweimal hier. Sie drohen, mich als Hexe zu denunzieren."

„Aus welchem Grund?", fragt Lambert erschrocken.

Im gleichen Augenblick betritt Matthias den Raum.

„Sie glauben, Anna hätte mit giftigen Kräutern und Zaubersprüchen Tiere in der Nachbarschaft verhext", mischt er sich sofort mit lauter Stimme in das Gespräch ein.

„So ein Blödsinn!", antwortet Lambert energisch, setzt sich neben Anna hin und hält sie an ihren Händen. Sie zittert immer noch am ganzen Körper und kann sich nicht beruhigen. Sie weiß genau, wie schnell aus einer solchen Anschuldigung eine Klage mit all ihren schlimmen Folgen werden kann.

Mechthilde sieht vom Stall aus die Männer fortreiten und betritt mit entschlossener Miene die Küche.

„Jetzt ist Lambert wieder da. Er wird Lorenz zur Rede stellen, denn wahrscheinlich steckt der hinter alledem", ist ihr schnelles Fazit.

„Noch eine Sorge mehr!", sinniert Lambert und begibt sich zum Hof, setzt sich auf den Wassertrog und versucht klare Gedanken zu gewinnen. Voreilige und unüberlegte Taten könnten jetzt fatal und als Eingeständnis einer Schuld gedeutet werden. Dennoch brennt es ihm unter den Nägeln, den zweifelhaften Freunden seines Bruders eine Lektion zu erteilen.

Doch Lambert lernte bereits in früher Kindheit, Emotionen zu beherrschen.

Schweren Herzens beschließt er, die Sache erst einmal auf sich beruhen zu lassen, um schnellstens die Ruine des versunkenen Schlosses zu untersuchen. Anna und die anderen sollen davon allerdings nichts wissen.

Heute reitet er zuerst zu den Überresten der Trotzenburg, wo die Aufräumarbeiten langsam vorangehen. Nur wenige Bedienstete aus früheren Zeiten, alle im fortgeschrittenen Alter, sind geblieben und wollen ihren Herrn nicht im Stich lassen. Eine reine Männergemeinschaft. Sie wohnen zusammen mit Lambert im Gesindehaus, das von der Feuersbrunst verschont blieb. Stabil gebaut bietet es zunächst eine sichere Unterkunft.

Doch die gut gemeinte Hilfe ist nur ein Tropfen auf den heißen Stein, solange kein Geld vorhanden ist, um mehrere junge und kräftige Arbeiter für den Wiederaufbau der Burg zu bezahlen.

Anton, der älteste Knecht, hat seinen Herrn bereits von Weitem erkannt. Freudig legt er die Schaufel beiseite und tritt ihm entgegen.

„Gestern haben wir die Kalkgrube ausgehoben!", sagt er stolz zu Lambert, während dieser bereits von einigen anderen Arbeitern umringt wird.

Vorsichtig versucht er, Informationen über Lorenz und seine Freunde herauszufinden.

Der treue kölsche Pitter, dessen Heimatdialekt, wie immer wenn er sich aufregt, aus ihm herausschießt, berichtet lautstark: „Die verdammde Hondsvott hätt oss bedroht. Dä Fillu bruucht en ordentliche Tracht Prüjel!"

Pitter wirkt kampfeslustig wie in jungen Jahren und reckt drohend die immer noch breite Faust in die

Höhe. Auch bei den anderen ist Unmut zu erkennen. Man will nicht länger tatenlos zusehen.

Lambert lässt sich von der aufkommenden Entrüstung hinsichtlich Lorenz allerdings nicht anstecken. Mit wohlüberlegten Worten versucht er die erhitzten Gemüter zu beruhigen und erzählt vom schlechten Ergebnis seine Reise nach Schwaben betreffend. Bewusst vermeidet er es, die Attacke auf Anna zu erwähnen.

„Gott wird uns beistehen, mit seiner Hilfe wird die Trotzenburg schöner als je zuvor wiederaufgebaut und Lambert kann mit seiner Anna dort glücklich werden", ruft Anton den Umstehenden zu, obwohl die Nachricht aus Schwaben kaum Grund zu solcher Zuversicht gibt. Dennoch zaubert spontane Zustimmung ein frohes Lachen in die Gesichter der Anwesenden.

„Anna hat uns während deiner Abwesenheit mit gutem Essen und Trinken versorgt. Ihre Kräuter und Tinkturen waren bei Krankheiten und Verletzungen eine große Hilfe. Sogar meine Rückenschmerzen sind wie weggezaubert", verkündet der fast 70-jährige Wilm Peters stolz.

Der Zorn von vorhin ist einem fast euphorischen Hochgefühl gewichen. Lambert jedoch sind diese Worte, besonders in Bezug auf Anna, nicht recht. Er hat schon mehrmals davon gehört, wie schnell die Kunst der Kräuterkunde in Hexenwerk umgedeutet werden kann.

Kaum graut der folgende Tag, als Lambert, unbemerkt von den Knechten, das Gesindehaus verlässt. Sein Pferd bleibt im Stall. Er will ungestört und alleine nach dem Schatz suchen. Neben einer langen

Holzleiter und einer Eisenstange hatte er bereits am Abend zuvor von der Baustelle heimlich eine Laterne mit Kerze sowie ein festes Tau entfernt und hinter den Stallungen abgelegt. Von dort aus kann er sie nun geräuschlos holen. Ebenso gehören warme Kleidung und ein Rosenkranz zu seiner Ausrüstung. Spuren sollen nach Möglichkeit vermieden werden.

Knapp fünfhundert Schritte ist die angeblich versunkene Burgruine entfernt.

Die Stille der ersten Tagesstunden wird lediglich vom schrillen Gezwitscher einiger Waldvögel unterbrochen. Frühlingshaft klar ist die Luft. Hinter den Bäumen steigt blasses Morgenrot auf und kündet einen sonnigen Tag an. Ohne jemandem zu begegnen, erreicht Lambert das Sumpfgebiet. Leichtes Knacken aus einem dichten Gebüsch lässt ihn aufmerksam um sich blicken.

„Ein Reh oder ein Wildschwein!", murmelt er vor sich hin. „Oder beobachtet mich jemand?"

Flüchtig verwirft er diese Bedenken wieder, denn bald steht er vor dem Holunderbusch, unter dem, seiner Ansicht nach, der Eingang zum versunkenen Schloss zu finden sein müsste. Das frische Frühlingsgrün und wilder Efeu haben die graubraunen Gesteinsreste fast zugedeckt. Leiter, Stange, Laterne und Tau drücken hart auf seine Schulter und er ist froh, alles endlich ablegen zu können. Ein kühles Lüftchen treibt sein Spiel mit den schwingenden Ranken des Efeus.

Knorrige Stämme und Zweige muss er beseitigen, bevor die ovale Öffnung zum Vorschein kommt. Doch zu seinem Unwillen ist sie mit Erde vollkommen zugeschüttet.

„Eine Schaufel, verflixt, ich habe die Schaufel vergessen", seufzt er.

Ärgerlich macht sich Lambert auf den Rückweg, um den Spaten zu holen. Vorsichtig späht er umher und wischt sich nachdenklich mit dem Handrücken über den Mund. Wiederum beschleicht ihn das Gefühl, vom gegenüberliegenden Dickicht aus beobachtet zu werden, er vernimmt aber keine Geräusche.

„Alles Einbildung, ich bin aufgeregt und sehe schon am frühen Morgen Gespenster", sagt er zu sich selbst. Kurze Zeit später und Lambert schaufelt mit einigen kräftigen Hieben die oberste, tiefschwarze Erdschicht zur Seite. Nach wenigen Stichen trifft sein Spaten auf etwas Hartes.

„Das muss der Eingang sein!", fast hätte er einen Schrei der Freude ausgestoßen.

Zum Vorschein kommt ein rostiger Eisenring, der in eine steinerne Verschlussplatte eingelassen ist. Die Stange setzt er nun als Hebel an und mit aller Kraft gelingt es ihm, den schweren Stein anzuheben und nach rechts zu hieven. Modriger Geruch schlägt ihm augenblicklich aus der Öffnung entgegen. Lambert lässt einen Stein in das dunkle Loch fallen und hört ihn bereits nach kurzer Zeit aufschlagen. Geschickt entfacht er nun ein kleines Feuer, entzündet die Kerze und klemmt sie in die Laterne. Das flackernde Licht bindet er an das Tauende und versenkt es vorsichtig in die Dunkelheit. Angestrengt blickt er in das nun schwach erleuchtete Loch hinunter. Im Schein der Laterne sieht er schemenhaft ein Gewölbe, dessen Boden mit Schutt und vermoderten Laubresten bedeckt ist.

„Die Leiter müsste bis dorthin reichen!", überlegt er. Wenig später klettert er behutsam in den Schacht. Im Laternenlicht erkennt er eine schwere, verwitterte Tür aus Eichenholz. Die breiten Metallbeschläge sind stark angerostet. Die Tür ist einen winzigen Spalt geöffnet. Kalte Luft, nach verfaultem Holz riechend, macht ihm das Atmen schwer. Die Kerze brennt Gott sei Dank kräftig weiter, ein Zeichen für genügend Frischluft. Kraftvoll stemmt er sich mit der Schulter gegen die Holztür. Ein Ruck und allmählich bewegen sich die alten Scharniere mit seufzendem Knarren, so als wollen sie ihr Geheimnis ungern preisgeben.

Lambert kommen augenblicklich die Erzählungen von den Geistern und Dämonen in den Sinn, die hier ihr Unwesen treiben sollen, doch zurückweichen kommt für ihn nicht infrage. Noch unheimlicher wird ihm zumute, als er hinter der Tür eine ebenfalls vermoderte, enge Wendeltreppe erblickt, die in eine beklemmende Dunkelheit hinab führt. Dichtes Spinnengeflecht spannt sich wie eine Absperrung zwischen den nasskalten Wänden.

Zum Schutz greift er nach dem Rosenkranz in seiner Hosentasche und lässt die Perlen zwischen seine Finger gleiten.

Mutig und ohne zu zögern, doch mit gebotener Wachsamkeit, betritt Lambert die erste Stufe, deren morscher Überhang wie weicher Morast abbricht. Auf Zehenspitzen, jeden festen Auftritt vermeidend, gelangt er in die beklemmende, unbekannte Tiefe.

Was der Schein seiner Kerze nun offenbart, lässt ihn erschaudern. So weit sein Lichtkegel reicht, erkennt er nur dick vermooste Särge, die in schnurgerader Reihe nebeneinanderstehen. Einige ihrer Holzplanken haben der Feuchtigkeit nicht standgehalten und geben den Blick auf ihr vermodertes Inneres frei.

„Die Grabkammer!", entfährt es ihm.

Bei diesem Gedanken läuft es ihm kalt den Rücken herunter. Der faulige Gestank wird fast unerträglich und erschwert das Atmen aufs Äußerste, Nässe tropft von der Decke. Ein stiller Ort ist das nicht, denn unablässig gluckst Wasser in die Tiefe.

„Ob der Schatz hier versteckt ist? Vielleicht in einem Sarg? Störe ich die Totenruhe?", flüstert er.

Während er noch darüber nachdenkt, hört er von oben ein schleifendes Geräusch, fast so, als würde jemand die Leiter am Einstieg wegziehen. Obwohl ihn ein mulmiges Gefühl beschleicht, will er die Gruft nicht voreilig verlassen.

Über eine schmierige Schicht aus feuchtem Lehm, verfaultem Stroh und Riemenzeugs, stakst er behutsam zwischen herabgestürzten Steinen in den hinteren Bereich der Grabstätte. Im Strahl seiner immer noch gut leuchtenden Laterne erkennt Lambert in einer Nische der Rückwand einige lose, grob behauene Natursteine, nur flüchtig aufeinandergelegt. Im Vergleich zu den bisherigen Strapazen bereitet es keine Schwierigkeit, die Steine herauszunehmen.

Der Laternenschein springt tief in die Luke hinein und nur wenige Fuß weiter entdeckt er eine sorgsam abgestellte, gut verschlossene Truhe. Bäuchlings kriecht er in den kurzen Schacht und zieht kraftvoll das schwere Behältnis hervor. Mit seinem Dolch gelingt es ihm, zwei stark verrostete Schlösser aufzubrechen und den stabilen Deckel zu öffnen. Der Anblick lässt ihn für einige Sekunden das Atmen vergessen. Große Klumpen aus eingeschmolzenem Gold und Silber, ganze Berge wertvoller Münzen, edle Gesteine, die wie funkelnde Sterne leuchten, Spangen, Ringe, Ketten, goldene und silberne Gefäße, genug um zwei Schlösser zu bauen.

Die Legende wird zur Realität! Er hat den Schatz gefunden!

Alleine kann er diese Anhäufung von Kostbarkeiten nicht ans Tageslicht bringen. Er lässt die Truhe zurück, um von der Trotzenburg Verstärkung zu holen. Als er zum Schacht kommt, dort, wo zuvor die Leiter stand, stellt Lambert mit Entsetzen fest, dass jemand sie nach oben gezogen hat. Ihm kommt schlagartig das schleifende Geräusch von vorhin in Erinnerung und er begreift, dass er beobachtet wurde. Irgendwer will ihn los werden.

Schon bereut er, niemanden hinsichtlich seines Plans ins Vertrauen gezogen zu haben. Verzweifelt setzt er sich auf einen Steinblock, als er im grellen Gegenlicht der Schachtöffnung das breite Gesicht von Lorenz erkennt.

„Na Bruder, du bist doch nicht etwa auf Schatzsuche?" Ohne auf die Frage zu reagieren, befiehlt Lambert: „Lass sofort die Leiter herunter!"

„Ich denke nicht daran!", kommt es im gleichen Tonfall zurück. „Du glaubst doch wohl nicht, dass ich dich wieder herauslasse, damit du den gesamten Schatz einstreichen kannst?"

„Was hast du vor?"

„Ich lasse dich einige Tage hier schmachten. Dann komme ich wieder und nehme alles an mich. Kein Hahn wird nach dir krähen. Hierhin wagt sich niemand. Übrigens – deine schöne Anna wird morgen in den Hexenturm gebracht."

Lambert will noch einiges entgegnen, doch dann hört er, wie sich sein Bruder ohne ein weiteres Wort entfernt. Die nun eintretende unheimliche Stille lässt ihn erschauern.

Alle Kletterversuche, den rettenden Ausgang dennoch zu erreichen, scheitern an der unüberwindbaren Höhe und dem glitschigen Gemäuer. Hilflos und entmutigt ist er gefangen in der grausigen Tiefe des versunkenen Schlosses. Selbst das Licht seiner Laterne zuckt, so als könne es sich nicht entscheiden, ob es erlöschen oder weiterbrennen will.

Er muss einen Ausweg finden! Doch wie soll dieser aussehen?

Die Zeit vergeht und über ihn bricht langsam die Dämmerung herein und bald die Nacht. Feuchte Kälte durchdringt allmählich seine Kleidung. Sein Körper zittert und weckt in ihm eine fast kindliche Sehnsucht nach Wärme.

Am Kamperhof macht man sich Sorgen um Lambert, da er den ganzen Tag nicht erschienen war. Anna war schon zweimal bei der Trotzenburg, um sich zu erkundigen, doch die Arbeiter konnten keine Auskunft geben über den Verbleib ihres Herrn. Lambert bleibt wie vom Erdboden verschluckt.

Gegen Abend künden graue Quellwolken eine brodelnd unruhige Nacht an.

„Leg dich schlafen!", mahnt Mechthilde. „Morgen werden wir auf die Suche gehen."

Während Anna sich im Bett unruhig hin- und herwälzt, ziehen in der zweiten Nachthälfte Frühjahrsstürme mit heftigen Regenschauern wie wilde Ungeheuer übers Land. Sie spürt, dass ihr Bräutigam in Gefahr steckt, doch sie kann nichts anderes für ihn tun, als inständig beten und hoffen.

In den Morgenstunden kommt schließlich alles noch schlimmer!

Vier bewaffnete Reiter stürmen den Weg zum Kamperhof hoch. Es sind der Vogt und drei seiner Büttel. Mit roher Gewalt rütteln sie an dem noch verriegelten Hoftor. Als Matthias nur durch ein Guckloch spähend fragt, was die Ankömmlinge wollen, schallt es ihm barsch entgegen: „Öffne das Tor, wir nehmen die Anna mit, sie ist als Hexe angeklagt worden."

„Von wem?", will Matthias wissen.

„Das hat dich nicht zu interessieren! Also wo ist sie?" Die Büttel richten auf Geheiß des Vogtes ihre Waffen auf den Bauern, der daraufhin das Tor aufmacht. Minuten später verlassen sie mit der wie eine Schwerverbrecherin gefesselten Anna den Hof.

Mechthilde versucht noch einzuschreiten, wird aber grob zur Seite gestoßen.

Vor dem nächtlichen Unwetter ist Lambert in die hinterste Ecke seines Gefängnisses geflüchtet. Er will keinesfalls die Nacht zwischen den Särgen in der Gruft verbringen, obwohl dort zweifellos größerer Schutz gegen den sturzflutartigen Regen vorhanden ist.

Wenn er für Minuten in einen kurzen Schlaf fällt, quälen ihn sogleich Albträume. Er kämpft dann gleichermaßen mit Lorenz wie mit Geistern und Dämonen.

Das erste Licht des neuen Tages dringt nun auch zu ihm hinunter.

Von Hunger, Kälte und Nässe geplagt sieht er immer noch keinen Weg, wie er ohne Hilfe seinem Verlies entkommen könnte. Hinzu quält ihn die Sorge um Anna. Mit der Hand fängt er herabtropfendes Regenwasser auf. So kann er den aufkommenden Durst einigermaßen stillen. Sein Atem zieht wie Nebelfähnchen durch die nasskalte Luft. Plötzliche Geräusche hinter der dicken Eichentür durchbrechen die unheimliche Stille und erregen seine höchste Aufmerksamkeit.

Mehrere Gedanken gehen ihm in Sekundenschnelle durch den Kopf: „Gespenster, ein wildes Tier oder vielleicht Lorenz?"

Trotz bleierner Müdigkeit ist er blitzschnell hellwach! Zum Kampf bereit hält er seinen Dolch in der Hand und blickt vorsichtig durch den offenen Spalt der Türe. In der Dunkelheit kommen ihm am Boden zwei funkelnd leuchtende Punkte entgegen. Erschrocken fährt er zurück.

Doch dann erfasst ihn eine große Erleichterung. Es sind die Augen von Annas Kätzchen. Auf der Jagd nach Vögeln hat es sie bis hierhin getrieben. Über die unverhoffte Begegnung erfreut, umschmeichelt es, trotz der unangenehmen Feuchtigkeit, Lamberts Hosenbeine. Der fasst die Katze, als wolle er sie nie wieder loslassen.

„Endlich etwas Lebendiges in dieser Totengruft! Vielleicht kannst du eine Nachricht zu Anna bringen. Ein Bändchen werde ich dir um den Hals binden."

Damit die Katze ihm nicht entwischt, klemmt er sie fest unter seinen Arm und geht mit aller Vorsicht die Treppe zur Gruft hinunter, steckt sie in die Schatztruhe und setzt sich sicherheitshalber darauf.

In ein umherliegendes Holzplättchen ritzt er mit dem Messer die Worte: „Hilfe, ich bin im versunkenen Schloss."

Von seinem Hosenbein schneidet er einen schmalen Streifen Stoff ab, durchbohrt das Brettchen und steckt den Stoffstreifen hindurch. Nun hebt er vorsichtig den Deckel der Truhe. Die aus ihrem feuchten Gefängnis fliehende Katze kann er nur mit Mühe festhalten und bindet ihr das Bändchen um den Hals. Mietze verlässt nun fluchtartig die ungemütliche Gruft.

„Sie kennt das Schlupfloch nach draußen!", redet er sich selbst gut zu.

Rasch ist sie aus Lamberts Blickfeld verschwunden. Ihm ist es egal, dass er nun wieder alleine bleiben muss, Hauptsache, sein Hilferuf kommt bei Anna rechtzeitig an.

Niedergeschmettert von den schrecklichen Ereignissen sitzen Matthias und Mechthilde Kamper in der Küche, nachdem der Vogt und seine Helfer Anna mitgenommen haben. Der Tag ist gerade erst wenige Stunden alt. Gequält von den Gedanken, sich nicht genug zur Wehr gesetzt zu haben, machen sie sich gegenseitig Vorhaltungen.

„Du hättest das Tor nicht öffnen sollen, sie wären bestimmt wieder abgezogen!"

Mechthildes Vorwurf trifft Matthias hart und wie gelähmt starrt er zu Boden.

„Wir müssen sofort etwas unternehmen, bevor es zu spät ist. Geh zu Bruder Alfred. Er wird uns helfen und für Anna beim

Vogt ein gutes Wort einlegen", fordert sie energisch.

„Auf Lambert können wir nicht warten, wir wissen ja nicht einmal, wo er steckt."

Matthias verkneift sich jeden Einwand, obwohl er doch zuerst nach Lambert suchen will, da er glaubt, auf seine Hilfe angewiesen zu sein.

Wortlos wirft er seinen Umhang über und begibt sich sofort auf den Weg zum Benediktinerkloster.

Klosterbruder Alfred, ein Neffe von Matthias, hat ihm schon oft mit Rat und Tat zur Seite gestanden. Nun kommt er einem letzten Rettungsanker gleich.

Um auf andere Gedanken zu kommen, verrichtet Mechthilde die gewohnt anfallenden Arbeiten im Ziegenstall, als ihr unbemerkt Annas Kätzchen um die Beine streicht.

„Wer hat dir denn den Lumpen um den Hals gebunden? Da hat sich bestimmt jemand einen Streich erlaubt!", schimpft sie und nimmt die Katze auf den Arm.

„Doch was ist das? An dem schmutzigen Stofffetzen hängt ein Brettchen, es sind sogar Worte eingeritzt."

Mechthilde bindet es vorsichtig ab, und da sie selbst nicht lesen kann, begibt sie sich auf dem schnellsten Weg zur Trotzenburg. Sie ist überzeugt, etwas Wichtiges in Händen zu halten.

„Eine Nachricht von Lambert! Er ist im versunkenen Schloss gefangen! Wir müssen sofort los und ihn befreien!", ruft Anton den anderen zu.

Allen Vorbehalten gegenüber diesem unheimlichen Ort zum Trotz nehmen sie den kürzesten Weg ins Sumpfgebiet. Hinter dem Holunderstrauch finden sie, dicht neben dem tiefen Eingangsloch, Spaten, Leiter, Tau und Stange. Mechthilde schlägt dreimal das Kreuzzeichen.

„Lambert von Trotzenburg!", die mächtige Stimme des kölschen Pitters hallt im Gewölbe mehrfach nach. Sofort erhält er Antwort: „Hier bin ich! Lass die Leiter herunter, damit ich hochklettern kann!"

Endlich aus seinem Gefängnis befreit, saugt Lambert begierig frische Luft ein, die einem Elixier der Freiheit gleicht.

Verflogen sind die Ängste der vergangenen Nacht. Doch die Freude über den gefundenen Schatz bricht abrupt ab, als Lambert von Annas Verhaftung erfährt. Er will auf der Stelle zum Vogt.

„Komm zuerst mit zum Kamperhof, du brauchst dringend trockene Kleidung und etwas zu essen", mahnt Mechthilde.

Besorgt legt Lambert den Arm auf Antons Schulter: „Einer muss den Eingang bewachen, falls Lorenz hier erscheinen soll. Vielleicht liegt er ja auf der Lauer und beobachtet uns."

Der kölsche Pitter und Wilm Peters bleiben als Wachen zurück, während die anderen wackeren Knechte zurück zur Trotzenburg gehen. Mechthilde und Lambert biegen vorher zum Kamperhof ab.

Mit Erstaunen stellen sie fest, dass die kleine Eingangstüre neben dem Hoftor offensteht. Mechthilde ist sich sicher, diese zuvor sorgfältig verriegelt zu haben. Vorsichtig lugen sie hinein und trauen ihren Augen nicht. Aus dem niedrigen Raum neben dem Ziegenstall vernehmen sie, wenn auch nur ganz leise, die Stimmen von Anna und Matthias.

Mechthilde liegt ein Jubelschrei auf den Lippen.

Lambert stürmt hinein und fällt Anna um den Hals.

„Gott sei Dank, du bist wieder da!"

„Sie haben doch sicher eingesehen, dass Anna keine Hexe ist?" Mechthilde erwartet auf ihre Frage nichts anderes als ein klares Ja.

Matthias dämpft die Euphorie und erzählt, wie Bruder Alfred und sogar der Abt sich beim Vogt für die Freilassung Annas eingesetzt haben.

„Ihnen ist es zu verdanken, obwohl sie den Vogt nur schwer überzeugen konnten, allerdings mit einigen Auflagen für Anna. Sie darf keine Arzneien mehr herstellen und den Hof nicht verlassen", erklärt Matthias.

„So richtig trauen sie ihr nicht!"

In diesem Augenblick schleicht Annas Katze in den Raum. Lambert nimmt sie auf den Arm und drückt ihr weiches Fell so fest, dass sie gleich wieder mit einem lauten Miau herunterspringt.

„Meine Retterin! Ohne dich säße ich wahrscheinlich immer noch unter der Erde fest."
Nachdem er trockene Kleidung angelegt hat, erzählt Lambert, wie es ihm im versunkenen Schloss ergangen ist. Die vorherige Betrübnis wandelt sich in große Freude um, als Anna und Matthias vom Schatz und der Rettung durch Annas Kätzchen erfahren.
„Endlich eine erfreuliche Nachricht!", ruft Matthias erleichtert aus.
„… und alles gehört dem Finder", fügt Lambert stolz hinzu.
Um keine Zeit zu verlieren oder gar ein Risiko einzugehen, begibt sich Lambert noch am gleichen Nachmittag mit Anton und Matthias zum versunkenen Schloss. Sie wollen den Schatz möglichst schnell ans Tageslicht bringen.
Der kölsche Pitter und Wilm Peters haben nichts Verdächtiges bemerkt. Ungeachtet dessen bleiben sie oberhalb der Öffnung, während die schwere Truhe behutsam ans Tageslicht geschafft wird.
Von Lorenz und seinen Spießgesellen ist weit und breit nichts zu sehen.
„Das sieht ihm ähnlich", murmelt Matthias, „sobald mehrere Leute hier sind, zieht er den Schwanz ein."
„Ja, ja, feige war er immer schon", sagt Anton, wischt sich den Schweiß von der Stirn und stemmt die Arme in die Hüften.
Lambert und der kölsche Pitter wuchten die Truhe auf den Wagen, vor dem zwei kräftige, dunkelbraune Pferde mit den Hufen scharren.

„Ich glaube nicht, dass wir Lorenz vorerst wiederse-
hen werden", ruft Lambert Matthias zu.
„Besser so!", erwidert dieser und mit einem lauten
Hüa setzt er die Tiere in Bewegung.

Autorinnen und Autoren

Henrik Blome, geb. 1949 im Sternbild Widder, lebt und arbeitet im Rheinland, Auslandsaufenthalte in Hongkong, Tokio und Boston, leidenschaftlicher Segler und ehemaliger Pilot schreibt über bemerkenswerte Gegenden, Ereignisse und erotische Beziehungen.

Klaus Brabänder, 1955 im saarländischen Neunkirchen geboren, bekennender Saarländer, liebt Literatur in all ihren Facetten. Den Stoff für seine Romane (u. a. „Flugangst") und Geschichten holt er sich oft auf seinen Reisen, die ihn nach Neuseeland, Kuba, Mexiko, USA, Israel, Marokko und viele Länder Europas führten.

Anneliese Cleres, geb. 1958 in Aachen, wohnhaft in Erkrath, machte viele Jahre politisches Kabarett, scheibt Sketche und Gedichte, Romane und Kurzgeschichten in verschiedenen Genres.

Gabriele Datenet, Jahrgang 1956, Angestellte einer Behörde; zahlreiche Veröffentlichungen in Anthologien; Belegung des 2. Platzes des Literatur-Wettbewerbs 2010 des Hauses St. Martin am Autoberg in Hattersheim.

Rainer Güllich, geb. 1954, von Beruf Ergotherapeut, lebt in Marburg; Veröffentlichungen unter anderem: Wie das Salz in die Meere kam, Anthologie „Götter in

Langeweile", Wendepunkt Verlag; Ibrahim und Ali, Anthologie „Wüstenlied", Sperling Verlag.

Andreas Kaminski, geb. 1969 als Kind des Ruhrgebiets, wohnt und arbeitet heute im Rheinland, genau an der Kölsch-Altbier-Grenze; es hat ihn schon lange gereizt, eigene Kurzgeschichten zu schreiben, was mit dieser Geschichte seinen Anfang nimmt.

Heike Klein, 1973 in Siegburg geboren, studierte Religionswissenschaften, Archäologie und Geschichte in Bonn; 2009 veröffentlichte sie ihren ersten Roman „Von Schatten und Sehnsucht". www.heikeklein.com

Heike Knauber, 1967 in Saarlouis geboren, Vertriebstätigkeit für einen französischen Softwarekonzern, schreibt Fantasy und Kurzgeschichten, tauscht sich mit anderen Autoren aus und belegte Literaturseminare an der Uni Saarbrücken und der Bundesakademie in Wolfenbüttel. Im Sommer 2010 gründete sie zusammen mit Erik Eschmann die BVjA-Literaturgruppe Saar/RLP.

Carmen Mayer, Jahrgang 1950, lebt und schreibt in Bayern; bislang wurden zwei Kriminalromane, der historischer Roman „Die Rose von Angelâme" und mehrere Kurzgeschichten von ihr veröffentlicht.

Ingeborg Pries, 47 Jahre alt, Juristin und Übersetzerin für Englisch, arbeitet bei einem Versicherungsunternehmen; nach einer Reihe von Kurzgeschichten entwickelt sie momentan Ideen für ein längeres Stück.

Astrid Rußmann, geb. 1963 und wohnhaft in Kiel; schreibt seit über zwanzig Jahren hauptsächlich historische Fiktion; 2007 erschien ihr erster Roman „THIUDANS", die belletristische Aufarbeitung der Geschichte um den Westgotenkönig Alarich.

Ingrid Schlüter, Jahrgang 1955, lebt und arbeitet in Düsseldorf; 1990 machte sie ihre ersten Schreiberfahrungen und liest seitdem in Bibliotheken, Museen, Kultureinrichtungen, -kneipen, -salons und Kunstausstellungen, schreibt hauptsächlich Prosa und eine Kurzgeschichtensammlung „Die Auseinandersetzung mit der Orange" bei Edition Biograph.

Barbara Steuten, geboren 1969 in Düsseldorf, lebt mit ihrer Familie am Niederrhein, Bürokauffrau; schreibt seit ihrer Schulzeit Gedichte, Artikel und Kurzgeschichten, seit 2010 freie Autorin und Mitglied der „Autorengruppe Kleeblatt" (Rhein-Kreis-Neuss) und des Bundesverband junger Autoren und Autorinnen (BVjA), gewann 2011 den Sonderpreis des Leverkusener Short-Story-Wettbewerbs.

Karl-Heinz Thifessen, 1947 geboren und wohnhaft in Mönchengladbach, Lehrer im Ruhestand; schreibt vorwiegend Kurzgeschichten und Sachtexte zu historischen Themen, Autor für das Magazin »Zwischentöne« der Hochschule Niederrhein und Mitglied der Autorengruppe »Textformer«, kleinere Veröffentlichungen im Rahmen einer Schreibwerkstatt der Hochschule Niederrhein.

Carmen Mayer
Die Rose
von Angelâme

Simon rätselt über eine überzogen scheinende Police für das Bild eines unbekannten Malers und den gewaltsamen Tod seiner Besitzer, den Eltern der kleinen Marie Rose. Zusammen mit einer Freundin, die sich um die Weise kümmert, folgt er dem Geheimnis des Gemäldes bis vor den Abgrund tödlicher Ränkespiele, deren Anfang in einer uralten Prophezeiung zu liegen scheint. Deren Ende offenbart das Geheimnis der Rose jedoch nur demjenigen, der Augen hat zu sehen und Ohren zu hören.

Historischer Roman
ISBN : 978-3-943121-02-5
Broschur, 530 Seiten, 12x19 cm
Preisinfo : 16,99 Eur[D] / 17,50 Eur[A] / 30,90 CHF
UVP